돌아온 고향

돌아온 고향

양영수 장편소설

도화

차 례

제주도 4·3사건은 매우 거대한 사건이면서 아주 복합적인 성격을 갖고 있기 때문에 그 역사적인 의의를 구명하고 평가하는 일이 결코 쉽지 않다. 근래의 경향을 보건대, 잔혹한 국가폭력의 진상 규명과 정부차원의 보상정책에 대해 많은 논의가 진행되었지만, 시간적 공간적인 시야를 더욱 넓혀서 이 사건의 진정한 원인과 경과와 결과를 연구하고 논의할 필요가 있다고 생각된다. 국가폭력의 피해자들에 대한 이해와 동정이 작금의 4.3이슈에서 크게 부각되고 있음은 장기간에 걸친 반공정권 억압에 대한 반동현상으로도 해석할 수 있겠지만, 여기에서도 시대적인 흐름에 따르는 그늘과 양지의 교체 현상을 말하는 이들이 많이 있다. 근래에 4·3 관련의 학술행사나 예술행사가 허다하게 개최되면서도 그 테마나 색깔이 비슷비슷한 행사의 되풀이라는 말이 많이 나온다. 아득히 멀리 있는 나라들의 일견 유사해 보이는 역사를 꼼꼼히 들추어 내는 한편에서는, 국내의 더 중요한 역사연구 자료들이 그냥 묻혀있거나, 그 먼 나라 인사들을 우리의 4·3역사 세미나에 공들여 초청하면서도 여기에 깊은 관심이 있고 할 말이 많은 국내 인사들 다수가 뒷전으로 밀려나는 예를 많이 볼 수 있다. 4·3이 '힘 있는 그네들만의 역사'가 되어버리는 것이 안타깝다고 생각하는 사람들이 적지 않다. 역사의 진실을 찾는 우리의 과제는 결코 끝나지 않았음을 알아야 할 것이다.

과거 역사와의 만남을 매개하는 수단으로서의 학술연구와 문학작품은, 양자 간에 상호보완적인 역할을 한다고 생각된다. 학술연구를 매개로하는 과거사와의 만남은 이지적인 경험이기 때문에 우리를 객관적이고 명석한 인식에 이르게 할 수 있다. 그러나, 학술연구가 할 수 없는 일을 문학작품에 기대할 수가 있다. 문학작품을 통한 과거사 추체험追體驗의 영역은 논리적인 사고가 아닌 공감적인 상상력의 영역이고, 이러한 추체험의 기회는 나아가서 이지적인 학술연구의 타당성 여하를 파악하는 일에 보탬이 될 수가 있을 것이다.

학술연구는 어느 정도 가공이 끝난 완성품 형식으로 발표됨에 반하여, 문학작품 속에 재현되는 역사적 사건의 진행은, 독자들의 추체험 대상이 되는 원재료原材料 상태이기 때문에 독자들이 감상하고 공감해주기를 기다려서 비로소 그 역할을 다한다고 할 수 있다. 문학작품도 보기에 따라서는 모종의 설계도에 따라서 조립된 건축

물이라 할 수 있지만, 학술연구가 용도 계획과 마감공사 단계까지 끝난 완성된 건물이라면, 역사소설은 아직 미완성 상태의 가건물 같은 것이라 할 것이다. 그런 의미에서 작가의 역사관이나 민족관은 최종 결론을 유보하고 이를 독자들 몫으로 남겨놓을 수 도 있다. 같은 사건을 작품소재로 할 경우에도 이를 재현하는 시각과 방식에 따라서 다른 성격의 소설작품이 나올 수 있고, 동일한 작품에 대해서도 독자의 취향에 따라서 다양한 반응이 나올 수 있다. 어느 한 사학자의 연구가 도달한 역사해석은 이를 읽는 독자들 간에 크게 다른 반응이 나올 수 없음에 반하여, 동일 작가의 동일한 역사소설에 대해서는 이를 읽는 독자들이 동정과 공감의 대상을 어떻게 잡느냐에 따라서 각양각색의 반응이 나올 수 있다. 같은 한라산 그림을 보고서도 그 감상의 포인트가 균일할 수 없음과 같은 이치일 것이다. 구체적인 과거사를 현재 시점에서 다시금 생생하게 살아보는 일, 즉 역사적 사건에 대한 적실한 추체험의 기회야말로 우리가 소설창작에 기대하는 중요한 역할일 것이라 생각된다.

1장
일본행 밀항선에서

1-1

가슴이 얼마나 두근거렸는지 발동선의 모터 돌아가는 소리가 한동안 들리지 않았다. 모터 소리가 들리기 시작한 것은 내가 발동선 밑창에 숨은 것이 들키지 않았다는 안도감이 들면서였다. 배가 일단 출항을 했으니 내가 숨은 것이 발각되더라도 다시 회항이야 하겠느냐는 배짱까지 슬그머니 생기는 것이었다. 근래에 제주도 해안지대에 경찰의 단속망이 강화되었기 때문에 일단 출항한 배가 선수를 돌려서 회항했다가 다시 출항한다는 것은 위험천만한 일일 것이라고 생각되었다. 내가 경찰의 감시망을 피한 것도 용한 일이었지만, 밀항선 선장의 눈에 띄지 않은 것은 더욱 용한 일이다 싶었다. 캄캄한 어둠을 틈타서 살짝 올라탈 때의 타이밍이 잘 맞았던 것이다. 밀항선에 도둑 승선을 한 것은 갑자기 결행된 행동이었지만 그동안 한밤 중의 밀항선 출입 동정에 대하여 예의 주시하고 살펴두었던 것이 큰 도움이 되었다. 밀항선이 많이 이용하는 화북 마을 곤을동 포구는 이 마을에서 오래 살아온 나에게 아주 친숙한 동네였다.

　발동기 모터 소리에 이어서 윗칸 갑판에 모인 사람들끼리 주고받는 말소리까지 간간이 들려왔다. 나는 행여나 그들이 내가 있는 쪽으로 가까이 오지 않을까 겁이 났다. 이 배의 밑창 한켠에 있는 화물칸에서도 승객들이 웅성거리는 소리가 들려왔지만 그들은 나를 보아도 이상하게 여기지 않을 것 같았다. 나는 배 밑창 화물칸 옆에 붙은 어획물 칸에 혼자 숨어있어서 누구에게 들킬 염려는 없을 터이었다. 어떻게든지 이 배 안에 붙어있기만 하면 일본까지는 흘러갈 것이 아닌가.

　윗칸 갑판으로 올라가고 싶었던 것도 그럴 만한 배짱이 생겼기 때문이었다. 설마하니, 저들이 내가 도둑 승선자임을 알아본다고 해서 나를 바닷물 속으로 내던져 버리기야 하겠느냐는 막된 생각까지 들었다. 가만히 웅크린 자세를 계속하기가 힘들기도 하였고, 어획물 칸에 있기 마련인 퀴퀴한 비린내가 나의 후각을 거북하게 자극하였다. 언제쯤이나 얼굴을 내보일 것인지 마음을 조이고 있었는데 잠시 후에 갑판 위에서 사람들 웅성거리던 소리가 잠잠해지는 것이 용기를 북돋아 주었다. 어떤 사람과 부딪칠는지 될 대로 되라는 심정으로 갑판 위로 조심조심 올라가던 나는 흠칫 놀라면서 걸음을 멈추었다. 소리만 들리지 않았지 거기에는 어스름한 달빛 아래 희미하게 보이는 사람 하나가 뱃전에 기대 서있었다. 그 사람이 나를 향해 고개를 홱 돌렸기 때문에 나는 가슴이 덜컥 내려앉는 것 같았다. 키가 훌쩍 크고 건장해 보이는 남자였는데, 야밤중에 떠난 밀항선에서는 어울리지 않게 맥고모자를 쓰고 있었다. 그가 가볍게 놀러 나온 사람처럼 보이는 것이 나의 경계심을 좀 눅여주었을 것이다. 그가 나에게 말을 거는 품새도 별로 거칠지 않아서 우선 마음이 놓였다.

—어, 자넨 어디에 있었나? 언제 이 배에 탄 거지?

—아, 네, 진작부터 이 배 밑창에 있었수다.

내 입에서 나오는 말이 별로 흐트러지지 않는 것이 대견스러웠다. 나를 보고도 크게 놀라지 않는 이 사람의 어조가 조마조마하던 마음을 많이 진정시켜준 셈이다. 이 사람은 배의 모든 승선자들 얼굴을 익히 알아보지는 못할 터이니 나를 보고도 긴가민가 할 것 같았다.

—자네가 이 배에 탄 거 선장이 알고 있나?

—아마도 모르고 있을 거우다.

—그런가? 그럼 밀항선 안에서 밀항이라, 이중 밀항이란 거 아냐?

—아, 네. 그런 셈입주.

—밀항선에 학생이 승선한 줄은 몰랐네. 어느 학교 학생이지? 나도 전직은 학교 선생이어서 물어보네.

—아, 네. 조천중학원 3학년입니다.

—그런가? 난 농업중학교 선생을 했는데, 조천중학원 선생들도

많이 알지. 그런데 이상하네. 학생이 학교를 다녀야지 밀항선 타고 일본에 가?

─조천중학원은 지난 학기부터 문 닫았수게. 저번에 저의 학교 선생님이 일본 가실 때 같이 가기로 했었는데 제가 그만 배를 놓치고 만 겁니다.

─그런가? 그 선생님이 누군데 그래?

─아, 네. 한봉현 선생님입니다.

─뭐, 한봉현 선생님? 그분은 내가 존경하는 선배님이여. 시골 소학교 선후배 사이고 잘 아는 사이여. 근데, 우린 좀 이상한 인연이네. 나도 실은 그 선배님하고 동행하려고 했었으니까, 까딱했으면 자네와 난 그때도 같은 밀항선을 탈 뻔했잖아.

─그렇습니까? 한봉현 선생님은 저의 담임이셨는데, 제가 갑자기 무슨 일 때문에 동행을 못한 겁니다.

─그럼, 자네도 경찰의 수배를 받는 요시찰 인물인가?

─네, 어떤 사건으로 쫓겨다니는 신세가 되었습니다.

─그런가? 그런데, 선장이 도둑 승선한 사람을 보면 혼을 낼텐데 어떻게 하지?

─욕 들을 일이지만, 솔직히 말해서, 전 승선 운임도 없습니다. 선장님에게 말하긴 해야 텐데 걱정입니다. 한 사람 더 승선했다는 것이 이 배가 일본 가는 데에 지장이 되카 마씸?

─응, 그건 선장이 판단할 문제여. 오늘은 승객들이 많지 않기 때

문에 괜찮을 것 같긴 하지만. 하여간, 내가 선장에게 사정 얘기를 해보도록 하지.

　－아, 네, 감사합니다.

　나는 한봉현 선생을 잘 안다는 이 사람에게 나의 신상 얘기를 더 들려주기가 거북하였다. 급한 대로 한 선생과의 동반 밀항을 시도했다는 말로 얼버무리기는 했지만, 그런 말이 거짓임이 자칫 드러나면 난처해질 것 같았다. 그렇지만 더 난처한 꼴이 되는 것은 이 사람 앞에서가 아니라 선장 앞에서였다. 그때 마침 어떤 사람이 나타나더니 나에게로 곧장 다가와서는 얼굴을 똑바로 들여다보았다. 맥고모자 쓴 사람이 먼저 말을 걸어주었다.

　－박 선장, 그 학생 잘 봐줘야겠네. 밀항선 안에 밀항자, 이중 밀항이여.

　－야, 너, 이 배에 숨어서 왔구나. 이런 도둑놈 봤나.

　－죄송합니다. 제가 학생이라서 운임 낼 돈이 없습니다.

　－너, 도대체 언제 이 배에 기어들어 온 거냐?

　－네, 이 배가 출항하기 세 시간 전쯤에 배 밑창에 가 있었습니다.

　－그럼, 그곳에서 세 시간을 숨어있었단 말이야? 김 선생, 이런 학생을 어떻게 하지?

　다행히도 이들 두 사람은 잘 통하는 사이인 것 같았다. 그들은 서로 친구라도 되는지 스스럼없이 반말을 썼다. 김 선생이라는 사람은 잠자코 선장의 소매를 잡고는 갑판 저편으로 데려가더니 귓속말로 뭔가를 얘기하는 것이었다. 나는 이들 사이에서 무슨 말이 오갔는지 가늠할 수가 없었지만, 김 선생의 어조가 차분하면서도 여유롭게 보이는 것이 희망을 안겨주었다. 나의 희망은 헛되지 않았다. 선장은 김 선생에게 알았다는 말을 건네더니, 나에게로 걸어와서 말했다.

−오늘은 여기 김 선생 얼굴을 봐서 내가 그냥 봐주는 거여. 나에게 낼 운임은 김 선생에게 잘 갚아야 된다. 알겠어?

−네, 잘 알겠습니다.

김 선생과 선장은 더 시급하게 할 얘기가 있었는지, 금방 다른 화제로 옮겨가 주었다. 걱정하던 일이 너무 쉽게 풀려서 안도의 한숨이 길게 나왔지만, 나는 거짓말이 탄로 날까 봐 조마조마한 심정이었다. 나하고 김 선생 사이에서 오가는 말들이 신통하게 아귀가 맞아들었기에 무사통과 된 셈이었다. 요즘에 남로당 지도부의 지시를 받고 시내 요소에 격문檄文 포스터를 붙이다가 경찰에 붙잡혀 들어가서 고문치사까지 당한 조천중학원 학생에 관한 소문이 파다하게 퍼져서 일본 밀항 계획이 그럴듯해 보였던 것이다. 게다가 이 배에서 전직 교사이자 한봉현 선생의 후배라는 사람을 만난 것도 천만다행이었다. 이 사람도 경찰의 수배를 피하여 일본 밀항의 기회를 잡으려고 했다면 나하고는 비슷한 처지가 아닌가. 그러나 이 부분에 대해서는 더 이상 말이 나오지 않았으면 싶었다. 한봉현 선생이 요즘에 강화된 죄익인사 검거 선풍을 피하여 급거 도일한 사건이 나로 하여금 그의 뒤를 따르자는 결심을 부추기는 계기가 되었지만, 내가 한봉현 선생과 동행할 계획이었다는 것은 있을 수 없는 일이었다. 한봉현 선생으로 말하면, 나에게 격문 포스터 부착 심부름을 시키면서도 항상 미안하게 생각하였고, 학생은 공부하는 것이 제일 중요하다는 말을 입에 달고 다니셨으니까, 내가 그의 일본 밀항에 동행하도록 할 리는 없었던 것이다. 내가 마치 없는 사실을 있는 것처럼 지어내서 말한 것은, 이 밀항선을 탄 것이 미성년 학생의 어설픈 소행이 아님을 알리고 싶기 때문이었다.

1-2

나의 공짜 승선을 통과시켜 준 사람은 선장이기보다는 김 선생이라는 생각이 들었다. 지금 내 앞에서 얘기가 오가는 품새를 봐도 선장이 김 선생에게 뭐를 물어보고 그 대답을 기다리는 모양이어서, 김 선생은 단순한 승객으로 승선한 것이 아니라 이 배의 운항에 대해 어떤 식의 발언권을 가진 게 아닌가 싶었다. 김 선생은 선장과 얘기하는 중에도 나를 향해 유심히 쳐다보는 양이 꼭 나의 심중을 꿰뚫어 보는 것 같은 느낌을 주었다. 나는 속마음을 들켜버릴까 봐 겁이 나서 자리를 옮기고 싶었으나 이 배 안에서 갈 수 있는 곳이라고는 뻔하였다. 나의 발걸음은 배의 밑창으로 향했는데 이번에는 어획물 칸으로 가지 않고 승객들이 여러 사람 숨어있는 화물칸으로 향했다. 이제는 나도 선장이 인정해준 승선자가 됐으니 꿀릴 것이 없었다. 꼭 끼어 앉은 사람들과 화물 보따리들 틈에는 내가 들어설 자리가 넉넉지 않았지만, 나는 그냥 뭉쓰듯이 비집고 들어가기로 했다. 갑판 위와는 달리 이곳은 달빛이 들어오지 않았기 때문에 사람들의 얼굴을 알아보지 못하는 것이 오히려 마음을 편하게 해주었다. 비집고 들어간 자리는 그런대로 견딜 만했다. 비린내도 별로 없었고, 무엇보다도 여기 사람들과 같은 승객, 같은 운명임을 체감하는 것이 내게 안도감을 더해주었다.

이렇게 많은 사람이 모였는데 서로 간에 얘기를 나누는 일은 거의 없다는 것이 이상했다. 생각해 보니 그럴만한 이유가 있었다. 이 배로 밀항하는 사람들은 일본까지 가는 그 먼 항로를 무사히 갈 수 있는지, 경찰이나 누구 밀고자에게 들키지는 않을지, 간이 콩알 만해져 긴장하고 있을 터이니, 옆에 누가 있는지 관심이 가지 않을 것이 아닌가. 섣불리 일본 밀항을 시도하다가 신세를 망치는 사연이 여러 가지가 있다는 것을 이들은 잘 알고 있을 것이다.

나는 사람들 틈에 잔뜩 웅크리고만 있었는데, 그러는 동안 머리에는 갖가지 상상과 걱정이 연이어 떠올랐다. 여기까지 온 이상 어찌어찌 일본 땅까지는 흘러가겠지만, 그다음에 내가 어떤 운명에 부딪힐지는 정말 막막하였다. 그리고 보면, 산지포구 맞은 편에 위치한 거대한 주정공장 건물을 폭파하는 일대 모험에 끼어들 때부터 나의 운명은 위태로운 줄타기를 시작했던 것 같다.

나 같은 학생당원에게 맡겨지는 임무는 대개 전봇대나 담벼락 같은 데에 격문을 붙이는 일이었다. 목표 지점 양쪽에서 망보기를 해주는 행동대원이 있는 데다 한밤중 어두운 가운데 감쪽같이 실행하는 일이라서 감시 경찰에게 발각될 염려가 거의 없는 안전한 작업이었다. 이에 비해 주정공장 폭파 작업은 거사 규모가 거대하기도 하거니와 발각될 가능성이 매우 높다는 것을 누구나 알아볼 수 있었기 때문에 열성 당원들 가운데에서도 지원자가 별로 없는 형편이었다. 소학교 시절부터 단짝 친구였던 열성 당원이 이같이 위험도가 높은 거사에 나설까 말까 망설이는 것이 민망하여 내가 선뜻 동료 행동대원으로 나선 것은, 고난도의 혁명 활동에 투신한다는 우직한 영웅심 때문이었다. 한가운데 우뚝 솟은 굴뚝이 한때 동양 최대라고 회자되었을 정도로 그 공장의 건물은 거대하고 우람하였다. 산지포구로 흘러내리는 양질의 산지천 생수를 이용하여 고구마 전분을 원료로 하는 알콜을 만들어서 전투기나 전함의 연료로 썼다는 전시체제 일본의 군수공장이라고 하였고, 제주산만이 아니라 육지부에서 생산된 고구마까지 대량으로 들여왔다고 하였다. 그런 거대한 공장을 수제 수류탄 하나로 폭파하다니, 성공 가능성이 희박한 무모한 거사였다. 수류탄이 제대로 폭발해주지 않았고 시간만 공연히 날려버리는 동안에 공장 주변을 감시하던 경찰에게 발각된 친구 당원이 무장경찰에게 맞서서 육박전을 벌이다가 온몸에 치명상을 입기에 이르렀고, 폭파 보조역을 맡았던 나는 이 틈을 이용하여 냅다 도망을 칠 수밖에 없었다. 만약에 내가 붙잡혔다면 아마도 즉결처분이었을 것이다.

동료 당원이 죽어가는 것을 뻔히 눈앞에 두고 뺑소니를 치는 위급 상황에서 나의 머리에 번쩍 떠오른 것이 바로 일본 밀항이었다. 열성 당원이 아니라면 감히 엄두도 내지 못했을 고난도의 방화죄를 범한 사람은 극형에 처해질 운명이 뻔하였으니까, 죽음을 면하기 위해 일본 밀항이라는 비상수단을 떠올린 것은 이상한 일이 아니었을 것이다. 그 당시 경찰 검거가 두려운 사람은 한라산으로 들어가서 산사람이 되기가 십상인데 나는 산사람보다는 은근히 일본 밀항자를 부러워했던 것이다. 나 자신이 일본행 비밀 루트를 알고 있다는 것도 한몫하였다. 어릴 적부터 익히 보아온 곤을동 포구 안팎의 지리였기 때문에 밀항 예정인 배가 어디 있는지, 그 배에 어떻게 올라탈 것인지 금방 알아낼 수가 있었다. 밀항선을 찾아서 곤을동 포구까지 냅다 달음질칠 때 내 마음은 소영웅심에서 나온 무모한 폭파 모험에 대한 후회심으로 뒤끓고 있었다. 주정공장이 없어져서 제주도 농민들이 고구마를 팔지 못하여 굶게 될 것을 생각하면 공장을 폭파하는 것이 인민해방의 이념에 부합되지도 않거니와 그런 무모한 거사에 섣불리 끼어든 나의 행동이 얼마나 어리석었는지 마음이 아팠던 것이다.

이보다 더 마음 아픈 것은 아버지에게 못난 아들이 되었다는 자책감이었다. 아무리 위급한 상황이라고 하지만, 아버지 앞에 한마디 말도 없이 외국행 무단가출을 하다니 천하의 불효자식이 되어버린 심정이었다. 나는 그즈음에 당원 활동을 하다가 집에 들어갈 때마다 내 존재가 두 동강이 나는 것 같은 갈등을 느껴야 했다. 당원으로서의 인민해방 이념과 아버지 아들로서의 효성이 충돌하는 갈등이었다. 아들로서의 효성에 딱 들어맞는 선택은 인민해방의 혁명 이념을 포기하는 것이었지만, 내가 택한 효도의 길은 당원으로서의 혁명 활동을 아버지에게 감쪽같이 숨기는 것이었다. 아버지는 기회 있을 때마다 좌익운동의 어리석음을 인식시키기 위해 진력했지만 나는 그냥 묵묵히 듣기만 하였다. 대놓고 아버지 말씀에 반대하지 않는 것이 내 나름 효도하는 것이라는 생각이었다. 아버지가 강경한 우익진영이 된 것은 일제시대 때 서울에 유학 가 있는 몇 년 동안 미선계 대학에 다니면서 터득한 반공사상의 영향이었다. 나는 조천중학원 교사들에게서 얻어들은 인민해방 이념에 단단히 빠져있었던 관계로 아버지 낯을 바로 보기가 면구스러운 처지였다.

나를 감화시킨 조천중학원 교사들 중에 특히 기억에 남는 사람은 이덕구 선생과 한봉현 선생이었다. 우리 학우들의 민족사적인 식견과 염원을 키워준 것은, 학구파로 소문난 이덕구 선생의 역사 수업이었다. 우리의 4·3봉기가 인민해방의 이념에 바탕을 두고는 있지만, 정치이념 같은 것은 역사의 한 페이지에 불과하고 끝없이 뻗쳐가는 나무가지들 중의 하나와 같은데 비하여, 민족은 영원히 불변하는 것이고 땅속 깊이 박힌 나무뿌리 같은 것이라는 말은 아직도 나의 뇌리에 생생하게 남아있었다. 그러나, 미남형의 동안童顔에 어울리지 않게 곰보얼굴에다 눈과 귀의 감각이 온전치 못한 탓인지, 이덕구 선생에게는 개인적인 친근감을 느끼기가 어려웠다. 신체적인 기형은 왕왕 영험한 복술가의 징표가 된다는 누군가의 말이 생각나는 사람이었다. 이에 비해 우리에게 인간적인 감화력으로 존경받는 사람은 한봉현 선생이었다. 비교적 뒤늦게 남로당 무장대원으로 활동하다가 갑자기 일본으로 밀항했다는 한봉현 선생의 소식을 들은 나는 그의 일본행 도피 이유가 어떤 것인지를 헤아리느라 고심했었다.

그날 내가 일본 밀항을 결행한 것도 한봉현 선생의 일본 체류 가능성이 머리에 떠올랐기 때문이었다. 주정공장을 급히 나와서 집에 들렀을 때 마침 아버지가 부재중이었으므로 아들로서 하고싶은 말은 상방문 가운데에 붙여놓은 종이쪽지 메시지를 통할 수밖에 없었다. 〈제주도에서는 살아남기 어렵다고 생각되어 일본 밀항을 택했습니다. 제가 살아남기 위해 장롱 속에 돈을 훔쳐가니 용서해 주시기 바랍니다.〉 나 자신의 심경을 표현하는 것보다는 아버지 심중의 걱정과 근심을 배려한 결과의 메시지였다. 내가 처한 위급 상황을 아셨다면 아버지도 나와 똑같은 결정을 내리지 않았을까 하는 것이 나의 조심스러운 상상이었다.

1-3

사람들 틈에 끼어있으면서 두서없는 상상을 하고있는 중에서도 지난 일보다는 앞으로 일어날 일들에 대한 걱정이 더 클 수밖에 없었다. 불확실한 미래가 걱정될수록 더욱 궁금해지는 것은 한봉현 선생의 현재 상황이었다. 한봉현 선생하고는 아무런 연락이나 약속이 없었지만 일본 땅 안에서 내가 알고 있는 사람은 한 선생밖에 없다는 사실이 새삼 상기되는 것이었다. 그러고 보니, 갑판 위에서 만난 김 선생에게서 한봉현 선생의 현재 상황에 대해 뭔가를 알아볼 수 있을 것이라는 데에 생각이 미쳤다. 그들은 서로 친근한 관계라고 했다. 그런 생각이 들자 나는 곧바로 배의 밑창 자리를 떠나서 갑판 위로 올라갔다. 김 선생은 아까 있던 자리에 아직도 그대로 계셨는데 다른 남자들 서너 명과 얘기를 나누고 있었다. 이들도 모두 일본 밀항자라는 것을 금방 알아본 나는 아무 말 없이 그들이 앉아 있는 자리 한켠에 쭈그리고 앉아서 얘기를 듣기로 했다. 이들 얘기의 화제는 남로당 제주도 군사부장이었던 김달삼 동지의 8월 초 북한행 이후 활동에 대한 것이어서 나의 관심을 확 끌어당겼다.

─김회천 씨 생각으로는, 김달삼의 북한행을 계기로 제주도 인민항쟁이 엄청 큰 사건으로 확대된다는 겁니까? 우린 정말 그러기를 바라지 않습니다.

나에게 전직교사라고 말한 사람이 이 자리에서는 김회천 씨로 통하고 있었다. 그러면서도 서로 존댓말을 쓰는 것은 이들 사이가 친숙할 정도로 오래된 지인은 아님을 뜻한다고 생각되었다. 이 사람들이 주고받는 말을 가만히 들어보니, 김달삼 동지가 북한행을 선택한 것에 대해 두 가지 상반되는 견해가 있는 것 같았다. 한쪽 편의 견해는, 인민봉기를 일으킨 주동자가 그 사건이 종결되기가 아직도 요원한 시점에서 북한으로 홀쩍 가버린다는 건 무책임하다는 입장이었고, 그 반대쪽 견해는, 제주도내 무장대의 전투력이 빈약함을 잘 아는 지도자로서 북한 정권의 확실한 협력을 얻기 위해 북한행을 결심한 것은 오히려 봉기 주동자로서의 책임을 완수하기 위한 최상의 선택이라는 입장이었다.

전직교사라고 했던 김회천 씨는 확실한 김달삼 지지자였다. 김달삼에 대한 비판적인 주장이 잠깐 나오다가 끝내 그의 지지 변론에 압도당한 것이 이 자리에서 내가 들은 논쟁의 요지였다. 그의 주장에 의하면, 4·3 인민봉기는 김달삼 동지가 없었으면 도저히 일어날 수 없었을 것이라는 점에서 그는 역사의 선각자요 이 시대의 영웅이라고 하였다. 인민봉기가 일어난 4월 3일 며칠 전에 신촌에서 열린 비밀회의에서 무장봉기에 들어갈 준비가 안 되었다는 이유로 신중론을 펴는 남로당 원로들에 맞서서 용감하게 인민해방 혁명의 열기에 불을 붙였던 의지력과 추진력으로 보아서 김달삼은 사회주의 혁명사의 선구자라는 것이었다. 그의 나이가 약관 24세라는 것을 생각하면 앞으로의 기대가 크다는 말도 덧붙였다. 지난 4월에 이어서 5월과 6월까지도 무장대는 경찰과의 싸움에서 거의 승리했으며, 그 후에 투쟁 전력이 고갈되는 불가피한 상황을 직시하였기 때문에 북한 정권의 협력을 얻기 위해 북한행을 결심한 것은 혁명가로서의 그의 사명감과 추진력을 확실히 보여주는 것이라고 하였다. 김달삼 동지가 8월 말 해주에서 열린 남조선인민대표자대회에서 박헌영, 홍명희 등과 함께 35인 주석단의 일원으로 당당하게 선출되었다는 소식은 나에게 금시초문이었다. 북한 정권의 수뇌부에서 그가 얻는 신임을 생각하면 머지않아 제주도의 인민봉기가 북한으로부터 상당한 지원을 받을 게 틀림없다는 전망까지 내놓아 내 마음을 들뜨게 만들었다.

김달삼 동지를 찬양하는 김회천 씨의 말들은 내 귀에 쏙쏙 잘 들어왔고 마음 속에서 크게 되울림하는 것 같았다. 누군가로부터 들었던 김달삼의 혁명투사적인 호소력이 기억 속에서 다시 떠올랐다. 4·3봉기가 일어나기 1년 전 대정중학교 역사교사였던 김달삼이 3·1절 기념행사 끝에 학생들의 가두시위를 이끌었는데, 다른 교사들은 그냥 구경만 하는 가운데 그는 학생들과 나란히 가두행진을 하면서 반미와 자주독립의 구호를 선창했다는 것이다. 지역 민심을 정의구현의 열기로 굳게 규합할 수 있다는 그의 자신감은 조그만 시골학교에서 그가 보여준 지도력에서 싹트지 않았을까 하는 것이 나의 생각이었다. 나는 한봉현 선생이 조천중학원 학생들에게 인민해방의 열기를 심어주는 얘기를 할 때마다, 김달삼 교사의 선레를 떠올렸다. 우리 반 반장인 나 자신도 우리 선생님의 선각자적인 혁명의지를 말과 행동으로 전해주면 학우들의 동조를 넓혀갈 수 있을 것이라는 상상을 했던 것이다.

내가 일찍이 김달삼 동지에게 각별한 관심을 갖게 된 데에는 반체제 개혁운동을 선도했다는 그의 특이한 가계家系 때문이기도 했다. 이것도 한봉현 선생에게서 들은 얘기인데, 김달삼이라는 가명을 썼지만 본명은 이승진李承晉이었던 그는 비범한 가문 출신이라고 했다. 그의 고부이씨古阜李氏 선조들 가운데 이세번李世藩이라는 성균관 유생은, 중종 임금 때 훈구파 세력의 전횡에 맞서서 개혁운동을 펴다가 제주유배로 생애를 마친 사림파의 주요 인물이었고, 구한말 타락한 세정稅政에 반대하여 봉기한 제주도 민란 당시, 극형에 처해지게 마련인 장두狀頭 역할을 용감하게 자원하고 나선 이재수李在守도 제주도에 정착한 고부이씨 가계로서 그의 선조였다는 것이다.

김회천 씨는 자신의 김달삼 지지론을 증명하기 위하여 몇 가지 사례들을 지적하기도 하였다. 민족분단을 저지하기 위해 5·10총선거 거부운동을 이끌었던 것은 그의 선각자적인 역사의식을 보여주는 것이고, 무장대 훈련장에서는 가차없이 준엄한 지휘관이지만, 한라산 속에 숨어서 제대로 먹지도 자지도 못하는 극한상황의 병영생활을 함께 견딜 때에는 따뜻한 온정을 보여준다고도 하였다.

김회천 씨는 내 얼굴을 보면서 얘기할 때가 많았는데 그 때마다 사람들은 나를 향해 시선을 돌려서 나를 무안케 하였다. 그러는 가운데, 며칠 전에 일본 밀항선을 타고 떠난 조천중학원 한봉현 선생의 결단까지도 제주도 인민봉기의 미래 진로와 무관하지 않다는 애기가 나오면서 나의 비상한 관심을 끌었다. 제주도의 남로당 지도부에는 김달삼이나 이덕구처럼 공산주의 혁명이념을 일본에서 공부한 사람들이 많이 있으며, 이들은 일본 공산당의 지도부와 인맥이 닿아있기 때문에 한봉현 선생의 도일 행보는 제주도의 인민해방운동이 국제적인 협력관계를 넓히는 중대한 계기를 만들 것이라는 전망이었던 것이다. 이런 말을 듣는 나는 가슴이 마구 울렁거려 오면서 몇 가지 질문을 하지 않을 수 없었다.

─그럼, 우리 한봉현 선생님이 인민해방 혁명가가 된 것도 일본 유학을 통해서였습니까?

─그렇다고 봐야지. 학문적으로나 사상적으로는 일본사회에서 배울 것이 많았으니까.

─그러니까 우리 조천중학원 선생님들 중에 일본 유학출신자들이 많은 거네 마씀.

─그런 거지. 그건 내가 있던 농업중학교도 마찬가지여. 나도 일본 유학을 갔다 오면서 사회주의 사상을 알게 된 거고.

─그럼, 선생님은 김달삼이나 이덕구를 잘 아시겠습니다.

─난 동경에서 대학을 다녔으니까 김달삼하고는 친구가 되었지만, 이덕구 하고는 만날 기회가 없었지. 이덕구는 교토에서 대학을

다녔으니까.

—일본 공산당에서 제주도 인민봉기를 도와줄 수가 있다고 하셨는데, 일본 국민들 중에도 제주도의 인민해방 운동을 걱정하는 사람들이 있다는 말씀입니까. 제주도는 한국 안에서도 조그만 섬 아닙니까.

—어, 그렇지도 않아. 일제시대에 일본 유학 간 제주도 학생들은 똑똑하기로 유명했다니까.

1-4

김회천 씨의 열띤 연설을 듣던 사람들이 흩어진 것은 이때쯤이었다. 동경 유학생이었고 김달삼과 친구였다고 말하는 사람의 위세에 그들이 꿀려버린 것도 같았다. 그들이 배의 밑창으로 가보겠다는 말을 하자 김회천 씨도 이들을 따라나서며 잠시 가보고 오겠다는 말을 나에게 했는데 그렇게 말하는 품새로 보아서도 그는 그냥 단순한 밀항선 승객으로 이 배에 오른 것은 아닌 것 같았다. 그 속내는 내가 알 바 아니지만, 어쨌거나 나로서는 싫어할 이유가 없는 일이었다. 그는 아래로 걸음을 옮기면서 내 어깨를 톡톡 두드려주었는데, 그것이 나를 말 상대로 인정해주겠다는 격려의 뜻으로 여겨졌다.

혼자 남게 된 나는 배의 뒤편으로 걸어갔다. 배가 바닷물을 가르면서 지나는 모습을 보고 싶어 뱃전에 기대어 몸을 아래로 기울여 보았다. 뱃머리가 전진하면서 양쪽으로 갈라지는 바닷물이 상쾌한 물이랑을 만들고 있을 터인데, 희미한 달빛 아래 희끄무레하게 보이는 바다의 모습은 다만 상상으로만 그려지는 정체 모를 그림에 지나지 않았다. 그러자 문득 정체 모를 저 바다의 그림과 같은 것이 내가 앞으로 부딪칠 운명이 아니겠느냐는 생각이 들었다. 일본 땅에 내려봐야 아무런 의지가지가 없는데, 될 대로 되라는 배짱만을 가지고 어떻게 될른지, 생각할수록 막막하기만 하였다. 막막한 것은 나의 운명만이 아니었다. 현재 제주도의 형세는 어떤가. 제주도 사람들은 일치단결된 힘으로 민주항쟁의 거창한 구호를 외치고 있지만, 지난 8월에 출범한 이승만 정부의 고집불통 권력을 그대로 두고 자주독립이든 인민해방이든 외쳐봐야 무슨 소용이며, 이승만 정권을 꼭두각시처럼 조종하는 세계최강국 미국의 세력을 어떻게 물리칠 수 있겠느냐는 것이다.

잠시 후에 갑판 위로 올라오는 김회천 씨의 인기척을 듣고 돌아선 나는 그의 면전으로 걸어갔다. 그는 바닷바람 때문에 갑판 위는 춥지 않으냐고 하면서 안으로 들어가자고 나를 이끌었다. 김회천 씨가 나를 데리고 들어간 곳은 이 배의 조타실이었다. 김 선생은 역시 이 배의 선장과 가까운 관계라는 것을 여기서도 알 수 있었다.

조타실에 들어서는 나에게 좀 고무적인 일이 일어났다. 조종키를 잡고있던 선장은 우리가 들어서자 키를 부선장에게 맡기고는 김 선생과 나를 옆에 있는 의자에 앉도록 권하면서 말하는 것이었다.

　－이 학생은 눈썹이 장군상이네. 저것 봐, 눈썹 양쪽 끝부분이 위로 처억－ 올라갔잖은가. 저런 눈썹을 장군상이라고 하거든.

　－그런가? 자넨 풍채도 좋고, 아직 미성년이 일본 밀항에 나설 정도로 뱃심도 좋고, 장군 될 관상이구만. 자넨 오늘 장군이 된 관상, 그냥 공짜가 아니네.

　－아, 네, 장군 이름값 잘 하겠습니다.

　선장의 때아닌 덕담이 우리 모두를 즐겁게 해주었고, 김회천 씨와 나도 선장의 덕담에 잘 응답해준 셈이었다. 나는 우뚝 불거져 나온 알통과 건장한 체형 덕분에 운동선수가 아니냐는 초면 인사를 많이 듣는 편이면서도 장군상이라는 말은 처음 들었지만 싫지는 않은 지칭이었다. 내 눈썹 모양이 사람들의 시선을 끌도록 특별하지 않다는 것을 나도 잘 아는 바이어서 그냥 우스개 같은 덕담일 터이지만, 이를 잠자코 듣는 심중은 은근히 기분이 좋았다. 선장이 나의 환심을 사고 싶은 이유가 뭔지 모르지만, 지금 당장이라도 나의 운명의 키가 어느 쪽으로 기울어질지는 이들의 호의 여하에 달려있었다.

　조타실 안에서 내가 들은 말들은 주로 이 배의 오늘 운항 일정에 관한 것이어서 내 관심사이기도 하였다. 선장이 기분 좋아진 것은 날씨 덕분이 아닌가 싶었다. 오늘처럼 날씨 좋은 날에 일본행 배를 타 본 것은 처음이고, 오늘 배멀미하는 사람이 별로 없는 것은 파도가 거칠지 않기 때문이라고 하였다. 날씨가 험하면 불필요하게 적정 항로를 벗어나서 헤맬 수가 있고, 그러다보면 연료가 많이 소비되기도 하거니와 엔진 고장을 일으키든가 배의 수명을 단축시키는 현상이 일어나기 때문에 오늘 같은 날씨를 만나면 마냥 기분이 좋아진다는 얘기였다. 기상조건의 영향을 많이 받게 마련인 이 같은 소형어선으로서는 날씨 여하가 그날의 수지타산을 크게 좌우한다는 말에 실감이 갔다. 이 배는 김회천 씨의 긴급한 도일 일정에 맞추느라고 밀항 승선자들을 많이 태울 요량을 하지 못하고 출발했지만, 이렇게 운 좋게 순항을 한다면 그 같은 승선운임 손실을 메꿀 수 있겠다는 얘기까지 나왔다. 내가 예전에 듣기로는 어선을 밀항선으로 이용할 때에는 화물칸이든 어획물 칸이든 빈틈없이 손님으로 빽빽이 채운다고 했는데 오늘 이 배의 승선인원이 적은 것은 다 이유가 있었던 것이다.

기분 좋은 덕담 끝이라서 그런지, 나의 막막한 처지에 대해 걱정하는 얘기조차도 우스개처럼 나왔다. 다행히도 김회천 씨가 먼저 입을 열어주었다.

─자네가 일본에 도착하면 누구 찾아볼 사람이 있어얄 텐데. 일본에 누구 아는 사람은 없는가? 친척 같은 사람 말이지.

─없는데 마씸.

─일본에 아는 사람이라고는 한봉현 선생밖에 없다는 거여?

─그런 셈이우다.

—한봉현 선생 마저도 연락처를 알고있는 건 아니잖은가.

—그렇주 마씸.

—내가 생각을 좀 해봤거든. 우리가 시모노세키 전화국에 가서 오사카로 시외전화를 하면 그 전화를 한봉현 선생이 받을 수 있을지가 문제인 거라. 한 선생의 오사카 거처라고 해도 남의 집 문간방 구석이라고 했는데, 그 시간에 한 선생이 옆에 있다가 시외전화를 받을 수 있겠느냐 하는 거지. 만약에 전화 통화가 안 될 경우에는 어떻게 하느냐, 그땐 정말 운명에 맡길 수밖에 없는 거여. 난 오사카까지 동행하지 못할 일이 있고 말이지.

—일본에 무사히 도착하는 것만도 다행이라 하잖은가. 장군 이름값을 하겠다고 했으니까, 운명과의 대결전, 한 판 붙어보는 거여. 안 그런가, 강 장군.

—네, 한번 부딪쳐 보겠습니다. 설마, 죽기야 하겠습니까.

선장이 옆에서 거들어주었고 나도 이들의 추임새에 호응을 한 셈이다. 말은 그렇게 하면서도 사실상 나의 앞날에 대한 불안을 떨쳐버리기는 어려운 일이었다. 일이 잘 풀릴 것이라는 막연한 희망과 잘 풀릴 이유가 아무것도 없지 않으냐는 불안이 일렁이는 파도처럼 왔다갔다 반복되었다. 김회천 씨와 선장은 자기네끼리 시간 가는 줄 모르고 이 얘기 저 얘기 끝없이 계속하고 있었지만, 나는 그들의 얘기가 귀에 잘 들어오지 않고 점점 몽롱한 의식 속을 헤매고 있었다.

2장
재일조선인으로 11년

2-1

우리가 탄 배가 일본 땅에 도착한 것은 아직 먼동이 트기도 전이었다. 도착한 지점은 북규슈 맞은편 시모노세키라고 하였다. 30시간이나 되는 장거리 도항 길인데도 무사히 도착했다는 안도감이 우리 모두의 표정에 담겨있음을 알 수 있었다.

선장은 도착 즉시 배를 돌려서 제주도로 떠났고, 하선한 사람들을 앞장서서 인도한 사람은 김회천 씨였다. 배 안에서 쓰고 있던 오래된 맥고모자를 그는 아직도 쓰고 있었는데, 낯선 땅에 와서도 변함없는 그의 모습에서 어떤 믿음이 느껴지는 것 같았다. 나도 물론 김회천 씨의 표정을 살피며 그의 뒤를 따라나설 참이었다. 김회천 씨나 다른 사람들이 들고 온 짐 보따리는 큼직했지만 내 보따리는 이들에 비해 반만큼도 되지 않았는데, 일본에서 살아갈 준비도 꼭 이만큼일 터이었다. 아직 어두운 밤길인데 어디로 가나 했더니, 잠시 후에 조그만 트럭이 우리 앞에 도착하였다. 운전수는 제주도 출신이라고 했는데 일본어를 능숙하게 하는 것으로 봐서 일본에 온지 오래된 사람임을 알 수 있었다. 김회천 씨는 미리 사전 준비가 잘 된 듯이, 트럭에 탄 사람들을 네 번에 나누어서 내리도록 했다. 되도록 많은 인원이 함께 다니는 것을 피하는 것이라고 하였고, 사람들이 내릴 때마다 이 점을 주지시켰다. 8·15해방 후 한국으로 갔다가 난리를 피해 일본으로 다시 들어오는 사람들이 일본 경찰에 붙잡히면 괜히 고생한다는 말을 여러 번 되풀이했다. 일부러 미명의 이른 아침 시간에 밀항선이 입항한 이유가 일본 경찰의 눈을 피하기 위함이라는 것은 누구나 알고 있는 상 싶었다.

차에 탔던 사람들이 모두 내린 다음에 김회천 씨는 트럭 운전수에게 전화국 쪽으로 향하도록 했다. 우리는 트럭을 내린 다음에도 한동안 걸어야 했는데, 그동안에 김회천 씨는 옛날 일본에서 살았던 얘기를 들려주었다. 그 옛날 일본 유학시절에 군대환君代丸이라는 제주─오사카 간 정기연락선을 타고 일본을 오갈 때 기항지인 시모노세키항에서 시내 구경을 했던 경험담 얘기도 들려주었는데, 꿈많던 그 시절을 회상하는 순간마다 문득 자부심에 찬 어조가 되는 그의 모습이 나에게도 느껴지는 것이었다. 군대환 연락선으로 말하자면 나 자신이 그 선박회사에 잠시 근무한 적이 있었지만, 나는 그런 말을 하고 싶지는 않았다.

전화국에 도착하자 김회천 씨는 들고있던 짐을 나에게 맡기고 공중전화 박스로 들어갔다. 그는 전화국 이용이 생소하지 않은 듯 시외전화 수화기를 들고 뭐라고 말하기 시작했다. 나는 조마조마 초조한 마음으로 전화박스에서 통화하는 김회천 씨의 얼굴표정을 주시하였다. 잔뜩 긴장된 표정이던 그의 얼굴이 펴지고 웃음기가 어리더니 뭐라고 외치듯이 큰소리로 잠시 말한 다음에 전화박스를 나오더니 나의 손을 덥석 잡는 것이었다. 한봉현 선생하고 통화가 됐다는 것이고, 오늘 밤 열 시에 오사카 중앙역으로 마중을 나오기로 약속을 했다는 것이다.

나는 운수대통한 기분이 되었다. 오사카에 가면 내가 존경하는 한봉현 선생이 나의 마중을 나온다니 현재의 내 처지에서 이보다 더한 행운이 있겠는가 싶었다. 더구나 김회천 씨가 시모노세키에서 며칠 머물다가 오사카로 가기 때문에 한봉현 선생과 만나지 않게 되다니, 나는 은근히 속마음이 후련해지는 것이었다. 내가 밀항선 안에서 김회천 씨에게 거짓말한 것이 드러나지 않고 그냥 묻혀버릴 터이니 얼마나 좋은가. 앞으로 언젠가 나의 그 거짓말이 탄로나게 되더라도 세월과 함께 그 무게가 크게 감해질 터이니 이제 그 걱정은 하지 않아도 될 것 같았다.

시모노세키역은 전화국 가까이에 있었다. 오사카행 기차표를 살 때에야 나의 수중에 일본돈이 무일푼이라고 말하자 김회천 씨가 지갑을 풀고 환전을 해주었다. 그는 내가 밀항 준비를 제대로 못한 것을 가지고 흉을 보거나 하지는 않았다. 그나마 내 수중에 있던 뭉칫돈을 꺼낼 수 있었음은 나에 대한 김회천 씨의 신뢰를 얻는 데에 도움이 됐을 것이다. 배를 탈 때는 같은 나라 사람들끼리니까 사정을 봐줄 수 있었겠지만, 일본 땅에서 무임승차 하겠다는 말은 통할 리가 없었을 것이고, 그 난처한 모습을 이 사람 앞에서 보였다면 나의 꼴이 뭐가 됐을 것인가. 나를 개찰구 안으로 들여보내면서 김회천씨가 당부한 말은, 기차 안에서나 기차를 내리고 난 다음에 사방을 두리번거리면서 낯선 곳에 온 사람티를 내면 절대 안 된다는 것이었다. 나는 진심으로 그에게 감사의 뜻을 표했고, 우리는 굳게 악수를 한 다음에 헤어졌다. 저 멀리 사라지는 그의 맥고모자 쓴 뒷모습을 바라보면서 아직도 두근거리는 나의 가슴은 알 수 없는 운명의 손길에 대한 두려움이었을 것이다.

2-2

　오사카행 기차는 아침 여덟 시에 출발하여 밤 열 시경에 도착한다고 하였다. 주행 시간이 열두 시간을 넘는다고 했지만 생각처럼 그렇게 지루한 시간은 아니었다. 기차 좌석에 앉고 나서 한동안은 차내의 낯선 풍경에 정신을 뺏겼기 때문에 다른 생각이 들어설 틈이 없었다. 기차 안에는 사람들 소리가 너무 없다 할 정도로 조용하였다. 일본사람들은 공공장소에서 시끄러운 소리를 내지 않기로 유명하다는 말이 생각났다. 빈 좌석이 여러 개 있을 정도로 승객이 많지 않은 탓도 있었다. 이리저리 사방으로 시선을 던지던 나는 문득 김회천 씨가 나를 기차에 태우면서 신신당부한 말이 생각나서 혼자서도 무안한 마음이 되었다. 낯선 나라의 신기한 풍경을 남몰래 훔쳐보듯 하는 시간이 지나자 나는 가만히 눈을 감았다. 그러자 기다렸다는 듯이 만단의 상념들이 꼬리에 꼬리를 물고 떠올랐다.

천만뜻밖의 일인 나의 무단가출을 두고 걱정근심에 싸여있을 부모님과 하나뿐인 누나 모습이 가장 먼저 떠올랐다. 조천중학원 학우들 중에서도 나하고 비밀연락을 주고받던 학생당원들 모습이 크게 떠올랐고, 이어서 한라산 숲속에서 제대로 먹을 것도 없고 편한 잠자리도 있을 턱이 없는 유격대원들 모습들이 떠올랐다. 이들과 함께 문득 떠오르는 모습은 경찰이었다. 그들은 항상 내 뒤를 쫓는 것 같았고, 몇 번인가는 나를 연행해 가서 단단히 취조를 하고 풀어주었는데, 그때마다 나는 다음번에 걸리면 재판에 넘겨도 좋다는 반성문을 써냈던 것이다. 그러자 문득 떠오르는 것은 나는 이제 경찰의 감시에서부터는 완전히 풀려났다는 안도감이었다. 제주도에서는 '검은 개'라고 부르면서 빈정대던 경찰이었다. 앞으로는 일본 땅 어디에 가도 그 지긋지긋한 경찰의 감시가 없다는 생각은 정말 속 시원하고 유쾌하기까지 하였다. 그러나, 다음 순간 밀입국자 신분이 된 나는 앞으로 일본 경찰의 감시를 받게 될 것이라는 사실이 생각났다. 나는 일본에서 명심해야 할 한 가지 생활수칙을 되뇌었다. 두리번거리지만 않으면 의심받지 않는다는 것이니 그거야 어려운 일이겠느냐 싶었다.

잠시 선잠에 빠져들었다가 옆에서 나는 사람들 소리에 눈을 떴다. 일본사람들 국민성에 어울리지 않게 웬 소음인가 했는데, 간식거리 파는 장사꾼이 지나가고 있었다. 나는 시장기가 있었으나 어떻게 돈을 내고 어떤 것을 사 먹을지 자신이 없어서 선뜻 말을 걸지 못했다. 장사꾼이 지나간 다음에 나는 차분한 마음으로 기차 안 풍경을 바라보았다. 내 앞에 보이는 모든 것들이 새삼 신기해 보였는데, 눈앞의 물건들이 모두 고급스럽다는 것이 새로운 사실처럼 눈에 들어왔다. 교통수단으로서의 기차가 빛깔이 곱고 우아해 보였으며, 대동아공영권이라는 어마어마한 꿈을 잉태한 이 나라의 문명 발전을 보여주는 것이 바로 이런 것이구나 싶었다. 기차 안에 타고 있는 사람들은 모두 나보다 더 깨끗하고 단정하다는 느낌이 나를 잠시 주눅들게 하였다. 이들의 얼굴은 모두가 행복한 사람처럼 보여서 부럽다는 생각까지 들었고, 역시 이 나라는 우리나라 보다 훨씬 앞서가는 선진국이구나 싶었다. 그러나, 다음 순간 부럽다는 생각보다는 시샘하는 심정이 되었다. 제국주의 기치 아래 강대해진 일본은 우리 것을 뺏어다가 부자나라가 되었다는 생각이 떠오르면서 분하고 억울함이 앞서는 것이었다.

이런 생각을 이어가던 내 머리에서 한 가지 사실이 의아스러운 질문처럼 떠올랐다. 우리 제주도 사람들의 역사에서 일본이라는 나라가 매우 큰 발전의 기회를 주었다는 사실이었다. 한때는 제주도 인구의 4분의 1이나 되는 많은 사람들이 돈을 벌기 위해 이 나라에 왔다고 할 정도로 일본은 제주도 사람들에게 희망의 땅이었다고 하였다. 해방 후 불과 2~3년 안에 제주도 곳곳에서 초중등 민립학교 설립 운동을 활발하게 벌인 것도 일본에 와서 돈을 번 제주사람들이었다. 제주도내 마을치고 전기나 수도 시설 같은 생활설비 투자에서 재일동포 제주인들의 신세를 지지 않은 곳이 없다고 하지 않는가. 교육면이나 사상적인 면에서 제주사람들의 수준을 높여준 것도 일본이라고 하였다. 지난 5월의 총선거를 민족분단 고착의 실책이라고 거부하는 인민운동이 제주도에서 유독 크게 일어난 것은 일본유학을 통해 진보적인 역사의식을 길렀던 선각자들이 있었기에 가능했다는 말도 기억났다. 김달삼이나 이덕구 같은 선각자들, 한봉현 선생까지도 일본에서 공부한 사람이라는 생각이 떠올랐다. 이와 더불어 김회천 선생이 밀항선 안에서 잠깐 비친 이상한 말도 생각났다. 제주도에서 인민해방의 무장봉기 전투력이 달리는 현실에 직면하여 일본 좌익세력의 인맥과 접선하는 것이 한봉현 선생이 일본에 온 목적이라고 했던 것이다.

　일본은 우리에게 원수이기만 하지는 않다는 것인데, 이야말로 간단히 대답할 수 있는 문제가 아니었다. 8·15해방 후 제주도에서는 일제의 잔재를 몰아내자는 격렬한 운동을 펼쳤지만, 일본을 매개로 해서 우리가 이루어낸 것, 일본이 있었기에 우리가 얻은 것이 많은 것도 엄연한 사실이었다. 일본이라는 나라가 우리 역사를 발전시킨 국면도 있다는 사실은 나를 점점 사고의 미궁 속으로 몰아넣는 것 같아서 역사발전의 문제라는 것은 간단히 결론 내릴 수 없다는 생각으로 향하는 것이었다.

2-3

나는 밤 열 시경에 오사카 중앙역에서 내렸지만, 마중 나온 한봉현 선생의 모습은 보이지 않았다. 개찰구를 나설 때까지도 비슷한 모습은 보이지 않아서 실망스러운 마음으로 대합실에서 기다려 보기로 하였다. 내가 들어간 대합실은 너무 넓기도 했고, 대합실 비슷한 것이 하나만이 아닌 것 같아서 당황스러웠지만, 하여간 제일 널따란 대합실에서 기다리는 도리밖에 없었다. 시간이 급한 것도 아니고 우리의 만남을 재촉하는 아무것도 없는지라 느긋이 앉아있기로 하였다. 나는 가만히 눈을 감고 떠오르는 상념들을 머릿속에서 이리저리 굴려보았다. 어슴푸레 머리에 떠오르는 어지러운 상상과 공상의 무리들 가운데 또 다시 선명한 색깔로 어른거리는 것은 주정공장 폭파범으로 내 눈앞에서 죽어간 친구의 모습이었다. 한봉현 선생에게 제일 먼저 꺼낼 말이 이 사건에 대한 보고일 것 같았다. 어처구니없이 한순간에 죽어간 그 친구의 운명을 생각하면 내가 하는 걱정들은 사치스러운 것이 아닌가 싶었다. 나의 미래가 불확실하다고는 하지만, 죽지 않고 살아있기만 해도 그 친구의 허망한 죽음보다는 낫지 않으냐는 막된 생각까지 떠올랐다.

기다린 지 한 시간이나 지날 무렵 한봉현 선생이 나타났다. 그는 태평양전쟁 말기에 있었던 오사카역 폭파 사실을 깜빡 잊어버린 결과 역사 근처의 지리에 어두웠던 탓이라고 늦은 변명을 하였다. 그러나 말하는 모습이 영 기운 없어 보여서 그가 이렇게 늦게라도 나와준 것이 무리한 고역이 아니었을까 걱정이 될 정도였다. 무장대 활동 중 죽음 직전에 겨우 피신하였다는 그가 일본에 와있는 동안에도 고생이 많았던 것 같아서 수고를 끼치는 내 처지가 원망스러웠다. 말하는 기운만이 아니라, 그의 초췌한 얼굴색이나 헝클어진 머리, 후줄그레한 옷차림 같은 것이 너무 초라하였기 때문에 마주 앉아 있는 동안 내내 고마운 마음과 더불어 미안하고 죄스러운 마음까지 일어나는 것이었다.

두 사람 다 목숨이 왔다갔다 하는 험지를 겨우 벗어난 몸이라 서로 간에 애틋한 교감이 오간 것일까, 우리는 인사치레 같은 말을 많이 하지 않고도 바로 하고자 하는 말이 나올 수 있었던 것 같다. 나는 혼자 미리 생각해 두었던 대로 내가 일본 밀항을 결심할 때의 심정부터 말하였다. 주정공장 폭파범으로 불시에 죽어간 친구 당원의 얘기를 들은 한봉현 선생은 한동안 비감에 잠기더니 그 같은 사건이 일어난 배경에 대해 유감의 뜻을 표해주었다.

─주정공장을 폭파한다는 계획은 이 공장이 일제의 경제수탈기관인 동양척식회사에서 세운 것이기 때문인 것 같지만, 그건 하나는 알고 둘은 모르는 거여. 주정공장이 있어야 제주도 농민들이 고구마를 팔아서 돈이 생길 거 아닌가 말이지. 그러고 말이지, 그런

위험한 일을 맡기려면, 폭발물 취급을 많이 해봤거나 그런 일을 잘 아는 사람을 찾아봐야 하는 건데, 강만수 같은 햇병아리를 시키다니, 그러면 안 되지.

내가 당했던 위기의 정황을 이해한다는 그의 말은 그대로 일본 밀항을 하게 된 나의 결단을 시인하고 나의 진심을 신뢰하는 것으로 들렸다 할 것이다. 나는 마음이 좀 놓이면서 내가 속으로만 생각하던 말을 꺼내보았다. 김희천 선생 덕분에 밀항선에 무임승선을 할 수 있었다는 말은 울적한 얘기를 나누던 우리 마음에 모처럼 활기를 넣어주는 상 싶었다.

―그러니까 제가 공짜 밀항선을 타게 된 것은 결국 한 선생님 후광 덕분입니다. 선장이 저의 무임승선을 허락해준 건 김희천 선생님 영향력 덕분이고, 김 선생님이 고마운 배려를 해주신 건 저와 한 선생님의 각별한 관계를 고려했기 때문이 아니겠습니까. 그런데 제가 김 선생님에게 좀 미안 한 건, 김 선생님이 선장에게 빚을 지게 된 건 아닌가 해섭니다. 공짜 손님을 태운 셈이 되었으니까 말입니다.

―걱정할 건 없어. 그 사람들은 요즘 잘 나가는 상부상조 관계니까.

―네? 상부상좁니까?

―그렇다네. 김 선생이 소개하는 밀항선 손님이 많거든. 두 사람 다 요즘 수입이 괜찮을 거여.

―아, 네.

한봉현 선생의 말이 나의 머리에 와서 날카롭게 박히는 듯하였다. 밀항선 안에서 김 선생과 선장 사이에서 보였던 석연치 않은 낌새는 그런 배경이 있었구나 싶었다. 그러나 이런 숨겨진 배경이야말로 나에게 공짜 밀항을 하는 행운을 만들어 주었으므로 나는 은근히 이들의 협력관계가 고맙게 여겨졌다. 나는 한 선생에게 물어보고 싶은 얘기가 많았지만, 앞으로의 일이 너무 막막했으므로 지난 일 얘기부터 하고 싶었다.

―저는 김 선생님이 보여주신 호의에 대해서 고맙기도 했지만, 그분의 신념에 대해서도 존경이 갔습니다. 김 선생님은 열렬한 김달삼 숭배자여서 저도 공감이 많았습니다.

―그런 얘기도 했었나.

―김달삼 사령관을 그냥 숭배만 하는 것이 아니고, 두 사람이 친구 사이라고 했습니다. 한봉현 선생님도 일본 유학을 하셨으면 김달삼하고 친구 사이는 아니셨습니까?

―김달삼은 동경에서 대학을 다녔고, 나는 오사카에서 다녔으니까 우린 서로 만날 기회가 없었지. 아, 연배로 봐서도 내가 한 5년 연상이지. 김회천이도 김달삼하고는 만난 적이 없었을 거여. 한창 전쟁통이었는데, 말이 대학생이지 언제 대학강의는 제대로 있었겠어? 김회천, 그 친구 허풍선이여. 자네에게 일본유학생 티를 내고 싶어서 허풍 좀 떨었던 거겠지.

−그래도 전직이 농업중학교 교사라고 하셨습니다.

−허풍선이라니까. 허긴 뭐, 그 학교 시간강사를 좀 했으니까 완전 허풍은 아니네.

나는 한 선생이 말하는 모습을 눈여겨보면서 그가 하는 말에 숨겨진 의미가 어떤 것일지 상상해 보았다. 김 선생은 한 선생에게 잘 보이려고 하는데 한 선생으로부터 제대로 인정을 받지 못한다는 의미가 될 것 같았다. 그는 학생 신분인 나에게서 신뢰를 얻는 것이 곧 한봉현 선생의 신뢰를 얻는 데에 도움이 된다고 넘겨짚었을 것도 같았다. 결과적으로 김 선생에 대한 나의 존경심이 흔들리게 만드는 말이었다. 제주도 인민봉기의 진행 상황에 대해 뭐를 아는 체한 것도 김 선생의 허풍기에서 나온 말이 아닌가 싶었다. 어쨌거나, 김희천 선생이 한봉현 선생에게 잘 보이려는 마음이 나에게 호의를 보이도록 했다는 것만은 확실한 것 같으니 나에게는 다행한 일이었다.

2−4

밤 시간이 늦어지면 막차를 놓칠 수가 있다는 그의 말을 듣고 나는 하고 싶은 말을 많이 참아야 했다. 서둘러 대합실을 나왔을 때에는 정적에 쌓인 오사카 역사驛舍 건물에서 반짝이는 불빛 모습이 한눈에 다가왔다. 그의 거처는 내가 많이 들어본 쓰루하시[鶴橋]역에서부터 멀지 않은 이꾸노쿠[生 野區] 조센이찌바[朝鮮市場]였다. 그는 대학생이던 젊은 시절에도 여기서 살았으므로 생소하지 않은 동네라고 하였다. 자정이 지난 시간에 우리가 도착한 그의 거처는, 내가 들었던 대로, 재일동포 친척집의 문간방 비좁은 공간이었다. 그의 거처가 별로 좋은 집은 아닐 것이라고 예상은 했었지만, 막상 우리가 당도한 집은 너무 궁상맞아서 충격을 받았다. 빈티가 덕지 덕지 묻은 너무나 초라한 쪽방이어서 이곳이 내가 제주도에 있을 때 부러워하던 재일교포네 집인가 믿어지지가 않았다. 비좁아서 두 사람이 겨우 누워 잘 수 있는 방인데 비닐 옷장 말고는 실내 설비가 거의 없어서 썰렁한 느낌이 들었으며, 벽지조차 낡고 퇴색되어 그냥 바라보기조차 민망하였다. 한 선생도 나처럼 거의 맨몸으로 제주도를 탈출했을 것이라는 생각이 났고, 일본 도착 후 아직 한 달이 될까말까 했으니 이렇게 행장이 빈약한 것도 당연할 것이라고 짐작은 되었다.

시간이 늦었으니 그냥 잠을 자자는 한 선생의 말 대로 우리는 곧 잠자리에 들었다. 방안의 풍경이 너무나 썰렁해서 빨리 어둠 속에 묻혀버리는 것이 기다려질 정도였다. 연민을 자아낸 썰렁한 방안 풍경이 어떤 내력을 안고 있는지를 나는 이튿날 아침에야 알았다. 한 선생이 나와 마주 앉아 소곤소곤 들려준 이야기에는 멀고 오랜 역사와 더불어 최근의 사건까지 담겨있었다. 현재 그의 거처가 있는 이곳 오사카 이꾸노쿠 조센이찌바는 원래 농사짓기조차 쉽지 않은 침수지역이어서 사람 살 곳이 못 되었는데, 이곳이 공장지대로 바뀌면서 제주도 도래인渡來人들이 들어와 살게 되었다는 것이고, 이곳에 생긴 공장들이 바로 제주도사람들의 생계 수단이 되어주었다는 것이다. 저지대인 이곳에 지난 여름 홍수가 터져서 많은 가옥이 침수 피해를 당한 것이 이곳 주민들의 재앙이었다고 했다. 한봉현 선생이 처음에 들어가 살던 집이 침수되어 이 집으로 긴급 피난을 온 셈인데 이제 곧 그 집의 복원공사가 끝나면 다시 그곳으로 돌아갈 것이라는 얘기였다. 당장은 나에게 숙소 편의를 봐주기가 어렵다고 했지만, 나는 한 선생의 말을 다 듣기도 전에 그에게 신세지는 것은 어젯밤 한 번으로 끝내야 할 것임을 직감하고 있었다. 내게도 찾아가 볼 친척붙이가 있다는 말을 꾸며대어 한봉현 선생을 안심시키기도 하였다. 그의 말대로 복원공사 중이라는 그 집의 사정도 믿을 수가 없거니와, 지금 여기서 빤히 보이는 그의 처지로 보건대 내가 얹혀살 수 있는 정황은 못될 것 같았다. 지난 한 달 동안 제대로 먹고 자지도 못한데다 무너진 집 복원공사 도와주는 막일을 하느라고 녹초가 된 몸이지만, 이제 곧 공사가 끝난다는 그 집으로 다시 입주한 다음에는 새 마음 새 출발로 나갈 것을 다짐하고 있다고 했으나, 그게 얼마나 실속있는 희망일지는 실감이 나지 않았던 것이다.

나는 아침 식사를 대충 얻어먹고는 밖으로 나왔다. 한봉현 선생에게 폐가 되는 것도 안될 일이지만, 그가 처한 비참한 처지를 옆에서 본다는 것은 곧 나 자신이 비참해지는 기분이 되었던 것이다. 한 선생은, 이제 곧 그전의 거처로 옮겨가면 나가기로 된 일자리가 예정되어 있다고 했는데, 그것이 무슨 대단한 일이나 된 듯이 말한 것도 나의 실망을 자아냈다. 그가 나가기로 했다는 일자리란 신발 만드는 고무공장이었는데, 나보고도 그 일을 같이하는 게 어떠냐는 그의 말을 들으면서 나는 그만 실소를 머금었다. 자기가 학교에서 화학 선생을 했으니까 고무공장 감독은 잘 어울린다는 어린애 같은 자랑까지 곁들이는 것이었다. 제주도의 인민봉기가 지금 정체 상태에 있다는 말을 어제 나한테서 들었는데도 그 문제에 대해서는 한마디도 들어보려고 하지 않았다. 심지어는 조천중학원 사람들의 근황에 대해서도 물어보는 말이 없었다. 그의 지친 행색만큼 정신적으로도 완전히 기진맥진해버린 탓인지, 나를 어리고 세상 모르는 학생으로 보아서 그러는지, 나하고 대화의 문을 닫아버린 그에게 나 자신도 뭐라고 말을 걸어볼 엄두가 나지 않았다. 아직 중학생이기는 하지만, 이제 곧 스무 살이 될 나를 어린애라고 보는 것 같아서 서운한 심정이 되기도 하였다.

한봉현 선생과 작별하고 밖으로 나왔지만 나에게 갈 곳이 있는 것은 아니었다. 손에 든 짐보따리가 있어서 어디로 찾아가기도 불편하였기 때문에 우선 행장을 간단히 하는 일이 중요할 것 같았다. 이꾸노쿠의 조센이찌바에는 제주사람들 수만 명이 살고 있다는데 여기저기 돌아다니다 보면 무슨 도리가 생기려니, 요행수를 기대해

보기로 했다. 그 많은 제주사람들 가운데 나의 친척붙이가 하나도 없다는 사실이 새삼 서럽게 다가왔지만, 누구를 탓할 수도 없는 일이었다. 거리에 많이 나붙은 한글 간판들이 나에게 용기를 주었다. 나는 우선 〈여관〉이라는 간판이 걸린 집들을 찾아보기로 했다. 그런 집이 적지 않았지만 나는 비교적 오래되고 누추해 보이는 여관을 찾아서 들어가 보았다. 나에게는 지금 돈을 절약하는 것이 최상의 미래 대책이었다. 간판이 한국어이니, 말도 한국어여서 소통하기는 어렵지 않았다. 여관비를 물어봤더니 1박에 1엔이라고 하였다. 그것이 이 지역의 여관비로서 싼 것인지 비싼 것인지 모르는 나는 되돌아서 나왔고 그렇게 여러 군데를 가봤으나, 어느 여관에서나 1박에 1엔보다는 비싼 요금을 불렀다. 그중에 어떤 여관에서는 나를 보고 밀항자는 손님으로 받지 않는다고 말해서 되게 얻어맞는 기분이 되었다. 밀항자 티를 내지 말자고 그렇게 다짐했는데도 이게 무슨 꼴인가 싶어서 나는 결심을 새로이 굳혔다. 길을 걸을 때 두리번거리는 짓을 절대 하지 말고 무슨 바쁜 일이 있는 것 같은 표정을 하고 걸어다니기로 했다.

나는 다시 맨 처음 갔던 여관을 찾아갔다. 이번에는 1박에 1엔 아래로는 안 되겠느냐고 물어봤다. 주인인 듯한 할머니가 숙박비를 내릴 수 없는 이유를 말했다. 딱한 사정을 봐주고는 싶지만, 자기네도 한 번 값싼 요금을 부르다보면 그것이 전례가 되어버리니 그럴 수가 없다는 것이다. 그러나 실망해서 되돌아서는 나를 할머니가 불러세우더니, 오사카에서 숙박비 제일 싼 곳을 알려주겠다고 했다. 그곳은 식당 영업을 하고 있는데, 그 집에서 저녁 식사를 한 사람들끼리 합숙하는 곳이기 때문에 늦은 저녁 시간이 되어야 동숙자들이 정해진다고 하였다. 할머니가 알려주는 그 합숙 장소를 찾아가 봤더니 '산지물식당'이라는 간판을 달고 있었는데, 나는 저녁 시간이 되면 꼭 찾아올 테니까 우선 짐보따리만 맡겨두겠다고 하였다. 일이 여기까지 되니까 어쩐지 오늘 일이 잘될 것 같다는 자신감이 생기는 것 같았다. 홀가분한 기분으로 이꾸노쿠 조센이찌바를 하루 종일 돌아다니면서 구경하는 동안에 무슨 수가 생기지 않겠느냐는 뱃심이 용솟음치는 것이었다.

2-5

조센이찌바 탐방을 알차게 하자는 결심을 한 나는 다리에 기운을 모아 걸음을 내디뎠다. 이곳 지리를 모르니 같은 곳을 여러 번 돌아다니기도 하였다. 오사카는 일본 제2의 대도시라고 하는데 이꾸노쿠 지역에는 규모가 큰 볼거리는 없다는 점이 이채로웠다. 널따란 거리도 안 보이고, 우람하게 높이 솟은 건물도 안 보였다. 역사 오랜 건축물도 없는 것 같았다. 비교적 큰 건물이라고는 병원과 초중등 학교가 몇 개 보이는 정도였고, 역사에 남을 만한 유명한 기념물은 전무하다 싶었다. 고만고만한 작은 건물이나 길들이 옹기종기 모여있다고나 할까, 이 모든 것이 이곳에 뒤늦게 들어와 터를 잡은 한국사람들의 험난한 역사를 말함이라 생각되었다. 그들은 일본사람들이 내버린 침수지역 땅에 들어와 살았다는 것이 아닌가. 이곳 조센이찌바에서 좀 크다 싶은 건물로는 공장이 많이 보였는데, 단조로운 모양의 지붕을 올려서 한눈에도 창고임을 알아볼 수 있는 건물들이 군데군데 있었고 화물차에 짐을 싣거나 내리는 광경도 여러 번 보였다. 가정주택처럼 보이는 작은 건물들이 다닥다닥 붙어 있는 달동네도 많이 있었지만, 이런 주택들도 대개는 집안에서 운영하는 가내수공업을 낀 것이 많다는 얘기였다. 수십 세대가 모여있는 동네인데도 화장실이 하나밖에 없는 곳도 있었는데, 나는 못 볼 곳을 본 것처럼 돌아나와야만 했다. 사람들이 많이 몰려있는 곳은 시장통이었는데 형형색색의 갖가지 상품들과 어울리는 여러 행색의 사람들이 시선을 한참이나 끌어당겨서 나는 다시금 밀항자 단속 경찰을 떠올려야 했다. 이곳 시장에서는 제주도 특산인 자리젓이나 오미자술까지 있다는 말을 들은 적이 있지만 그런 물건을 찾아나설 처지는 못되었다.

하루가 가도록 조센이찌바 거리를 돌아다니면서 내가 내린 결론은 이곳은 내가 머물 곳이 못 된다는 생각이었다. 오사카행 기차 안의 풍경을 보면서 일본은 잘 사는 나라, 우아하고 깨끗한 사람들의 나라라고 보았던 인상이 여기에서는 해당되지 않았다. 듣자하니, 이곳에 사는 제주사람들이 돈을 버는 일자리는, 고무신이나 싸구려 옷, 유리나 플라스틱 제품을 만드는 공장이나 가내수공업인데 이 같은 제품은 그 공정이 더럽거나 위험하고 이윤이 박해서 일본인들은 기피하는 품목이라고 하였다. 말하자면, 일본인들이 쓰다 버린 쓰레기 더미를 뒤져서 먹을 것과 입을 것을 찾는 격이었으니, 이곳은 일본 안에 있으면서도 외딴 나라나 다름없지 않은가. 오사카행 기차 안에서 내가 잘사는 나라 일본이 제주도 발전의 시혜자 역할을 하지 않았느냐는 질문의 숨겨진 의미가 이제야 약간 풀리는 것 같았다. 조센이찌바의 제주사람들이 고향 발전을 위해 보내주는 금품은, 일본인들이 갖고있는 풍요한 물자 재고품에서 내어준 것이 아니라 이 나라 사람들이 내버린 폐기물 더미에서 주워 모으고 재생시킨 물건들이 아닌가. 일본 유학까지 했다는 학력과 자부심을 가지고 애국애족의 인민운동 지도자로 나섰다는 한봉현 선생마저 일본인들 쓰레기통을 뒤지는 일을 기꺼이 맡아 하겠다고 했지만, 내가 이에 동참하는 것이 가당한 일이겠느냐 싶었다. 가내수공업 같은 자잘한 일을 하기에는 나의 젊음과 체력과 패기가 아깝다고 생각되는 것이었다.

넘치는 의욕으로 시작된 하루가 허무하게 끝난 기분이었지만, 나는 해넘이 시간에 맞추어 짐보따리를 맡겼던 '산지물식당'으로 돌아갔다. 너무 많이 돌아다닌 탓인지 다리가 뻐근했다. 합숙 장소에는 내가 제일착이라고 하였다. 저녁 먹는 대로 잠이나 실컷 자려고 했는데 동숙자들이 모이기 전에는 침구를 꾸릴 수 없다는 말을 들어야 했다. 한참을 기다린 끝에 합숙할 동지라고 모여든 사람들이 넷인가 했더니 밤늦게 한 사람이 더 들어왔고 이들은 서로 간에 친근한 사이인지 할 얘기들이 많았다. 밤늦게까지 술 마시고 왁자지껄 떠들어대니 이들이 잠잠해질 때까지 기다려야 했다. 처음에는 내가 숙박 장소 선택을 잘못했나 싶었지만, 곧 생각을 바꾸기로 하였다. 오늘 밤 이 사람들이 왁자지껄 떠드는 얘기를 듣는 것이야말로 이곳 이꾸노쿠 조센이찌바가 어떤 곳인지 가늠하는 좋은 기회라고 생각되었던 것이다. 이들이 쓰는 말이 대체로 한국어 중에서도 제주도 사투리였기 때문에 알아듣는 데에 지장이 있는 것도 아니었다. 이곳에서는 일본어를 할 줄 몰라도 아무 불편이 없다는 말이 정말이었다.

나의 동숙자들은 하나같이 안정된 일자리도 없고 밤이 되면 돌아갈 가정도 없는 그야말로 뜨내기 날품팔이 신세인 것 같았다. 일자리에 대한 불평불만 늘어놓거나 신세타령하는 것이 이들 얘기의 주요 골자였다. 그런데 제일 늦게 들어온 동숙인이 하는 말이 이채로웠다. 그 사람은 예전에 여기 이꾸노쿠에서 막노동 일을 했었는데 여기보다 벌이가 좋다는 오사카항만 지역으로 얼마 동안 옮겨가서 겪었던 얘기를 들려주었다. 그곳은 여기보다 일거리도 많고 임금을 더 많이 주는 것도 사실인데, 모두가 일본인들만 있는 데라서 언어소통도 잘 안 될뿐더러, 아직도 조센징 괄시의 오랜 관습이 남아있어서 아니꼽고 자존심 상해서 못 해먹겠더라는 푸념을 늘어놓왔다. 돈도 좋지만 사람 취급을 안 해주는 데에서 어떻게 배기겠느냐고 넋두리하는 그에게 내가 물어보았다.

─저, 그곳에선 어떤 일꺼리가 이십디강.

─아, 부둣가에서 우리 일꺼리야 뻔헌 거 아니라? 배에다 짐을 싣곡 내리곡 허는 하역작업이 하영 이실 거난.

나는 이 한마디를 듣고 바로 이것이다, 하고 쾌재를 부르짖는 심정이 되었다. 나의 넘치는 젊음과 체력을 아낌없이 바칠 곳이 바로 그곳이로구나 싶었다. 이꾸노쿠 조센이찌바는 다시 보아도 그게 그것일 뿐 모두가 궁상맞고 애처로운 군상이면서 나의 뜨거운 열정을 필요로 하는 세상은 되지 못한다고 생각되었다. 일본 오는 밀항선 안에서 선장이 농담 같은 덕담에서 나의 관상을 장군상이라고 말했던 것이 생각나기도 하였다.

잠이 들면서 슬며시 떠오르던 결심은 밤사이에 더욱 확고해졌고, 아침이 되자 나는 이 결심을 바로 실천에 옮겼다. 식당 주인에게 짐보따리를 하루 더 맡긴다는 말을 하고 나서 나는 오사카 항만을 향해 출발하였다. 거기까지 가는 교통편에 대해서는 식당 주인에게 물어서 메모 쪽지에 잘 적어넣었다. 우선 쓰루하시역으로 가는 전차를 타고, 쓰루하시역에서 내리면 니시쿠조[西九條]역으로 가는 전차를 타고, 그곳에서 내리면 다시 오사카항[大阪港]으로 가는 전차를 타라는 얘기였다. 이 지역의 지리에 어두운 것이 두렵기는 했지만, 맞부딪치면 어떻게든 길이 열릴 것이라는 배짱이었다. 만만치 않은 것이 나의 일본어 실력이었다. 일제시대 때 소학교에서 잘 다져진 일본어 실력인데다가, 그다음에는 산지천 포구에 있는 일본 연락선 항만사무소에서 매표원으로 한동안 근무할 때에도 누구에게나 인정받던 일본어 구사력이었던 것이다.

물어물어 찾아가는 길이 수월할 수는 없었지만 나는 큰 실수 없이 오사카항까지 무사히 갈 수가 있었다. 그러나, 내가 내린 곳에서는 항구같이 보이는 풍경이 거의 없었고 한참을 더 걸어가야 선박들 정박한 것이 보이기 시작했다. 일본 굴지의 거대 항만도시에서 볼거리는, 어마어마한 크기의 선박이나 우람한 선착장 등 내가 사진으로도 보지 못했던 것들이면서 예상 이상으로 위압적이었다. 가도가도 끝없이 이어지는 항만의 풍경들은 하루 종일을 가도 끝이 없을 것 같았다. 나는 걸음 속도를 줄이고 오늘 하루를 다 바쳐서 이곳 구경을 하기로 하였다. 점심 식사까지도 선창가 간이매점에서 간단히 때우기로 했다. 출렁이는 바닷물에 굵다란 밧줄로 묶여 정박해있는 초대형 선박들을 눈앞에 두고서는 나의 알량한 담력이 시험당하는 기분이 되었다. 세상에 이런 배도 있었구나, 이렇게 큰 배가 어떻게 바다 위를 떠갈까 신기하다는 느낌이 들었다. 오사카행 기차 안에서 느꼈던 이 나라에 대한 부러움이 생각났고, 선진국과 후진국 간의 차이를 발견하는 것 같았다. 나는 역시 별수 없는 제주도 촌놈이고, 여기 넓은 세상에 와서는 시선을 똑바로 두기도 어려운 국제 촌놈이 아닌가 싶었다. 나는 자신의 주눅 들어버린 표정을 누가 볼까 봐서 한곳에 오래 머물기도 쑥스러웠다. 여기까지 오는 동안 나의 결심, 나의 행동 하나하나가 얼마나 어처구니없는 짓이었는지, 후회스럽기조차 했다. 여기 항만 지역으로 오면 나의 강한 체력에 걸맞는 일거리를 찾을 것이라는 생각이 얼마나 부질없는 것이었는지 부끄러웠다. 으리으리하게 큰 저 선박들에 대해서 내가 뭐를 알고 어떤 사람 구실을 하겠다고 나서겠다는 건가. 이럴 바에는 차라리 이꾸노 조센이찌바에서 한봉현 선생처럼 고무신 만드는 일이나 맡아했으면 좋지 않았을까 싶었고, 그런 일을 기꺼이 시작하기로 한 한 선생이 결국은 현실을 현실로 받아들이는 지혜를 가졌다는 생각까지 드는 것이었다.

머릿속 생각으로는 벌써 내가 옮기는 발걸음이 허망하다고 비웃고 있는 것 같았고, 이와 동시에 두 다리의 힘이 곧바로 빠지기 시작했다. 선창가를 돌아나오는 곳에서 때마침 눈앞에 보이는 나무 벤치 위에 주저앉은 나는 하염없이 흘러가는 구름을 멍하니 바라보는 자세가 되었다. 조센이찌바를 얕보고 나온 것이 후회스럽다가 제주도를 너무 성급하게 떠나온 것이 후회되기도 하였다. 찜찜한 시간이 지나가는 동안에 내 앞을 지나는 사람들이 나의 관심을 끌었다. 무슨 여객선에서 방금 하선한 사람들 무리인 듯한데, 이들은 항만 내부의 건물들 앞을 지나서 그 뒤쪽의 이면도로로 들어가는 것 같았다. 그리고 보니 여기에서 배를 내린 사람들은 모두 그쪽 방향으로 가게 마련이라는 생각이 들었고, 그 많은 사람들이 들어가는 이면도로에는 무엇이 있을지 호기심이 일면서 나는 그쪽 방향으로 발걸음을 옮겼다.

2-6

　오사카 항만을 이리저리 헤매다가 무작정 찾아들어간 이면도로를 걷던 중에 한국인 식당을 발견하지 못했다면 나는 어떻게 되었을까, 지금 생각해도 막막하기만 하다. 아직 저녁 먹을 시간이 아니어서 시장기가 올라오지도 않았는데 식당 같은 데가 내 발걸음을 잡아당긴 것은 어떤 예감이라도 있었던 것일까. 사람들 무리가 향해가는 데가 어떤 곳인가 보고싶은 마음에 얼마간 걸어 들어가던 나는 '君代食堂'이라는 한자 아래 '기미가요식당(ぎみがよしょくどう)'이라고 쓰여있는 간판을 보고서 그냥 지나칠 수가 없었다. 옛날 제주─오사카 간 연락선 이름인 '군대환君代丸'이 얼핏 머리에 떠올랐던 것이다. '군대환'이라면 몇 년 전까지만 해도 나 자신이 배표를 끊어주고 확인해준 오사카행 제주 승객들을 떼거리로 실어날랐던 정기연락선 이름이 아닌가. 나는 왈칵 일어나는 반가운 마음에 떠밀려서 식당 문을 열고 들어갔다.

　혹시나 하긴 했지만, 식당 주인이 제주사람이라는 말을 들은 나는 정말 어떤 운명적인 힘을 감지하는 것만 같았다. 기미가요식당이라는 간판을 달았다면 제주도와 관련이 있는 사람이 아니겠느냐고 넘겨짚은 나는, 밑져야 본전이라는 생각으로 제주도와 무슨 연고가 있는지를 식당주인에게 물어봤고, 나의 예감은 적중하고 말았던 것이다. 우리는 반가운 환호소리와 함께 힘찬 악수를 나누었다. 식당주인은 이제 50대에 가까운 나이로 보였는데 호방한 기품과 친화력이 엿보여서 나의 오그라들던 마음이 일시에 펴지는 것 같았다. 이 식당은 옛날 '군대환' 연락선 시절부터 이 자리에 있었는데 종전 후 제주-오사카 간 연락선이 없어진 다음에도 이 자리를 떠나지 못한 것은 순전히 오래 정들었던 동네를 벗어나지 못하는 인정 때문이라고 하였다. 자신을 장 사장이라고 불러달라는 그는 선뜻 소주잔까지 시켜 내놓는 적극적인 사교성을 보였다. 저녁 시간까지는 한두 시간이 남아있어서 영업방해도 되지 않는다고 술잔을 권하는 장 사장은 나를 구해주려고 하늘에서 내려온 천사처럼만 보였다. 거대 항구도시 오사카에서 역사 오랜 대중식당을 경영하는 장 사장의 처지는 지금 눈앞에 보이는 대로이지만, 현재 내가 어떤 처지인지를 설명하기는 쉽지가 않았다. 사람 목숨이 파리 목숨처럼 되어가는 제주도의 혼란상을 피하여 급하게 일본으로 왔다는 두루뭉술한 말로 나의 처지를 설명하였더니, 수고했다, 무사히 여기로 왔으면 이제 안심해라, 위로의 말까지 건네주는 것이었다. 장 사장은 제주도에서 일어난 난리통을 어느 정도는 아는 듯 싶었고, 나처럼 무작정 고향을 등지고 나온 제주사람들도 얼마간 알고 있는 것 같았다. 고향사람들 걱정하는 말을 하다보니 수많은 곁가지 얘기들이 나왔다.

제주도 이야기가 나온 김에 나는 그의 고향을 물어봤는데 이것이 다시 한번 우리의 탄성을 자아냈다.

－우리 고향은 삼양이오. 제주읍 동쪽에 삼양이라고 있잖소?

－네? 삼양입니까? 제 고향은 화북입니다, 화북. 삼양하고 화북은 바로 붙은 디 아닙니까.

－허, 그거 참, 인연이로고. 난 고향은 삼양이지만, 소학교는 화북에서 다녔소. 그 당시는 화북학숙이라고 했는데, 내가 그 학교 1회 졸업이오. 삼양엔 그 당시에 소학교가 없었으니까, 화북학숙 아니었으면 난 소학교 학력도 없을 뻔했소.

－전 화북교 20회우다. 저하고는 화북교 선후배가 되는 거네 마씸. 제가 앞으로 선배님 잘 모시겠습니다.

－그럼, 난 말을 놓아도 되겠네. 자, 악수 한번 더 하자고.

－당연허주 마씸.

나는 화북교를 졸업한 다음에 산지천포구에 있는 제주－일본 간 연락선 '군대환'의 항만사무소에서 한동안 근무했으니까 그쪽으로도 우리의 인연이 닿아있는 셈이었고, 그런 화제까지 나오게 되면서 우리의 담화는 반가움과 기쁨으로 활기를 더할 수가 있었다. 얘기 도중에 '기미가요식당'의 벽보판에 나와있는 메뉴표를 봤더니, 내가 1박 신세를 졌던 '산지물식당'에 비해 가격이 훨씬 비싼 것을 알 수 있었다. 식당의 위치가 크게 다른 곳이니까 그러려니 싶었고,

식대가 비싸면 종업원 급료도 비쌀 것이라는 생각이 떠올랐다. 이 꾸노 조센이찌바가 난민촌으로 시작된 달동네 같은 곳이라면, 이곳은 거대한 항만도시 출입구이고, 말하자면 활발한 국제교류의 현장인 것이다. 나는 뭔가에 지핀 것처럼 불현듯이 떠오르는 생각을 용감하게 꺼내보았다.

─장 사장님, 혹시 이 식당에서 종업원은 필요하지 않습니까? 남자 종업원 말입니다.

─종업원? 누구 좋은 사람 있는가?

─접니다. 제가 이 식당 종업원을 하고 싶은 겁니다.

─정말? 허긴, 종업원이 한 사람 필요해서 지금 구하는 중이었어.

일자리가 너무나 쉽게 정해졌고 나는 뜻밖의 행운에 감지덕지하였다. 기미가요식당의 종업원 근무조건도 너무 좋아서 이것이 정말 꿈이 아닌가 싶을 정도로 기쁘고 고마웠다. 이전에는 장 사장네 내외가 이 식당 건물을 살림집으로도 썼지만, 얼마 전부터는 어린 손주들과 같은 집에서 함께 살고싶은 생각에서 식당 마감시간이 되면 건물을 비운다는 것인데, 종업원인 내가 그 시간에 여기에서 잠을 자도 된다는 얘기였다. 식당에 근무하면 휴일은 어떻게 되는지 물어봤더니, 매주 일요일은 휴무라고 하였다. 장 사장네 가족들은 모두 오래된 기독교 신자들이기 때문에 일요일은 예배보러 가는 날이고 다른 종업원들도 휴무라는 것이었다. 이 모든 것이 일부러 나를 위해 짜 맞춘 근무조건만 같았다.

내 입에서 장 사장이 들으면 기분 좋을 만한 말이 나온 것은 아마도 이 순간에 나 자신의 기분이 엄청 좋았던 탓일 것이다.

　─오사카 항만의 이 동네는 이꾸노쿠의 조센이찌바에 비하면 훨씬 선진국 땅인 것 같습니다. 깨끗이 포장된 도로망도 그렇고 쓰레기 같은 것이 안 보이는 깨끗한 거리도 그렇습니다. 여기 식당 안에 풍경도 아주 고급스럽고, 식당 메뉴들 종류나 가격만 봐도 조센이찌바하고는 격차가 많이 나는 걸 알 수 있습니다.

　─자네가 본 이꾸노쿠 풍경들 가운데 우리 민족의 어두운 역사가 다 담겨있다는 거 아닌가. 그런데, 이젠 그 '조센이찌바'라는 말은 쓰지 말았으면 좋겠어. '조선'이란 말을 들으면, '조센징'이라는 말에 담긴 슬픈 역사가 떠오른단 말이지. 미국군정청 지도에는 '조센이찌바'라는 표현 대신에 '코리아타운'이라는 표현을 쓰고 있다고. 우리 식당 안에서만이라도 '코리아타운'이라고 부르잔 말이지. 우리 제주도 동지, 내 말 알아듣겠는가?

　─여부가 있겠습니까? 선배님 그 말씀, 잊지 않을 것입니다.

　나는 서슴없이 기분 좋은 대답을 하였다. 이것 한 가지만은 장 사장과 나 사이에 확실한 공감대가 될 것이라는 사실이 반가웠다. 일요일 하루만이라도 이꾸노쿠 코리아타운에 가서 제주사람들과 어울릴 수 있다는 것이 꼭 나에게 내려진 무슨 계시처럼 생각되었다.

2-7

나에게 10년 동안의 일본 체류가 가능하도록 기초를 놓아준 곳은 '기미가요식당'이라 할 수 있다. 당시에 내가 부딪쳤던 힘든 역경을 잘 헤쳐갈 수 있었던 것은 오로지 이 식당의 장 사장을 만나서 취직을 할 수 있었기에 가능했던 것이다. 내가 걱정하던 외국인 등록 관계만 해도 그랬다. 나는 일본에 입국할 때부터 불법 입국자임이 발각될 것을 염려해야 하는 얄궂은 처지였으나, 장 사장은 나의 이런 걱정을 쉽게 해결해 주었다. 그는 여기 오사카에 주둔한 미군 행정관들과의 친분을 적당히 이용하여 나의 외국인등록증을 만들어 줄 수 있었다. 종전 후 7년 어간에는 미국 점령군이 일본사회의 지배세력이었기 때문에 가능한 일이었다. 장 사장은 어쩐 일인지 영어로 의사소통이 가능한 사람이었는데, 이는 그 당시 일본에서는 좀처럼 보기 힘든 일이었다. 그의 '기미가요식당'에는 미국인들의 출입이 빈번하였는데, 다년 간 전쟁을 벌인 두 나라의 관계를 생각하면 이채로운 일로 보였다.

처음에는 들어오는 손님에게 허리를 굽히며 '이랏샤이마세' 하고 큰 소리로 말하는 것이 어색해서 입이 잘 열리지 않았는데 몇 번이고 연습하고 나서는 그리 어려운 일이 아니었고, 이로 인하여 나의 사교적인 언어순화에도 큰 도움이 되었을 것이다. 이곳 식당에서 종업원 생활하는 것은 나의 왕성한 호기심 충족에 편리한 점이 많았다. 아침에도 오사카항에 출입하는 선박들이 있기 때문에 이

식당 손님들은 이른 시간부터 들어왔지만, 오전과 오후 두 차례나 상당한 자유시간을 즐길 수 있었고, 나는 이 시간에 거대한 오사카 항만의 풍경들을 구경할 수가 있었던 것이다. 이 시간은 해양국가 일본의 숨겨진 국력을 엿보는 기회도 되었지만, 미국 배들이 끊임없이 출입하는 모습은 또 다른 감회를 자아냈다. 내가 일본 땅에 들어온 시기는 일본이 미국 점령군 치하에 있을 때였고, 제주도의 4·3 봉기가 발발한 배경에는 미국의 부당한 한국 간섭이 있었음을 알고 있는 나로서는 이곳에 무시로 출입하는 미국 배들의 모습을 그냥 무덤덤하게 바라볼 수가 없었다. 미국이 일본과 싸워서 이겼기 때문에 그런 것인지 모르지만, 일본 배보다 미국 배가 더 크고 매섭게 보였다고 기억이 된다. 미국 성조기가 펄럭이는 배들을 볼 때마다 조국에서 겪었던 전쟁이나 국제정치의 소란과 뒤얽힌 착잡한 선입감 때문에 나의 심정은 매우 심란해질 수밖에 없었다.

내가 뜻밖의 행운을 만나 안정된 생활을 시작한 것과는 달리 나와 관련된 제주도의 소식은 엄청난 불행의 연속이었다. 나는 오사카 항만에서 식당 종업원을 했지만, 때때로 이꾸노쿠의 코리아타운에 들러서 고향 소식에 접할 수가 있었다. 귀로만 들어서 도저히 믿어지지 않을 정도의 비참한 사건들이 제주도에서 일어났다는 말을 듣고 나는 아연하였다. 내가 출국한 이후 불과 몇 달 동안에 있었던 집단학살과 초토화 작전의 참상은 입에 담기에도 끔찍하다고 하였다. 내 부모님도 그런 참상의 희생자가 되었을 것이 아닌가. 부모님의 죽음은 열성 남로당원인 아들에 대한 일본 도피 방조 혐의 때문이었을 것이라는 생각이 들었을 때 나는 하늘의 색깔이 노래지는 것 같았다. 죽일 만한 아무런 이유도 없이, 다만 빨갱이하고 같은 동네에 살았다는 이유만으로 숱한 인명 살상이 있었다고 하니, 빨갱이 아들 둔 부모가 죽음을 당하는 것은 이상하지도 않았을 것이다. 내가 직접 관련된 제주 주정공장이 난민 수용소로 사용되었다는 소식도 섬뜩 놀라게 했다. 내가 마지막으로 보았을 때의 주정공장 건물은 그냥 허드레 창고로 쓰이고 있었지만, 그해 가을부터 있었던 본격적인 공비토벌의 결과 생겨난 수많은 포로와 귀순자들의 수용소로 쓰인 곳이 제주도에서 제일 크다는 이 건물이었다는 것이다. 만약에 그때 이 주정공장 폭파계획이 성공했더라면, 그 추운 겨울에 찬바람 들이치는 천막 수용소 생활을 견뎌야 했을 사람들의 고생이 어땠을지, 우리의 폭파계획 실패가 무슨 칭찬받을 훈공이나 된 것 같은 묘한 기분이 되는 것이었다.

부모님의 사별 소식에 비하면 한봉현 선생이나 김회천 선생의 석연치 않은 소식들은 나의 마음에 큰 충격이 되지 못하였다. 한 선생은 일본 거주를 오래 하지 않고 제주도로 돌아가셨다는 말만 간접적으로 들었는데, 그 이후의 소식은 들은 것이 없었다. 나는 이전에 하룻밤 신세졌던 집으로 가서 식당 종업원으로 일하게 된 소식을 전하려고 했는데, 그가 부재중이었기 때문에 집주인에게 그런 소식 전해달라고 했던 것을 마지막으로, 그의 소재와 안부를 모르는 채로 세월을 보냈다. 그 당시 제주도 상황으로는 무소식이 희소식 될 수는 없는 시국이었으니 분명히 돌아가셨을 것으로 짐작되었다. 한봉현 선생이 고향에서 빨치산 운동하던 것을 그만두고 남의 나라 고무신공장 공원이 되는 것을 내가 경멸했던 것이 생각났고, 그런 생각이 그에게 죄를 지은 것이 아닌가 문득 미안해지는 심정이 되었다. 얼마 후 4·3사건이 빨치산 무장대의 완전 괴멸로 끝난 다음에 내가 만난 어느 지인이 한 말이 아직도 귓전에 생생하게 남아있다.

─그 친군 일본으로 와분 것이 무신 큰 죄인이나 된 걸로 생각헌 모양인디, 그래 봤자 제주도가 어떵 미국허고 싸와그네 이겨진덴 말이라? 내가 쭈욱 돌아보난, 제주도에 남아시민 살아남지 못헐 걸 여기 일본으로 도망 온 덕분에 살아난 사름덜이 수천 명이라. 아, 불난 집이선 뛰처나오는 것이 최고 아닌가?

김회천 선생의 거취는 더욱 가늠하기 어려웠다. 그가 밀항선 안에서 나에게 베풀어준 호의를 생각하면 그는 나의 잊지 못할 은인이지만, 그에 관해 내가 얻어들은 소식들은 매우 실망스럽고 당혹스러웠다. 밀항선 안에서 그가 보여준 태도는 분명히 김달삼 숭배자이면서 좌익사상에 대한 군건한 신념으로 무장되어있었는데, 오사카 코리아타운에서 내가 들은 소문이 사실이라면 그때 그가 과장된 언사를 쓴 것은 신념의 뿌리가 허약함을 은폐하기 위함이었던 것만 같았다. 그가 나중에 보여준 변절과 아세阿世의 행각은 그야말로 상상을 극한 것이었다. 몇 년을 지난 다음에야 내가 누군가 에게서 들은 말로는 김회천 선생은 제주공립농업중학교 현직 교사 이고 좌익인사 척결의 수훈자라고 하였는데, 전후 관계를 이어맞춘 다면, 그가 좌익에 속했을 때에는 애매한 교사 사칭자詐稱者였는데, 우익으로 전향함으로써 확실한 교사가 되었다는 것이고, 좌익과 우 익 어느 쪽에 속하느냐에 따라서 공립학교 교사 되기가 결판났다는 말이 되는 것이다. 밀항선 안에서 들었던 말이 다시 생각났다. 김회 천 선생은 자기가 농업중학교 전직 교사라고 했고, 한봉현 선생 말 로는 이를 부정하고 시간강사나 좀 했을거라고 했던 것인데 이제야 그런 말이 무슨 뜻인지 알 것 같았다. 좌익사상을 그대로 견지했었 다면 목숨 부지하기 어려운 세상인데 간단히 노선을 바꾸기만 하면 멀쩡히 건재하고 창성할 수 있는 세상이었다.

2-8

나는 참담한 고향 소식을 듣고나서 자연히 일본 생활에 전념하 는 방향으로 마음을 모으게 되었다. 식당 종업원으로 일하는 동안 오사카항 선창가에 나붙은 부두하역꾼 모집광고를 본 적이 있었지 만, 나는 식당 종업원 생활에 만족하기로 하였다. 고향 생각은 이제 잊기로 한 나였다. 고향을 훌쩍 떠나버렸기에 살아남았을 것이라는 생각이 들자 무단가출한 것을 행운의 선택이라고까지 여기게 되었다. 내가 고향을 떠난 후 1년도 못 되어 제주도 인민봉기의 투쟁은 완패임이 결판났고, 이승만 정부는 탄탄한 기반을 구축하는 상 싶었으니, 뒤늦게 전향한 김회천 선생까지도 어디선가 숨어서 회심의 미소를 짓고 있을 것만 같았다. 실오라기 같은 희망으로 말하면, 북한으로 넘어간 김달삼 동무 일행이 김일성 주석의 결단을 유도하여 남한으로 물밀 듯 몰려 내려와서 민족통일을 이루어주지나 않을까 하는 것이었다. 때때로 고향생각이 떠오를 때마다 나는 이제 고향으로 돌아갈 생각을 버리고 여기 일본에서의 생활에 충실하자는 쪽으로 마음을 돌려먹었고, 그것은 우선 이곳에서 식당 종업원 일에 충실하는 데에서부터 시작된다고 다짐하였다. 고향으로 돌아간다 할 때 그 즉시 나는 감옥행이 될 것이 뻔한 일이었다.

'기미가요식당'의 일꾼은 모두 여섯 사람이었다. 중년 나이의 주인아주머니는 주방에서 조리업무를 맡았는데 젊은 전문요리사 한 사람이 딸려있었다. 손님을 받는 넓은 홀에서는 주인인 장 사장이 카운터 일을 보았고, 나하고 함께 음식 서빙을 맡은 사람으로는 장 사장의 친척 뻘이라는 30대 여자 한 사람 말고도 젊은 남자 하나가 더 있었다. 손님들 출입이 뜸할 때에 우리끼리 두서없는 담화를 나누면서 시간 보낼 경우도 많았고, 그러다 보니 장 사장이 오사카 항만 어귀에 정착해서 살게 된 데에는 기구한 사연이 있었음을 알게 되었다. 장 사장의 부친은 일찍이 개화의 물결에 접했는지 아들을 해외로 유학 보낼 계획을 세웠는데, 그 당시 제주도의 흔한 사례에서처럼 일본으로 보낸 것이 아니라 서울로 보냈다고 했다. 서울로 간 장 사장은 어쩌다가 미국에서 온 기독교 선교사하고 한집에 살게 되었는데, 그 선교사의 감화로 기독교 신자가 된 후 미국 유학 준비를 하느라고 2년이나 영어공부를 했지만, 그만 젊은 혈기로 불장난의 유혹에 빠지다 보니 만사가 도로아미타불이 되었다는 것이다. 어른들 몰래 그 집 딸과의 연애에 혹해서 미혼모 임신에까지 이르는 바람에 선교사에게서 버림을 받고 그냥 일본으로 뛰쳐나왔다고 했다. 서울에 남아있기가 사람들에게 창피했고 제주도 내려갈 염치도 없었는데, 그때 오사카로 오게 된 것은 이 지역이 군대환 연락선을 이용하는 제주도 사람들 왕래가 많았는데다 미국인들 출입도 많은 점이 그들 내외에게 매력으로 비쳤다는 것이다. 막연하게나마 미국 가는 꿈이 남아있었고, 그 당시에 오사카는 국제교역항으로 한창 발전하고 있어서 미국인들의 왕래가 많았다는 얘기였다. 서울과 제주도에 있는 가족들에게는 아직도 미안한 일이지만, 오사카 항만에 정착한 이후로는 건강한 몸으로 아들 딸 셋을 낳아 잘 키웠고, 지금은 손주까지 하나둘 늘어가는 다복한 가정을 이루었으니 별로 여한이 없다고 하였다.

우리들끼리 얘기가 진전되면서 다른 사람들 신상 얘기로도 번져갈 때가 있었는데, 어느 날인가는 손님 서빙을 하는 아주머니가 한 가지 걱정되는 일이 있다고 입을 열었다. 제주도에서 장성한 후 재일교포인 남자와 결혼하여 오사카에 들어온지 10년이 된다는 여자였는데, 여기에서 초등학교를 다닌다는 자기 집 아이들이 한국어를 잘하지 못하는 것이 영 마음에 차지 않는다는 것이다. 일본 학교에 다니는 아이들이 집에서 배운 한국어를 나이들면서 많이 잊어버리는 관계로 부모 자식 사이의 의사소통에 지장이 크다는 얘기였고, 남편도 같은 생각이라고 하였다. 남편은 지금 오사카의 어느 대학에서 미술이나 음악 등 한국의 민속예술을 가르치는 젊은 교수인데, 자기하고 결혼한 것도 한국에서 나고 자란 성장배경을 좋아했기 때문이었고, 아들이나 딸들이 한국어를 써주기를 바라는 것도 한국문화의 특징들에 접하고 싶기 때문이라고 하였다. 이런 말을 들은 장 사장이 좋은 대책이 있다는 말을 건네기 시작했다.

─아줌마넨 코리아타운에 살지 않는다고 해서 그쪽 세상이 어떻게 돌아가는지는 깜깜무소식이구만. 코리아타운에 민족학교라는 것이 있는 거 모르시오? 그곳에 사는 교포들이 만든 민족학교에서는 조선 역사와 조선말을 가르친다는 거요. 그 학교에서는 여학생들 교복도 치마저고리이니, 일본 안에 있는 조선인 거요.

─그런 학교가 다 있수광? 우린 코리아타운에 갈 일이 없수다. 우리 애아빠 그쪽 사람들하고 사상이 안 맞는다고 멀리한다는 겁니다.

─그러니까 민족학교라는 게 있는 줄도 모르는 거요. 이꾸노쿠 코리아타운에는 제주도 사람들이 절대다수여서 좌익사상이 대세인데다 이 사람들은 민족감정이 아주 강한데, 세상엔 그런 걸 좋아

하지 않는 사람들이 있단 말입니다.

　－제 남편이 바로 그렇답니다. 우익계 사람들이 민족학교를 만들면 우리 아이들도 보낼 텐데, 왜 만들지 않습니까.

　－우익계 교포들은 워낙 사람 수가 적으니까 민족학교 만들어봐야 학생 수도 적을 테지만, 그쪽 사람들은 민족 정체성 같은 건 별로 중시하지 않는단 말입니다. 아, 그거 지금 있는 민족학교에 아이들을 보내세요. 사상적으로 찬성하지 않는 건 어른들 얘기이고, 자녀들을 민족학교에 보내서 자기나라 말 배우는 거야 상관없잖소.

　그 후에 우리 식당 아줌마가 자기 집 아이들을 민족학교에 보낸다는 말을 한 적이 없었던 것으로 봐서 그네들에게는 아이들 교육보다 사상적 노선이 더 중요했던 것 같다. 코리아타운 재일동포들이 좌익과 우익 양 진영으로 갈려있는 불행한 현실의 단면이었다. 그들 중에 좌익에 속한 사람들이 훨씬 더 많은 것은 제주도에서 4·3 난리를 겪었거나 이 사건의 진상을 알고 들어온 사람들이 제주도 사태의 혁명적 의미를 전하면서 좌익사상을 크게 전파했기 때문이라고 했다. 장 사장 얘기를 들은 나는 마음을 정하였고 적당한 날을 잡아서 지체없이 좌익계 교포단체인 조련(재일본조선인연맹) 사무실로 찾아갔다. 정식으로 조련 가입을 신청하였는데 물론 이런 사실을 장 사장에게는 알리지 않고서였다.

2-9

바다 건너 조국에서 6·25전쟁이 일어난 것은 내가 오사카 항만에서 식당 종업원으로 일한 지 거의 2년이 지났을 때였다. 나는 한반도의 전쟁 소식을 전하는 신문을 보면서 감격하였다. 엄청난 희생을 치른 제주도의 4·3 인민봉기와 5·10총선 반대 운동이 목표했던 것은 민족분단 저지가 아니었던가. 그 모든 투쟁들이 완전 수포로 돌아가 절망과 분노로 들끓던 심정이 이제 겨우 희망의 싹을 보는 듯하였다. 김달삼 일행이 북한으로 넘어간 지 1년이 훌쩍 지나면서 제주도 인민의 유혈 투쟁에 대한 북한 정권의 지원이 이제는 완전히 물 건너갔구나 싶던 때였다. 제주도를 버리고 북한으로 도망가버렸다는 비난까지 받던 김달삼, 어쩌면 그의 숨겨진 목표가 이제야 실현되는 것이 아닐까 싶었다. 제주도 인민의 절대다수가 동참한 결과 그들의 인민봉기 전선이 적화통일의 완성을 기약한다는 김달삼 일행의 보고를 들은 김일성 수령이 전면적일 통일전쟁을 결행하게 된 것이 아닌가. 제주사람들의 피눈물 어린 비원이 이제야 드디어 성취되다니, 나는 가슴이 마구 울렁거림을 느꼈다. 6·25전쟁이 터진 지 3일째 되는 날 아침 나는 북조선 인민군이 38선을 넘어 물밀 듯이 내려와 서울까지 점령했다고 전하는 신문을 보면서 그냥 그대로 있을 수가 없었다. 나는 일부러 선창가 신문가판대에 나가서 한국전쟁 기사가 제일 크게 난 신문을 사가지고 돌아와서 우리 식당의 출입구 대문짝 가운데에다 붙였다. 아직 장 사장은 출근하기 전이었지만 이런 신문기사를 보고 기뻐할 것은 틀림없다는 것이 나의 생각이었다.

시간에 맞추어 출근한 장 사장이 내가 붙인 신문을 떼어 갖고 들어왔을 때 나는 당혹스러운 마음에 할 말을 잃었다. 장 사장은 나의 행동에 대해 노골적으로 불쾌감을 드러냈다. 그는 내가 대문짝에다 붙여놓았던 신문을 한가운데로 쫘악 찢더니 쓰레기통에다 집어넣으면서 말했다.

─자기 나라 전쟁 소식이 무슨 경사라고 신문을 내다붙이노?

─경사 아닙니까? 쪼개졌던 나라가 통일되는 것이 나쁜 겁니까?

─통일도 정상적으로 돼야지 전쟁 일으켜서 통일이라니 어떻게 하자는 거야? 남한 사람들은 이승만 정부를 지지한다고 투표로써 보여줬지 않은가. 그런 정부를 무력으로 쳐부수겠다는 것이 가당한가 말이지.

─이승만 정권은 남한 사람들 다수가 지지하는 집단이 아니라는 거지요. 이승만 정권이 반대 집단을 어거지로 억압하는 거 모르십니까. 우리 제주도만이 아니라 육지부에서도 좌익운동하는 빨치산 세력이 건재했다는 거 아닙니까. 좌익세력이 강한 건 제주도만이 아니었단 말이죠. 그런 사실은 선배님도 아시잖습니까.

─난 제주도 사람들이 총선 반대 때문에 무력항쟁한 것도 옳지 않다고 봐. 이승만 정부를 반대하겠으면 떳떳이 총선에 참여해서 투표로써 여론을 반영해야는 거 아니냐고.

―북반부에선 반정부 투쟁이 전무한데, 남반부에서는 끈질기게 반대 집단이 존속하는 건 억지로 권력을 잡았다는 거 아닙니까?

―그것도 간단한 문제는 아니네. 북한에선 김일성 정권이 수립될 때부터 그 반대자들이 탈북을 해서 남으로 내려왔다네. 그런 인구가 수백만이었다고 해. 그만큼 김일성 정권은 반대파를 절대 용납하지 않고 근절시키려고 했다는거지. 그런데, 남한에서는 이승만 반대파가 북한으로 탈출하지 않고 남아있으면서 반대투쟁을 했던거여. 그만큼 민주적이고 유화적인 정부라는 거지.

―그런데 저는 선배님이 이렇게까지 우익사상인 줄 몰랐습니다. 저번에도 선배님은 재일동포 아이들의 조선말 교육을 위해서는 조련계 민족학교에 보내라고 하셨지 않습니까.

―조선말 교육 시키려고 민족학교 보내는 거야 좌익이고 우익이고 가릴 것이 있느냔 말이지. 하여간에 난 한국전쟁에는 절대 찬성할 수 없다는 거 알아주기 바라네. 특히 우리 식당에선 미국인 손님들도 많이 온다는 사실을 잊지 말게. 난 오늘 이 신문이 나붙은 거를 미국인들이 보지나 않았는지 걱정되네. 미국인들까지 한국요리를 먹으러 온다는 것이 우리 식당의 자랑이라는 걸 기억해 주게.

―우리나라를 두 동강 낸 것이 누구네고 이렇게 전쟁까지 나게 한 게 누구넵니까? 우리 민족의 원수가 미국놈들인데 그런 놈들에게 아첨하는 것이 이 식당의 목적입니까? 선배님은 도대체 어느 나라 사람입니까?

나는 내가 붙인 신문을 장 사장이 떼버린 것에 대한 분노가 한꺼번에 치밀어 오르면서 식당 테이블을 손주먹으로 쾅－하고 내리쳤다. 그리고 나서는 약간 좀상스러운 감이 들면서도 쓰레기통 쪽으로 가서 장 사장이 버린 찢어진 신문을 꺼내들었다. 오늘 날짜 이 신문이야말로 한국역사에 길이 남을 중대 기사가 실렸다고 해서 나중에 값진 역사 기록물이 될 것을 생각하니 그냥 쓰레기통에서 썩게 놔둘 수는 없는 일이라 생각되었다. 나는 홧김에 식당 문을 박차고 밖으로 나왔지만, 막상 갈 곳이 없음을 깨달았다. 선창가 쪽으로 발길을 돌렸으나 어디로 갈지를 정한 것도 없이 그냥 걸어 나갔다. 식당 테이블을 소리나게 내리친 것을 두고 장 사장이 언짢아할까도 걱정되고, 내가 미국놈들이라고 너무 심한 말을 한 것이 아닐까 마음에 걸리기도 하였다. 한동안 정처 없이 걸어가던 나는 결국 내가 갈 곳은 달리 없다는 것을 인정해야 했고 나의 생활 근거지인 식당으로 다시 돌아갈 수밖에 없었다. 호주머니에 집어넣었던 신문을 잘 접어 나의 행장 속에 집어넣고 나와서는 정해진 하루 일과를 묵묵히 시작하였다. 그날 하루 동안 장 사장에게는 더 이상 입을 열지 않았다.

2－10

신문에 난 전쟁 기사를 놓고 논쟁을 벌인 일을 계기로 나는 식당 종업원을 그만두기로 결심하였다. 식당 주인하고 사상적으로 대립한다는 것이 거북한 일일 뿐 아니라, 나 자신의 미래 대책을 고려한 결심이었다. 코리아타운에 민족학교라는 것이 있다는 사실을 알게 된 나는 이곳에 조선어 교사가 되는 것이 보람될 것으로 판단되었는데, 제주도에서 쌓은 학력學歷만 가지고는 신청 자격이 되지 않을 것 같았다. 학력 보충을 위하여 코리아타운 동포들이 운영하는 야간 고등학교라도 다니고 싶었고, 그러기 위해서는 야간업무가 불가피한 식당 일을 계속할 수 없다고 생각되었다. 제주도에서 중학교 3년을 마쳤으니까 이곳 고등학교에 들어갈 수 있다는 것도 알아보았다. 민족학교 고졸학력이면 일본의 사립대학 전문부에 들어가는 길이 생길 수 있다는 말도 들었다. 나의 시간 사정에 적합한 일자리로 떠오른 것은 오사카항 선착장의 하역작업장이었다. 그동안 항만 관리업체 게시판 광고를 통하여 그 내용을 알고 있었던 나는 지체없이 여기에 응모하였다. 신체검사가 주된 채용시험이었고, 나의 숨은 프라이드인 체력으로 봐서 여기에 통과될 것은 의문의 여지가 없었다. 그런데 뜻밖의 난관이 나타났다. 외국인이 부두 하역노동자가 되려면 일본사람의 신원보증이 필요하다는 것이었다. 나는 이 문제를 놓고 한참을 고민하였는데 아무래도 이 같은 보증을 서줄 사람은 장 사장밖에는 없다고 생각되었다.

─선배님, 일본 천지에 제가 신원보증 부탁드릴 사람은 선배님밖에 없다는 거 아시잖습니까. 선배님의 화북소학교 후배 하나가 모

처럼 희망을 찾아갈 수 있도록 해주시면 안되겠습니까.

나는 정말 염치불구하고 건네본 부탁이었는데, 장 사장은 별 군소리 없이 나의 신원보증을 서주었다. 나는 생각할수록 그의 인간적인 온정이 고마웠다. 그러는 한편 불현듯이 떠오르는 한 가지 의문이 있었다. 만약에 나의 사상적인 신념에 반대하는 사람이 이런 종류의 부탁을 해온다 할 때 내가 그와 같은 온정을 베풀 수 있을까 하는 의문이었다. 더 깊이 들어가 볼 때, 우익적인 신념을 가진 자들의 행동은 자기 소신을 과감하게 밀고 나가는 강단성이 부족한 것이 아닐까 하는 좀 미안한 생각까지 드는 것이었다.

내가 존경하는 선배하고 시국관을 놓고 정면 대결했다는 생각을 하니 기미가요식당을 그만두고 떠나는 심정은 찜찜할 수밖에 없었다. 그렇다고 해서 제주도의 인민봉기 참여에서부터 공고했던 나의 신념이 흔들릴 수는 없는 일이었다. 인간적으로는 고맙고 존경스러운 선배를 사상적으로는 존경하지 못하는 것이 못내 서운한 일이었지만, 나는 선배가 우익사상에 기울어진 것이 그의 특수한 생활배경 때문이라는 결론으로 서운함을 그만 마무리 짓기로 하였다. 그는 미국 선교사의 감화로 기독교 신자가 되었고, 이와 더불어 미국의 역사를 찬양하는 친미파가 되고 우익진영이 된 것이라는 생각이었다.

그 즈음에 장 사장과의 사상적인 대립에 맞서서 나 자신의 노선에 대한 확신을 강화시켜 준 계기가 있었다. 그것은 한국전쟁이 일어나던 해 하반기에 실시된 일본정부의 외국인등록 갱신업무에 관련된 것이었다. 일본정부는 종전 후 사회혼란기에 외국인들의 불법 출입국 사례가 많았던 것을 정리하여 확실한 외국인 등록자 명단을 만들었는데, 최근접 국가 코리아에서 온 사람들의 국적은 북반부의 조선과 남반부의 한국이라는 두 나라로 갈라지게 되었다. 이 같은 외국인등록 갱신을 신청한 코리안의 수는 대략 47만이었는데, 이들 신청자 중에 자기 국적을 '한국'이라고 써낸 사람은 겨우 14%인 반면에 '조선'이라고 써낸 사람은 무려 86%였다는 것이다. 코리안들이 지원하는 국적에서 드러나는 표면적인 차이만 보더라도 북한의 김일성 정권 지지자가 월등하게 많다는 것인데, 여기에다가 이들 재일동포 인구의 거의 전부가 남반부 출신자임을 고려하면 이들 집단의 순수한 사상 성향을 충분히 짐작할 수 있었다. 종전 직후에는 남반부 지지자들이 훨씬 더 많았던 상황이 불과 5년 동안에 뒤바뀐 것이다. 그들은 조상들의 출신지가 남반부라는 과거의 인연, 자기 인생의 뿌리까지 저버리고 낯선 땅 북반부의 공화국을 자기 조국으로 선택했다는 것이다. 4·3사건과 같은 인민봉기에 대한 남한 정부의 무자비한 탄압정책과도 무관치 않은 현상이라 생각되었다. 북반부의 공화국을 자기 조국으로 생각하는 이 사람들이 6·25전쟁의 의미를 어떻게 해석할 것인지, 만약에 이들이 총을 들고 이 전쟁에 나간다면 어느 쪽을 편들 것인지, 불문가지의 일이었을 것이다.

부두의 하역노동은 국내선 부두와 국제선 부두 두 군데로 나뉘어

있었는데 나는 처음부터 국제선 부두를 택한 것이 잘한 일이었다. 그쪽이 더 많은 급료를 받았던 것이다. 한 가지 억울한 것은, 외국인 노동자는 일본인에 비해 급료가 훨씬 적다는 것이었는데 나는 이를 그냥 참고 받아들이기로 했다. 나 혼자서 반발할 수가 없는 일이기도 하고, 이곳의 임금은 그래도 식당 종업원으로 받았던 것보다 꽤 많은 편이고, 코리아타운의 가내수공업 품삯보다는 훨씬 더 많다는 사실을 기억하기로 했다. 돈벌이가 잘되는 일인 만큼 무거운 짐을 대형 선박에서부터 내리거나 올리는 일은 사실상 대단한 근력을 요하는 일이었다. 체력이라면 내가 누구에게도 지지않을 거라고 자신했었지만, 막상 해보니 다른 항만노동자들보다 힘이 더 센 것 같지도 않았다. 가만히 봤더니, 그네들의 근력은 오랜 경험과 요령에서 나온 것이었다. 내가 그들만큼 익숙한 요령이 생기는 데에는 많은 시일이 걸렸던 것이다.

국제선 부두에 출입하는 외국 무역선으로는 미국 배들과 중국 배들이 제일 많았다. 나는 처음 중국 무역선의 하역작업을 할 때에는 기분이 좋았지만, 곧 이어 일어난 마음의 갈등이 씁쓸하였다. 중국 선박은 미국 선박에 비해 하역 급료가 훨씬 박하다는 것을 알았기 때문이었다. 두 나라의 국력에 큰 차이가 있었으니 당연한 일이라고 하였다. 부두노동을 시작한 후 6·25전쟁 소식은 날마다 나의 관심사였는데, 북조선 인민군이 승승장구하여 남해안까지 진출했다는 뉴스를 보았을 때에는 환호의 탄성이 나왔다. 이 전쟁이 드디어 조선반도를 통일함으로써 제주도 4·3봉기의 비원이 성취되는 것 같았다. 그러다가 미국군대가 쳐들어와서 전세를 역전시킬 적에는 정말로 미국 배가 미워서 그냥 바라볼 수가 없었다. 해방 직후에는 한반도를 두 동강으로 갈라놓는 술수를 부리더니 이제는 통일을 눈앞에 둔 절호의 시점에서 일을 다 망쳐버린 것이니 이야말로 철천지원수가 아닌가 싶었다. 나는 별별 상상이 다 떠올랐다. 머리만 잘 쓰면 미국 군함이나 군수품 운송선 하나 정도 폭파하는 것은 가능할 것 같았지만 나에게는 이를 결행할 용기가 없다는 것이 마음을 아프게 했다.

6·25전쟁이 발발한 지 반년이 지나면서 중국군대가 압록강을 넘어 참전하게 되었고, 미국 편을 들고 있는 일본정부가 적성 국가와의 무역을 중단한다는 결정을 내리자 나는 오사카 항구에서 더 이상 중국 배를 볼 수 없게 되었다. 탱크나 탄약과 같은 직접적인 전쟁수단의 이동은 시야 안에서 보이지 않았지만, 나의 하역노동도 어떤 식으로든 미국의 전쟁 승리를 도와준다는 생각을 하니 하루하루 날이 가는 것이 보람은 없고 심란하기만 했다. 중국군의 참전 이후 희생자만 엄청 많이 나오면서 전쟁은 세월만 오래 끌었다. 이 전쟁의 판세가 어떻게 돌아가나 날마다 조마조마하고 있었는데 얼마 후에 신문에 보도된 기사 하나가 나의 심약한 마음을 더욱 산란하게 만들었다. 6·25전쟁 발발 2주년이 되는 날 재일조선인들 1천 명이 오사카대학 캠퍼스에 모여 일본의 전쟁협력에 반대하는 시위를 벌

였고, 군수물자 운송열차의 운행을 저지하기 위해 열두 명의 청년들이 철로에 몸을 체인으로 묶고 드러눕는 결사적인 투쟁을 감행했다는 것이다. 다행히 열차 운행이 급히 중단되어서 큰 사고가 나지는 않았지만, 이들이 보였던 항쟁 시위는 그 당시에 재일조선인 사회에 번지던 삼반투쟁三反鬪爭의 실상을 말해준다고 했다. 세 가지 반대란 반미反美, 반反 이승만, 반요시다(反吉田; 일본을 군사기지화하는 요시다 수상의 정책에 반대함)인데, 미국군의 개입으로 인해 조선반도 통일의 꿈이 허망하게 깨지는 것을 안타까워하는 조선인들이 그렇게 많았다는 것이다.

2-11

내가 오사카항의 부두노동자 생활을 끝내고 코리아타운에 있는 히라노[平野] 민족학교의 중학반 조선어 교사가 된 것은 6·25전쟁이 휴전협정 조인으로 끝난 지 이태가 되는 해였다. 내 나이는 벌써 스물여섯이 되었다. 부두노동자 생활을 꽤 오래 했으므로 급료 모은 돈이 두둑한지라 전직 결정을 쉽게 할 수 있었고, 이 정도면 결혼 자금이 될 것 같은 자신감이 서기도 했다. 민족학교 교사가 될 수 있었던 것도 타이밍이 잘 맞은 덕분이었다. 일본이 미군기지 역할을 하면서 개입하던 조선반도의 전쟁상태가 끝나기 전에는 일본 정부가 자국 내 조선인 민족학교에 대해 탄압정책으로 일관했기 때문에 학교운영이나 교사 채용 등에서 과도한 간섭이 많았던 것이다. 일본 체류가 짧았던 내가 일본 내 민족학교에서 조선어 교사로 뽑히는 데에는 나의 특이한 이력이 좋은 점수를 얻어주었다. 일본에서만 오래 거주한 사람은 조선어가 서툴고, 조선에서 살다가 들어온 사람은 일본어가 서툴게 마련인데, 나의 경우에는 소학교 시절에 초급일본어에 숙달되었는데다가 그 다음에는 일본인 선박회사에 근무하면서 일본어를 익혔으니, 아주 절묘한 언어습득 과정을 거쳤다는 평가를 내려주었던 것이다.

오사카 민족학교에 부임하여 첫 번째 토요일은, 우연한 해프닝이면서도 나의 일생 중 쉽게 잊혀지지 않을 조그만 사건이 일어난 날이었다. 사실 사건이랄 것도 없지만, 내 마음 한구석에 아로새겨져 있어서 오랫동안 사라지지 않을 여운을 남긴 해프닝이었다.

나는 그 즈음에 부두노동자로 번 돈이 넉넉했으므로 이 돈을 가지고 번듯한 새 양복을 맞춰 입기로 했는데 이는 내 딴에는 자못 큰 마음을 먹고 한 일이었다. 그동안 나는 분수에 맞게 산다는 생각으로 싸구려 옷가지에다 궁상맞은 차림으로 나다녔던지라, 이제는 명색이 학교 선생을 한다는 사람의 품위 유지는 해야겠다는 결심이었다. 그런데 막상 깔끔한 신사복 차림으로 민족학교 교사로 첫날 출근을 했을 때 나는 옷차림이 영 어울리지 않음을 느끼게 되었다. 이 학교 선생들 모두가 수수하고 허술한 차림으로 출근을 하는데 나 혼자만 되바라지게 넥타이 정장의 새옷 차림을 한다는 것이 영

못마땅해 보이는 것이었다. 다음 날부터는 출근 첫날의 화사한 스타일 대신에 수수한 옷차림으로 바꾸어 출근하기로 한 나는 그 차림이 학교 안에서는 어울리는 것 같았지만, 학교 밖에 나와서가 문제였다. 거리를 걸어가거나 전차 안에 앉아있는 내 옷차림만 보고서도 사람들은 나를 궁상맞은 조센징으로 단번에 알아버릴 것 같았다.

민족학교 교원이 되고서 첫 번째 토요일 오후에 내가 계획한 것은, 오사카 항만의 기미가요식당의 장 사장에게 인사를 가는 일이었는데, 이날만은 궁상맞은 조센징의 소심증을 털어버린 화사한 차림으로 나가기로 했다. 이날 아침의 내 모습은 누가 봐도 흠잡을 데가 없는 번듯한 신사 차림이고 누구도 부럽지 않을 훤칠한 풍모임을 자부하면서 집을 나섰다. 출근 첫날에만 입었던 새옷을 다시 꺼내 입을 때 머릿속에는 내 차림을 보고 환호하는 장 사장의 모습을 그려보기도 했다. 학교에서 동료 선생들이 입에 발린 칭찬을 해줄 때에도 우쭐한 기분이 되었다. 학교에서 오전 근무를 마친 나는 오사카 항만까지 가는 데에 전차를 세 번 타야 했는데 전차 안에서 나와 가까운 자리에 젊은 여자가 서거나 앉은 것을 보면, 시선이 그쪽으로 쏠리는 것을 피할 도리가 없었다. 코리아타운 거리에서 만나는 수수한 모습의 여자들과는 다르다는 것을 확인하는 시간이기도 했다. 세 번째 탄 전차 안에서는 내가 서있는 자리 바로 앞에 앉은 참한 여자가 나의 시선과 마음을 온통 잡아끌었기 때문에 내심 어떤 결심을 해야 할지 당혹스러웠다. 이런 여자하고 옆자리에 있게 되는 시간이 오늘 말고 다시 언제 있겠느냐, 이런 시간을 그냥 흘려보내도 괜찮은 거냐, 마음을 결정할 새도 없이 여자가 전차를 내렸고 나는 그냥 부지불식간에 여자를 따라서 전차를 내리고 말았다. 내가 찾아갈 기미가요식당은 아직 정거장 하나를 더 가야 한다는 생각도 나의 돌발 행동을 어쩌지 못했다. 무작정 여자의 뒤를 따라 걸어가는 나는 가슴이 마구 울렁거리고 있었다. 여자가 나의 존재를 알아본다는 아무 기척이 없는데도 그랬다. 알맞은 키와 날씬한 몸매와 상큼한 헤어스타일에다 날렵하게 내리뻗은 그림 같은 각선미를 그냥 바라보고만 있어도 좋았다. 나는 여자로부터 일정한 거리를 두고 걸어갔는데, 때마침 닥친 교통 신호등을 기다리느라고 우리는 다시 가까운 옆자리에 서있게 되었다. 여자가 나를 향해 고개를 돌렸는데 그 표정은 나를 처음으로 만나는 놀란 기색은 아님이 분명하였다. 드디어 무슨 말을 할 것처럼 입술을 달싹거리는 것이 아닌가.

　ーぎみがよしょくどぅが　どこであろぅかわかりますか。 (기미가요 식당이 어디인지 아십니까?)

　ーどこであろぅかわかりますか。 (어디인지 아십니까?)

얼결에 내 입에서 튀어나온 것은 엉뚱한 말이었다. 내가 일본어를 할 줄 안다는 것을 보여준다는 것이 그 여자의 말을 그냥 반복함이 되어버린 것이다. 여자는 고개를 홱 돌리고는 저쪽으로 걸어가 버리는 것이 아닌가. 때마침 건널목 신호등이 바뀌어있었다. 그녀의 입에서 가볍게 흘린 소리가 무슨 말인지는 분명치 않았지만, '조센징'이라는 단어가 들어간 것 같아서 나의 상상력을 마구 뒤흔들어놓았다.

나는 사지의 힘이 쪽 빠져나가면서 앞으로 걸어나갈 수가 없었다. 장 사장 방문이고 뭣이고 더 이상 그 여자를 만나는 자리가 너무 창피할 것 같았다. 잠시 후 반대 방향으로 돌아갈 정도로 기력을 되찾은 나는 정신착란 같은 내 행동에 대한 자기심문을 시작하였다. 아침에 넥타이까지 매고 나온 심보는 어떤 것이었나. 그렇게 무턱대고 뒤따라서 차를 내리다니, 그 여자가 나의 애인이라도 되어줄 것 같았나. 혓바닥이 마비되어 헛놀림까지 했으니, 일본 여자가 말을 걸어준 것이 그렇게 황홀했다는 건가. 친구 사이나 애인 사이가 잘 풀리는 듯하다가 파트너가 조센징임이 드러나서 냉큼 돌아서버렸다는 일본사람 얘기를 듣고 분개했다면 아예 일본 여자하고는 상대하지 말든지 할 일이지 나는 자존심도 없는 사람인가.

한순간에 무너진 자존심을 회복하는 데에는 여러 날이 걸려야 했다. 부끄러웠지만, 사실은 사실대로 인정해야 했다. 일본 여자 앞에서 있었던 창피한 일이었으므로 다시 일본 여자를 보면 단호하게 시선을 피하기로 결심하였다. 일본 남자들처럼 넥타이 정장을 말쑥하게 차리고 시내에 나가지는 말아야겠다는 생각까지 들었다.

생활 근거지가 오사카 항만에서부터 조선인 집단으로 옮겨지면서 내 관심사가 많이 바뀌게 된 것은 자연스러운 일이었을 것이다. 일본사회 안에서 조선인 집단이 어떤 위치에 있는지가 나의 지속적인 탐색 과제가 되는 것은 피할 수 없었다. 이러는 가운데 내가 놀란 사실은 일본의 좌익운동 역사에서 조선인들이 기여한 바가 대단하다는 것이었고, 더 놀란 사실은 조선인들 중에서도 우리 제주도 출신 인사들이 일본의 좌익운동에 기여한 역사가 괄목할 정도였다는 것이었다. 일본에서는 종전 이전에도 공산주의 이념운동이 정부의 억압하에서도 활발하였는데, 그 명맥이 어렵사리 유지되어오던 일본공산당을 종전 후 재건하는 데에 조선인 당원들의 합심 협력이 크게 기여했다는 얘기였다. 1945년 일본공산당 전당대회에서 조선인 김천해가 7인의 중앙위원에 선출된 것이나, 같은 대회에서 제주출신 송성철이 중앙위원 후보로 선출되었음은 그 당시의 사정을 말해주는 것이라고 했다. 내가 제주도에서부터 이름을 많이 들어보았던 조몽구, 강문석, 이운방, 현상호, 고경흠 같은 좌익인사들도 제국시대 일본에서 노동운동에 합세했다고 했다. 제주도 출신 좌익인사들이 일본의 좌익계 집단과 인맥이 닿는다니 고향에 대한 자부심이 생길 만한 일이었다. 이들에게 노동운동이 독립운동과 직결되었던 것은 조선이 독립하려면 제국주의 일본을 타도해야하는데 이를 위해서는 일본인 노동자와 연대투쟁을 할 필요가 있었다는 것이 내가 이곳 민족학교 교원 선배들에게서 들은 설명이었다. 우리가 제주도에서 벌인 좌익운동이 인민해방이라는 기치를 내걸었다면, 제주사람들이 제국주의 일본에서 벌인 좌익운동의 출발은, 강대국 일본에서 착취당하고 핍박받는 식민지 노동자들의 권익을 지키는 노동운동이었음이 다르다고 하였다.

제주도에서는 불법으로 낙인찍힌 좌익정당 활동이 일본에서는 상당히 표면화될 정도로 가능하다는 것이 나의 관심을 끌었다. 공산당 이름을 버젓이 내건 빨간색 벽보나 삐라를 가끔 볼 수 있어서, 과거 제주도에서의 옛 기억이 되살아나기도 했는데, 이 나라에서의 좌익활동도 많은 제재를 받고 있음을 알면서 동정심이 가기도 했다. 공산당원들에 의한 테러사건이 신문 같은 데에 나온 것을 간혹 볼 수 있었는데, 공산당에 대한 국민들의 혐오감을 일으킬 수 있는 이 같은 불법행위가 없어지지 않는 것은 그들의 존재를 세상에 알리는 독특한 방법이라는 말도 있었다. 일본정부로 하여금 공산당 탄압을 계속하도록 만든 데에는 승전국 미국의 영향이 절대적으로 작용했기 때문이라고 하여 나의 실망을 자아냈다. 좌익활동이 한국에서처럼 불법화되어 철저한 금지 대상인 것은 아니면서도 자유로운 정당활동을 탄압하니까 게릴라 테러사건이 일어나는 것일 텐데, 이런 생각이 날 때마다 공산당이 집권하는 나라에 대한 동경심이 싹트기도 하였다. 왜 나라마다 정치체제와 통치이념이 이렇게 다른지 설명이 안 되어 나는 답답한 마음이 끊일 새가 없었다.

핍박받는 좌익운동가들이 올곧은 정신의 소유자들임을 피부로 느끼게 했던 것이 재일조선인 민족학교였다. 이십여 명밖에 안 되는 교사들의 면면을 보아도 민족교육 사업의 진정성을 알 수 있었다. 복장이나 얼굴 매무새가 단정하고 수수한 것은 이들의 생활이 얼마나 검박하고 정직한지를 말해주는 것 같았다. 이들이 받는 급료가 무급에 가까울 정도로 박하다는 것은, 이들은 선생을 하는 목적이 돈 버는 데에 있지않고 민족에 대한 충정과 핍박받는 재일동포에 대한 동정심에 있음을 보여주는 것이었다. 민족학교 교사들의 급료가 박할 수밖에 없는 이유는 명백하였다. 일본학교의 운영비는 정부의 지원으로 조달이 되는데 조선인 민족학교는 그러지를 못 한데다, 이 학교 학생들은 거의 빈곤층 가정이기 때문에 고가의 납부금을 요구할 수 없다는 딱한 사정이 있다고 하였다. 이 학교 교사들 대부분이 일본에 오래 살아왔으면서도 조선어를 자연스럽게 쓸 줄 아는 것은 이들의 조국애가 어떠한지를 보여준다고 생각되었다. 이들은 모두가 북반부 조선을 자신의 조국으로 생각하고 있지만, 민족학교 교사들 중 거의 모두가 남반부 출신이라는 것이 놀라웠다. 몇 년 전에 실시되었던 외국인등록 갱신에서 나타난 통계수치가 생각났다. 외국인등록 갱신을 신청한 재일코리안들은 '9대 1' 비율로 남반부 출신이 많았는데도 자신의 조국을 '조선'이라고 써낸 사람들이 절대다수였다. 민족학교 교실마다 앞면 벽에는 김일성 수령의 초상화가 걸려있는 것이 처음에는 이상하게 생각되었지만, 얼마 후에는 전혀 이상하지 않았다. 이승만 정권이나 일본 정부가 전혀 모른 척하는 가운데 김일성 수령이 막대한 자금을 지원하여 민족학교를 건립하였으니 그럴만한 것이었다. 그동안 일본인들에게 얼마나 설움을 받았으면, 우리에게도 조국이 있음을 온몸으로 느끼게 해준 고마운 지도자에 대한 존경심이 이렇게 나타나는구나 싶었다. 이 학교 여학생들의 교복이 조선여자의 전통의상인 치마와 저고리라는 것도 처음에는 어색해 보였지만, 치마저고리 입은 여학생들을 볼 때마다 우리 민족의 정체성이 살아있음이 느껴졌고, 이 학교의 굳건한 기강을 감지할 수 있었다.

나 자신이 충성을 바치기로 한 재일조선인 좌익운동이 일본정부로부터 탄압을 받고있음은 안타까운 일이었다. 제국시대 일본이든 미군 점령기의 일본이든 공산당 활동은 일본정부의 탄압 대상이었고, 재일조선인들의 좌익운동도 같은 맥락에서 배척 대상이었는데, 그 속을 들여다보면 조선인들 자신의 복잡한 내부 분열이 있었다고 했다. 종전 직후 일공(日共; 일본공산당)을 재건시키는 데에 크게 조력한 조선인 집단은 일공의 계급투쟁 이념에 충실한 집단과 북조선의 민족주의 노선에 충성하는 집단으로 나뉘는데, 일본정부는 민족주의 집단에 대해 강제 추방 방침으로 나왔다는 것이다. 일본 국민으로부터 차별과 멸시의 역사를 참아온 재일조선인들의 울분을 끌어안는 것이 조선인 좌익운동의 중요한 존재 이유였음이 나의 공감을 자아냈는데, 종전 직후부터 조련(재일조선인연맹)을 조직하여 재일조선인들의 권익수호를 위해 발 벗고 나선 한덕수라는 인물에 대해 존경심이 싹튼 것은 바로 이 시기였다. 일공의 계급투쟁

운동에 기여하던 조선인 집단은 일공의 운명과 더불어 쇠퇴의 길을 갔음에 반하여, 일본정부의 탄압으로 괴멸 위기에 처했던 민족주의 좌익운동을 되살려 이끌어 간 결과로 재일조선인 민족학교 건립의 대업을 성공시킨 이 분의 노력이 있었기 때문에 나에게도 민족학교 교사의 자리가 생길 수 있었던 것이다.

재일조선인들 중에서 우익계 집단은 민단[재일본대한민국거류민단]을 결성하였지만 그 쪽 사람들의 결속력은 한심할 정도였다. 민단은 일찍이 종전 직후에 결성되었지만 그 규모나 활동양상이 미미한 수준이었다. 6·25전쟁 기간에 외국인등록 신청을 할 때 국적을 '한국'이라고 써낸 소수집단이 민단의 핵심이었던 것이다. 민단 쪽에서는 민족학교라는 것도 있는 둥 마는 둥하였고, 이들은 외관상으로도 일본인과 다른 민족임을 드러내는 표식이 없었던 것 같다. 그럴 만한 이유는 충분했다고 할 수 있다. 한덕수 지도하의 좌익계 인사들은 일찍부터 북한으로 가서 김일성 정부 출범을 축하하면서 충성과 협력을 약속하였고, 북한 정권은 이에 대한 보답으로 재일본 조선인집단의 활동을 물심양면으로 지원하고 격려하였지만, 민단 쪽에서는 무자비할 정도로 이 같은 지원이나 교류가 없었다는 것이다. 이승만 정부는 우익집단인 민단에 대하여 그냥 내버려두는 방기放棄정책으로 일관하였다. 게다가, 그 당시만 해도 북한의 경제발전이 남한을 크게 앞질렀고, 북한은 국민의 사회복지정책을 우선시하는 사회주의 체제였다는 것도 재일조선인들의 선호

대상이 되는 이유가 되었다.

2-12

강고한 민족주의 이념을 굽히지 않던 조련(재일조선인연맹)은 일본정부에 의해 강제로 해체되었으나, 이보다 더 공고한 후신격後身格인 조총련(재일본조선인총연합회)을 결성한 공로자는, 종전 이후 줄곧 좌익계열의 재일조선인 집단을 이끌어 왔던 한덕수 씨였다. 조총련은 결성 이후 재일조선인들의 자구自救 노력에서 장기간 구심점 역할을 떠맡았고, 한동안 침체상태를 면치 못하던 수많은 민족학교를 다시 활성화시킨 주체도 조총련이었다. 민족학교 운영이야말로 조총련의 역점 사업 중에서도 가장 중요한 것이었으니, 조선민족의 정체성을 견지하는 최선의 길이 교육에 있다고 보기 때문이었다. 나를 조선어 교원으로 뽑아준 곳이 바로 조총련이 부흥시킨 오사카의 히라노 민족학교였으니까 조총련 지도자 한덕수 씨는 나 개인으로 봐서도 잊지못할 은인이었다.

내가 이 학교에 부임한 지 몇 달 뒤인 1955년 5월 25일 도쿄의 유서 깊은 아사쿠사공원[淺草公園] 인근에서 성대한 조총련 결성대회가 열렸는데, 오사카 히라노의 우리 민족학교에서는 이 역사적인 날을 기념하는 의미에서 중학반 1,2교시 수업을 전폐하는 가운데 교사들과 학생 전원을 강당에 모아놓고 이 학교 역사교사인 조미라 선생의 교양강연을 들었다. 민족학교에서 가끔 있는 '교양학습' 시간인데 이날 강연은 조총련 결성의 역사적 의의를 똑바로 알린다는 특별한 목적이 있다고 했다. 재일조선인 일본정착의 역사를 강연내용으로 했는데, 한 시간이 훨씬 넘게 진행된 이 강연은 시종일관 엄숙한 분위기와 진지한 참가 열의를 잃지 않음으로써 이를 바라보는 나의 마음을 숙연하게 만들었다. 강연내용은 중학생들에게는 이해하기 어렵지 않을까 걱정될 정도로 수준이 높았지만, 학생들의 수강 태도가 자못 진지한 것이 강연자의 열성을 더해주는 효과가 있었을 것이다.

나 자신도 이 강연을 통하여 우리 민족의 파란만장한 현대사에 대해 새로이 알게 된 것이 많았다. 강연시간이 끝나고 교무실로 돌아온 나는 오늘의 강연자였던 조미라 선생에게 한 마디하고 싶은 말이 있어서 그녀가 들어오기를 기다렸다. 우리는 교무실내 좌석이 바로 옆자리인데도 그동안 대화 나누는 시간이 별로 없었음이 후회되기도 하였다. 자기 자리로 돌아와 앉은 조 선생이 내 얼굴을 유심히 바라보는 것이 자기 강연에 대한 반응을 궁금해하는 것 같았다.

─조 선생님 역사강연을 들으니까 프라이드가 생기는 것 같네요. 재일조선인으로 사는 것을 수치로 생각했었는데 이제는 자부심을 가지자, 이렇게 된 겁니다. 조선말 선생은 역사 선생에게서 많이 배워야겠다는 생각을 하고 있습니다.

─강만수 선생님은 한마디 들으면 열 마디를 알아듣는 진짜 모

범생이세요. 제가 하고 싶은 말도 그런 거였어요. 우리 약소민족이 기를 펴서 하고 싶은 말 하고 사는 세상이 올 것이고, 그렇게 되도록 노력해야 된다는 거지요. 이런 말이 있잖습니까? 성공한 사람의 과거는 고통스러운 것일수록 그 영광은 크다. 영광이 크다는 건 바로 프라이드가 커질 수 있다는 거니까, 강 선생님 말씀이 바로 그런 뜻 아닌가요?

　―약소민족은 힘이 없으니까 하고싶은 말도 참아야 하는 거 아닙니까.

　―이제 약소민족도 힘을 쌓고 프라이드를 가지자는 말이지요. 강 선생님은 신문을 안 보신 모양인데, 지난달 인도네시아 반둥에서 제3세계 국가들이 모여서 약소국가들끼리 연합세력을 만들어 뭉치자는 결의를 했다는 거 아닙니까.

　―제3세계라니 그게 무슨 뜻인가요?

　―아, 네, 그건 요즘 새로 나온 용어인데, 간단히 말하면, 못사는 나라, 후진국들을 가리키지요. 그러니까, 미국을 비롯한 서유럽 자본주의 국가들이 제1세계이고, 소련을 비롯한 동유럽 공산주의 국가들이 제2세계인데, 여기에 속하지 않는 약소국들이 제3세계인 거지요. 제3세계 국가들은 약소국이기도 하고 동서 양대진영 어디에도 한 축 끼지 못한다는 점에서 공통되지요.

　―약소국가들끼리 뭉치자는 운동이 이전에는 없었던 건가요?

　―이전에 없던 일이 일어났으니까 뉴스가 되는 거 아닙니까.

―뉴스가 된다고 해도, 그거 어려운 일 같은데요. 힘 없는 나라들이 뭉치기는 잘 될 것이냐가 문제이고, 힘없는 자들이 뭉쳐봐야 얼마나 큰 힘이 생길 것이냐, 이것도 어려운 일 아닙니까.

  ―어려운 일이기 때문에 더 위대한 역사가 되는 거 아닌가요.

  ―그 반둥회의에 우리나라도 참가했나요?

  ―참가했으면 좋았을 건데 그러지 못했으니까 제가 다 안타깝네요.

  ―왜 참가를 않았나요?

  ―그걸 제가 잘 모르겠단 말입니다.

  ―양대진영 어느 한쪽에 속한다고 불참한 건가요?

  ―그런 것도 아닌 것 같아요. 남조선 쪽에서는 미국의 절대적인 영향을 받으니까 반둥회의에 참가자격이 없겠지만, 북조선 공화국은 소련의 원조나 영향권에서 완전히 벗어나자는 것이 우리 김일성 수령의 방침이니까 제3세계가 모이는 반둥회의에 참가해야 되는 건데 말이에요.

  ―조미라 선생님이 그런 제안을 할 수는 없나요?

  ―저 같이 미미한 존재가 무슨 발언권이 있겠습니까. 우리 조총련에 한덕수 의장님이라면 제안할 만하지요.

  ―그럼, 조 선생님이 한덕수 의장님에게 그런 제안을 건의하면 되겠네요.

  ―그건 좋은 생각 같아요, 강만수 선생님이 저에게 한 제안이 두

다리 건너서 수령님에게 전달되는 거네요. 그건 현실적인 가능성이 없지도 않습니다. 우리 조총련에서 하는 사업들이 워낙 큰 성공을 거둔다고 해서 수령님이 아주 만족해 하신다고 해요. 국제사회에서 북조선 공화국의 위상이 많이 올라간 것이 조총련 덕분이라는 인식을 한답니다. 남조선하고 체제경쟁을 벌이는데 북조선이 대승을 거두고 있다는 거지요.

이날에 있었던 일로 인하여 나와 조미라 선생 사이에 대화의 통로가 트였다고 할 수 있다. 말문이 트이자 서로 간에 물어볼 말들도 많이 생겼다. 조선어의 어휘나 관용어구들 중에는 조선민족의 역사를 알아야 뜻풀이가 잘되는 것들이 있었으므로 나는 역사교사인 조선생에게 물어볼 것들이 많았다. 조 선생 편에서 나에게 잘 물어보는 것은 제주도의 역사와 풍속에 관한 것이었다. 때로는 내가 대답하기 어려운 수준높은 질문들도 있어서 제주도에 대한 그녀의 각별한 관심을 짐작할 수 있었다. 조 선생은 나의 선배교사로서도 해줄 이야기가 많았다. 우리 민족학교가 당해야 하는 설움은 약소민족의 운명임을 일깨워 주고 싶어했고, 이 학교 선생은 사명감이 없으면 오래 있지 못한다고 하였다. 내가 이 학교 선생님들의 이름과 성격을 잘 몰라서 헷갈리고 실수하는 것을 본 조 선생은 여남은 명 교사들의 성격과 습성 같은 것을 차근차근 설명해주면서 누구누구는 사교형이고 누구누구는 고독형이니까 그들의 성질에 맞추어 대하는 것이 좋다는 둥 재미있는 조언을 해주기도 하였다. 조 선생은 나보다 세 살 연상일 뿐만 아니라 민족학교 교사로서도 5년이나 선배여서 앞으로도 그녀에게 물어볼 일들이 많을 것 같았다.

조 선생이 고향 대구를 떠나 일본으로 들어온 사정이 나하고 아주 비슷하다는 것을 알고서는 우리 사이가 특별한 관계인 것처럼 느껴졌다. 그녀는 4·3사건이 일어나기 이태 전인 1946년 10월에 일어난 '대구폭동사건'에서 시위대를 선동했다는 혐의로 수배 대상이 되자 급거 일본 도피를 감행한 여자였는데, 들어보니 그 당시 대구시민들이 과격 시위를 벌인 것도 미국군정의 불의와 부패에 대한 반발이 주된 이유라고 하였다.

또 하나, 조미라 선생이 말하는 바, 제주도에 대한 특별한 관심 갖기의 배경이 흥미로웠다. 몇 년 전 '대구폭동사건' 때 조 선생은 인민봉기의 선전선동 임무를 맡았었는데 그 과정에서 자기와 협력관계였던 제주도 출신 김달삼에 대해 강한 인상을 받았다는 것이다. 어느 날 조미라가 내 앞에서 정색을 하고 들려준 회고담은 오랫 동안 나의 기억에 남아있을 만큼 나에게 강한 인상을 주었다. 어떻게 제주도 같은 외딴 섬 벽지에서 나고 자란 남자가 그렇게 귀골 용모에다가 귀공자 같은 기품을 가질 수 있을까, 유쾌한 호기심까지 갖게 되었다는 얘기였다. 김달삼의 인상이 관인후덕한 도덕군자 타입이라면, 나 강만수의 인상은 임전무퇴의 투사 타입이라고 똑 부러지는 인물평까지 내놓는 조미라의 표정을 바라보느라니, 내가 이 여자에게서 후한 점수를 얻는 것이 김달삼 동지의 엉뚱한 후광을 입은 덕분이 아닌가 싶어서 혼잣속으로 실소가 나오는 것이었다. 나에 대한 호평은 그냥 인사치레 입발림이라 치고, 김달삼에 대한 인물평도 나의 공감과는 거리가 멀었다. 반동분자들에 대한 무자비한 증오심을 키워야 하는 열혈 혁명가의 서슬 퍼런 기개 앞에서 따뜻한 인정이나 관대함을 기대하다니, 나는 조미라의 얼굴을 멀뚱멀뚱 바라볼 따름이었다. 여자에게서 흔들리지 않는 냉철한 관찰이 나오기를 기대하지 말라는 누군가의 말이 문득 생각나는 것이었다.

2-13

조총련 결성 기념행사인 조 선생의 교양강연이 있던 다음 해 봄에는 생물과목 담당으로 20대 초반으로 보이는 여자선생이 부임하였는데, 이름은 박영순이라고 하였다. 이 생물선생의 등장으로 인하여 나와 조 선생의 관계가 단시일에 아주 미묘한 것으로 변할 줄은 미처 예상치 못한 일이었다. 그러고 보니 1년이 넘는 동안 나와 조 선생이 바로 옆자리이면서도 데면데면한 관계를 벗어나지 못한 것은 우리 민족학교에 여자선생이 딱 두 사람밖에 없다는 사실과 무관치 않은 것 같았다. 조 선생 말고 여자선생이라고는 30대 후반인 유부녀 한 사람밖에는 없었기 때문에, 아직 20대 처녀선생인 조 선생은, 열 명이 넘는 남자선생들의 관심과 시선을 한 몸에 받는 매우 조심스러운 처지였던 것이다. 그 사람들은 내가 조 선생하고 바로 옆자리에 앉는 사실조차도 부러워하는 것 같았고, 어떤 이는 그 것이 부당하고 불평등한 처사라는 농담 말까지 던지는 것이었다. 우리 두 사람이 가까이에서 무슨 말을 조용히 주고받아도 우리를 향해 뭇시선이 집중되고 있음을 부지불식간에 의식했던 것이니 조심스러울 수밖에 없었다. 그런데다 나는 민족학교에 맨 막내 선생으로 부임한 처지에 매사에 자신감이 없이 그저 큰 실수가 없는 무난한 신참 교사로 인정받는 데에 정신집중을 해온 셈이었다.

20대 초반임에 분명한 처녀선생이 신참 생물교사로 들어온 다음에는 나 자신이 느끼기에도 교무실 안의 분위기가 어쩐지 달라진 것 같았고 특히 조 선생이 나를 대하는 태도가 달라진 것을 감지하던 차에 우리 두 사람 사이에 조그만 불화 사건이 발생하였다. 박영순 선생의 좌석은 나하고는 교무실 반대쪽에 멀찌감치 위치해있었는데 내가 그날 수업이 없는 시간을 이용하여 박 선생의 자리로 찾아간 것은 생물선생이라야 알 수 있을 것 같은 어떤 문제를 알아보기 위한 것이지 다른 아무 이유도 없었다. 때마침 그 공강시간에 박 선생도 수업에 들어가지 않고 혼자 앉아있길래 나는 가벼운 마음으로 그쪽으로 걸어가서 말을 붙이고 있었는데, 나의 예상과는 달리 그런 시간이 꽤나 길어져 버린 것이 화근이 되어버린 셈이다.

바로 그때 조미라 선생이 교무실 안으로 들어온 것이 탈이었다. 조 선생은 그 시간에 수업하러 나간 것이 아니라 다른 일로 나갔다 온 모양이었는데 그런 사정을 꼼꼼히 알아보지 않았던 것이 나의 잘못이라면 잘못인 셈이었다. 내가 박영순 선생의 설명을 듣느라고 조미라 선생이 내가 있는 쪽을 바라보고 있는 것을 눈치채지 못한 것도 잘못이었다. 뒤늦게 내가 처한 상황의 의미를 깨닫고 서둘러 자리로 되돌아왔지만, 사태의 심각성을 알아차린 시간이 너무 늦은 것이 당장 드러나고 말았다.

조미라 선생은 내가 자리에 앉은 다음에도 나를 향한 시선과 자신의 경직된 표정을 바꾸지 않았다. 그녀의 표정은 불쾌한 것임에 분명하였고, 그 위에다 화가 난 표정과 슬픈 표정과 어이없는 표정이 뒤섞여 있었다. 나는 그녀의 표정을 바꾸기 위해 아무 말이라도 해야만 했다.

─아, 생물선생에게 물어보고 싶은 것이 있어서 잠깐 만나봤어요.

나의 변명에 대해 조 선생이 아무런 대답이 없었으므로 나는 다시 입을 열어야 했다.

─문명의 발달이 인간의 지능을 높이는 것은 태아가 분만하기 이전부터인지 그 이후인지 하는 문제를 물어봤습니다.

─그래서 원하는 대답을 들었어요?

─박 선생도 잘 모르겠다고 했습니다. 자기는 그런 문제를 생각해보지 않았지만, 아마도 이에 대한 대답은 이론에 따라서 여러 가지로 다르게 나올 것 같다고 했습니다.

─질문을 할려면 알 만한 사람에게 해야지, 그렇게 어려운 질문

을 그 사람이 알 것 같애요? 그런 건 알아서 뭐에다 쓰나요? 무슨 시험에 나오는가요?

－그런 건 아니고, 그냥 알고싶었지요. 그전부터 누구에게 물어보고 싶은 문제였습니다.

조미라 선생에게서는 전에 보지 못하던 면박이었다. 다른 사람들이 흥거워하거나 언짢아하는 일에 대해서도 별로 표정 변화를 보이지 않는, 진중하고 근엄한 여자였던 것이다. 생물선생하고 잠시 얘기를 나누었다는 사실이 그녀에게는 그렇게 충격이 되다니, 나는 정말 몸 둘 바를 몰랐다. 나는 조 선생의 표정을 바꿀 자신이 없어서 슬그머니 자리를 피하여 밖으로 나오고 말았다.

조 선생이 나의 일거수일투족에 대해 관심을 갖고있다는 것이 확실해지자 나는 이를 어떻게 받아들일 것인지 고심하지 않을 수 없었다. 한참 생각 끝에 내가 조 선생을 좋아한다는 것을 확실히 보여주자고 결심하기에 이르렀고, 그러기 위해서는 조 선생에게 가벼운 말이라도 자주 건네야 할 것 같았다. 조 선생은 워낙 학구파였고 아는 것이 많았기 때문에 그녀에게 물어볼 말은 많았다. 일본에 들어오기 전 한국에서는 서울 소재의 무슨 전문대학 과정을 마쳤다고 했고 지금도 무슨 야간대학에 적을 두고 공부를 계속한다는 얘기여서 그녀에 대한 나의 존경심이 더 커졌다고 할 수 있다. 나보다 2년 앞서서 일본으로 들어온 조 선생은 그때 즉시 일본공산당에 입당하여 그 안에서 조선인들이 할 수 있는 좌익활동에 힘썼다는 얘기도 들었다.

나는 이전서부터 재일조선인 집단의 지도자 한덕수 씨가 벌였던 민족주의 좌익운동에 대해 들은 적이 있었는데, 알고 보니 한덕수 씨와 조미라 선생은 같은 노선의 좌익운동가였던 것이다. 조 선생의 학력과 지식이 상당한 수준인 것을 생각하면, 활동가로서의 한덕수 지도자에게 조미라 선생은 이론가로서의 협력자 역할을 맡아 주는 것은 아닐까 싶기도 하였다. 그리고 보니 이들 두 사람의 고향이 인근 지역이라는 것까지 알게 되었다. 조 선생의 고향은 대구였고 한덕수 씨의 고향은 대구와 가까운 경북 경산이라고 했던 것이다.

2-14

우리 민족학교에서는 그 해 늦은 봄에 오사카시내 견학 겸 문화 관광을 나갔다. 이 학교 교사들 간에 친목과 화합 증진을 위한 행사이기도 하였다. 이 도시에서 유명한 사적지인 천왕사天王寺와 사천왕사四天王寺, 일심사一心寺 등 고찰古刹이 우리의 목적지였는데 모두가 우리 히라노민족학교하고는 가까운 곳에 있는 사찰들이었다. 나는 이 행사에 나설 때부터 조 선생과의 미묘한 관계를 의식하고 있었다. 초등반과 중등반 합하여 스무 명이나 되는 우리 일행은 대체로 두 그룹으로 나뉘어서 이동하였다. 하나는 교장과 교감을 가운데 두고 어울려 다니는 중년층 그룹이었고 다른 하나는 젊은층 평교사들 그룹이었다.

내가 처음에는 교장 교감을 따르는 그룹에 끼어있게 된 것은 교감 선생이 나에게 무슨 할 말이 있다는 눈치를 주었기 때문이었다. 그랬지만 교감 선생이 나에게 할 말이란 것은 나의 고향 제주도의 4·3사건 뒷소식에 대해 물어보는 것임을 알자 나는 그냥 묵묵부답으로 응대하다가는 다른 그룹으로 옮겨가 버렸다. 나 자신 4·3사건에 대해 대답할 말이 애매한 상태였고, 특히 재일제주인 사회에서는 이에 대한 언급 자체가 금기사항임을 상기했다. 더구나 오늘 하루 동안 나에게 더 중요한 것은 조 선생하고 가까이 하는 일임을 떠올리고 있었다.

조 선생이 평교사 그룹에 함께하고 싶은 이유는 나도 알 만하였다. 자기와 비슷한 처지의 평교사들과 함께 어울려 자신이 아는 것과 믿는 것을 화제로 삼아 자유롭게 얘기하고 싶을 것 같았다. 그렇다면 조 선생은 오늘 내가 그녀에게 어떻게 나오기를 바랄까. 아마도 그녀가 바라는 것은 내가 그녀의 말문을 활짝 열어주는 것이 아닐까 싶었는데, 이런 생각이 들자 내심 기운이 솟는 것 같았다. 하루의 일정 틈틈이 기회가 닿는대로 내가 적당한 질문을 하면 이에 대해 조 선생이 답변하는 형식으로 화제를 이어가게 하는 것이었다. 물어보는 사람이 있을 때라야 이에 대답하는 사람의 입담에 풀이 설 것은 당연한 일이었다. 오늘 구경하는 고찰 명승지에 대해서

뿐만 아니라 한국의 현대사와 요즘의 국제정세에 이르기까지 생각나는 대로 물어봤는데, 다행히도 조 선생의 답변에 대해 싫증내는 사람은 별로 없는 것 같았다. 대체로 조 선생의 박식함에 대해 존경하는 눈치였고, 내가 짓궂게 물어보는 것에 대해서도 이상하게 여기는 사람은 없어 보여서 안심이 되었다. 나는 아직도 이 학교 남자선생들 가운데 막내이고 신참교사라는 사실을 인정하는 것이려니 싶었다.

대중식당 점심시간에는 좀더 자유로운 방담이 오갔는데, 조 선생은 이야기의 방향을 조총련 결성의 역사적인 의의를 설명하는 쪽으로 돌렸고, 이를 위해서는 좌익운동의 역사까지 언급하는 것이 필요했다. '인민해방'을 외치는 좌익운동에서 '인민'의 의미가 달라지는 것은 이 운동이 일어나는 시대적 공간적인 배경이 달라지기 때문이라는 것이 조 선생의 설명이었다. 일본내에서 일본인들끼리 다툴 때에는 인민의 의미가 계급적인 것일 수 있지만, 국제적인 상황에 있어서 인민의 의미는 민족적인 것일 수밖에 없다는 것이며, 일본공산당에서 활동하던 재일조선인들 중에서 계급 우선의 인민운동가가 도태되고 한덕수 등 민족 우선의 인민운동가들의 존재가 부각되는 것은 당연하다는 얘기였다. 딱딱한 역사강의가 될 수도 있는 이야기를 듣는 민족학교 교사들의 태도는 시종 진지하고 숙연하였다. 핍박받는 약소민족에게 생기게 마련인 상호간의 소통과 교감에 대한 열망이 이들의 심정이 아닐까 싶었다.

조미라 선생이 나에 대해 각별한 관심을 갖는 것에 대해 내 나름대로 센스있는 응수를 잘한 것으로 여겼는데, 이에 대한 그녀의 반응을 본 나는 퍽 떨떠름한 심정이 되었다. 그 이튿날 아침 조 선생은 좌석에 앉자마자 어제 행사 중에 나에 대한 기대가 채워지지 못했음을 서슴없이 나타냈다. 내 나름의 센스있는 행동을 보였음을 인정한다는 언급은 고사하고 내가 더 센스있는 행동을 하지 못했음을 나무라는 것이었다. 어제께 자신이 좌익운동 역사에 대해 모처럼 몇 마디 설명한 것을 놓고 내가 의미있는 한마디를 더할 줄 알았는데 그런 것이 없어서 실망했다는 것이다. 그녀의 고백인즉, 자기가 말한 인민해방의 복합적인 의미를 쉽게 설명하려면 제주도의 4·3사건을 예로 들 필요가 있는데, 제주도 출신이라는 사람이 그런 말 한마디를 못하다니, 자기 허우대 값도 못한단 말이냐, 그녀 자신이 제주도 얘기를 꺼내는 것은 다른 지역 사람들이 고깝게 여길 수가 있다는 생각 때문에 하지 못했다는 것이다. 4·3사건에 대한 언급으로 말하면, 우리 제주도 사람들에게는 쉽게 입에 담지 못할 금기사항이어서 내가 그런 말을 꺼낼 엄두를 내지 못한 것이지만, 조 선생에게 그런 얘기까지 할 수는 없는 일이어서 그녀의 예리한 지적은 가타부타 없이 그냥 지나치게 되었다.

이래저래 조미라 선생의 존재는 나에게 각별한 관심의 대상이 되었는데 그런 관심이 때로는 걱정스러운 것이 되기도 하였다. 조 선생은 워낙 아는 것이 많고 심지가 굳은지라, 민족학교 안에서 단연 돋보이는 자신의 위치에 대해 자부심에 차있음이 역력하였다. 나는 때때로 조 선생의 이런 자부심이 밖으로 불거져서 다른 선생들의 심기를 거스르지나 않을까 조마조마하기까지 하였다. 기껏해야 미성년 학생들을 가르치는 선생들에게 학술적인 지식의 진위를 가리는 문제가 그리 큰 관심사가 될 수 없다는 것이 나의 생각이었다.

한번은 교무실 직원회의 시간에 김기표 교감선생하고 조 선생 사이에 크게 언쟁이 벌어졌다. 여학생의 교복 문제가 논쟁거리였으니 그리 대단한 문제가 아니었는데도 교감선생은 조 선생의 꼿꼿한 발언 태도 때문에 단단히 화가 난 모양이었다. 조 선생이 민족학교 여학생들의 유니폼인 치마저고리 착용에 대해 이의를 제기할 때에는, 시대감각과 맞지않아 보인다거나 특히 교련시간에 치마저고리는 어울리지않아 보인다는 정도로 비교적 부드러운 어조로 시작되었다. 하지만 발언 내용이 민족학교 설립의 이념이나 민족주체성 같은 추상적인 화제로 발전하면서 과격한 언사가 나오기 시작하였다. 의상이란 것은 무엇보다도 입는 사람이 즐겨 입는 것이 중요한데, 한창 자유롭게 몸을 놀리고 싶어할 어린 여학생들에게 치마저고리 전통의상을 입히는 것은, 우선 일방적인 강제성이 민주교육의 이념에 위배된다는 점에서 재고의 여지가 있다는 것이 조 선생의 주장이었지만, 김기표 선생은 이같은 발언에 대해 노발대발하였다. 교육의 본령은 무릇 문화의 전수傳授에 있는 것이고, 학생들 기호에 맞추는 교과과정이란 혼란과 타락으로 가는 지름길이라고 거창한 논리를 내세우는 것이었다. 학생들은 자기 취향에 맞지않은 교육내용이라도 이를 참고 견디는 것 자체가 인생교육의 첫걸음이고, 조선민족의 전통의상이란 것은 수백 년 역사를 두고 전승되어온 대표적인 민족문화 유산이며, 이같은 유니폼을 선정하는 데에는 한두 사람의 기분이 아니라 여러 사람들과 여러 단계의 논의와 연구 끝에 나온 것이라는 주장이었다.

아마도 김기표 선생의 입장에서는 그의 주장 가운데 마지막 부분이 제일 중요할 것 같았다. 민족학교의 교육방침은 물론이고 구체적인 교육내용들까지도 조총련 지휘부의 결정에서 나왔을 것이고, 그것은 다시 북한 김일성 수령의 통치이념과 일치해야 하기 때문이었다. 민족학교의 교육방침에 대해 감히 이의를 제기할 수 있는 배포는 조미라 선생이 아니고는 갖지 못할 것이고, 조미라 선생 입장에서는 자신의 학문적 실력 뿐만 아니라 인맥상의 배경까지 탄탄하다는 믿음이 있었길래 이 같이 대담한 발언을 할 수 있었을 것이다. 그날 이후 나는 조 선생이 다시 무슨 문제를 놓고 교감선생에게 반론을 제기하지는 않을까 불안한 마음으로 지켜보았지만, 다행히 두 사람 사이에 더 큰 충돌은 없었던 것 같다. 다만 한 가지 나의 기억에 남아있는 것은, 그 해 어느 날인가 김기표 선생이 나에게 무슨 할 말이 있어서 불려갔을 때 내가 들은 말이었다. 우리 두 사람만이 대면하는 자리였다. 그는 사무적인 용건을 다 마친 다음에 나의 얼굴을 유심히 바라보면서 입을 열었다.

—강만수 선생은 제주도 출신이라고 했지요?

—네, 그렇습니다.

—제주도 사람들이 오사카에 많이 와있으니, 이웃사촌 될 사람들이 많아서 좋겠네요. 그런데, 제주 출신들은 좀 튀는 행동을 좋아한다고 들었는데 ….

—네? 튀는 행동입니까? 어떤 말씀이신지 ….

—아니, 됐어요. 자, 가서 일 보세요.

나는 그날 그 자리에서는 교감선생이 건넨 말의 의미를 별로 고깝게 듣지 않았고, 그냥 이 사람은 내가 제주 출신이라는 사실을 기억하고 있구나 정도로 넘겨버렸다. 나 자신이 무슨 튀는 행동을 할 정도로 담력이 있거나 똑똑한 인물이 되지 못한 것을 나는 잘 알고 있었고, 한 가지 이 학교 선생들이 나의 행동에서 주시할 만한 일이라면, 옆 자리 조 선생하고 너무 가까이 지내는 것처럼 보이는 것이 아닐까 하는 것이었다. 하여간, 그날 이후 어떤 사람이 나의 출신지에 대해 무슨 언급을 할 때에는 이날 김기표 교감선생에게서 들었던 말이 문득 생각날 때가 많았다.

2-15

조미라 선생과 나의 관계가 어떤 획기적인 진전을 이루게 되는 것은 특별한 학교행사가 있을 때였던 것 같다. 그해 가을이 되어 그런 날이 왔는데, 그것은 교내 체육대회 날이었다. 초등반, 초급중등반, 고급중등반 등 세 집단으로 이루어진 우리 민족학교는 이날 교내체육대회에서는 하나가 되어 하루를 즐겼다. 이날 벌어진 경기는 주로 구기종목이었는데, 그 대부분이 학생들 끼리였고 교원들 끼리 벌이는 경기는 배구 종목 하나였다. 교원들의 배구경기는 초등반 교원들이 한 팀이 되고, 초급 및 고급 중등반의 교원들이 합하여 단일팀을 구성하였는데, 나는 물론 중등반 배구팀의 선수로 출전하였다. 내가 은근히 기다려 오던 시합이었다. 나는 이날이 되면 입으리라 마음먹고 특별히 준비해둔 좀 야하다 싶은 주홍색 티셔츠를 입고 나갔는데 물론 의중에는 조미라 선생에게 나의 강건한 체형을 똑똑히 보여주자는 심산이 있었다고 할 것이다. 오래전에 건성으로 들었던 장군상將軍像 관상 운운의 덕담이 떠오르기도 하였다.

교원들의 배구경기는 아깝게도 초등반 팀의 승리로 끝났다. 애초부터 승리를 내다보지 않았던 대항전이었다. 초등반 교원들이 인원 수로도 더 많았고, 연령으로 봐서도 훨씬 젊은 층이었던 것이다. 나로서도 처음부터 경기에 이길려고 했던 것이 아니었고, 나의 뛰어난 체력과 장군상의 체형과 눈에 띄는 경기실력을 유감없이 보여준 것에 대해 만족하였다. 조미라 선생이 시종 나의 운동경기 모습을 눈여겨 보아주는 것 같아서 기분이 썩 좋았다. 동물적인 몸놀림의 본능을 충족시켰기 때문일까, 나는 경기가 끝나고도 한참이나 의기양양하였고, 그냥 공중을 나르듯이 뜀박질하고 싶은 기분이었다. 뒷풀이 겸 저녁식사 자리인 회식장소에서도 된 소리 안 된 소리를 마구 지껄였던 것 같다. 주위에 앉았던 여러 선생님들은 아마도 젊은 혈기와 술기운이라고 나의 돌출 행동을 눈감아 주었을 것 같다.

회식이 끝나자 나는 숙소인 변두리 공동주택으로 가기 위해 전차역으로 걸어가고 있었는데, 그러는 나의 행로를 어떻게 알아봤는지 조미라 선생이 성큼 눈앞에 나타났다. 나는 얼결에 손을 내밀어 악수를 청하였다. 잡았던 손을 놓고 나서도 괜히 흥분된 듯이 무슨 말을 더 지껄였던 것 같다. 조미라 선생이 내가 오늘 보여준 운동실력을 칭찬하는 말을 듣자 나의 객기는 더 고조되었을 것이다. 내가 전차 타는 역보다 조 선생의 전차역은 더 가야 했기 때문에 우리는 그만 헤어져야했다. 나는 다시 손을 불쑥 내밀었는데 이번에는 악수 정도로 끝나지 않았다. 불콰하게 달아오른 나의 얼굴이 내 행동의 면죄부가 되었을까, 내 손에 잡혀있던 조 선생의 예쁜 손을 그냥 놓아주지 못하여 냉큼 잡아올리고서는 나의 입술을 그 위에다 포개고서 쪽− 소리를 내기에 이르렀다. 조 선생은 나의 행동 발작을 떨쳐버리지는 않고 잘 받아주었다. 토를 단다는 말도 간단하였다.

−그래, 오늘은 손등까지 허락해 줄게.

나는 조 선생하고 헤어지고 나서 그녀의 말대꾸를 하나하나 분석해봤다. '오늘은 손등까지'라고 하다니, 그렇다면 다음에는 더 이상의 수준까지 허락한다는 뜻이 아닌가. 자기 손등에 입술을 갖다 대는 남자를 자기 마음에 접근해오는 과정으로 해석한다는 것이 틀림없었다. 말투도 달라졌다 싶었다. '허락해 줄께'라니 전에 없이 반말투이다. 반말은 친한 사이에나 쓸 수 있는 말이 아닌가. 내가 더욱 의기양양해진 것은 정녕 술기운 때문이 아니었을 것이다.

내가 조 선생과의 관계를 한 단계 더 끌어올리는 데에는 다음 해 봄까지 기다려야만 했다. 그날은 우리 민족학교 선생들이 나라[奈良]시 명승지 견학을 가는 날이었다. 오사카시의 바로 옆에 인접해 있는 나라시는 한때 일본의 유서깊은 고도古都였을 뿐만 아니라 백제 사람들이 남겼다고 전해지는 오래된 유적지가 여러 군데 있기까지 하여 재일조선인들이 많이 찾는 곳이었다. 오전에는 몇 군데 고적지를 탐방하고 오후에는 나라공원[奈良公園]이라는 넓은 유원지를 찾아가는 행사였는데, 이 또한 우리 학교 교원들의 친목과 화합을 증진한다는 의미가 있었다. 점심식사 후에 찾아간 나라공원은 광대한 규모뿐만 아니라 역사 오랜 구경거리가 많기로 유명한 곳이었다. 녹야원鹿野園이라는 곳에서는 풀밭에서 노니는 사슴들이 사람이 접근해도 달아나지 않는 꿈속 같은 광경을 볼 수 있었다. 어쩌다 보니 시간이 많이 흘렀는데 조 선생의 모습은 나의 시야에서 사라져 있었다. 계절 좋고 날씨 좋은 날이라서 공원을 거니는 사람들이 많은 탓이었다. 벚꽃이 만발하기 직전이었는데 만발할 때의 사람 홍수를 피하여 더 이른 날짜를 잡은 것이라고 하였지만, 탱탱하게 여문 꽃봉오리들이 더 탐스럽게 보였다. 나는 사람들이 덜 붐

비는 곳을 찾아보기로 하였다. 한참을 돌아다니다 보니 고송古松나
무 숲속 한적한 구석지가 보였다. 이런 곳이 다 있구나 싶어서 들어
가 보았는데 그곳 벤치에 앉아있는 사람은 바로 조미라 선생이 아
닌가. 고즈넉이 혼자 앉아있는데 그녀의 앞 가까운 곳에는 조그만
연못까지 있어서 정적 속의 별세계 같은 분위기를 고조시키고 있
었다. 조 선생은 나를 보자 자기 옆자리에 앉을 곳을 내어주면서 생
긋 웃어주었다.

　-용케 찾아오셨네요, 이렇게 외딴 곳인데.

　-아, 네, 제가 봄이 되면 감각이 좀 예민해집니다. 특히 냄새 맡
는 후각이 왕성해집니다.

　-그래요? 여자는 봄을 타고, 남자는 가을을 탄다고 하는데.

　-그건 일반적인 얘기고요, 개인차라는 게 있잖습니까. 조미라
선생님은 요즘 제대로 계절을 타시는 모양인데, 이렇게 혼자 앉아
서 무슨 생각을 하고 계셨을까요.

　-나는 요즘 제대로 봄을 타는 모양이니 개인차라는 게 없는가
봐요. 내가 이렇게 고독병을 앓으면 어쩌나 걱정이예요.

　-그게 무슨 병입니까. 당연하고 자연스러운 현상 아닙니까.

　-그 전엔 이렇지 않았거든요. 그 전엔 혼자서도 그냥 잘 지냈
고, 이렇게 공연히 상상 공상 망상으로 뒤숭숭한 시간 보내진 않
았어요.

　-그런 게 나이값 하는 거 아닌가요? 세상 사는 건 나 혼자가 아

니라는 걸 알아가는 거니까요.

—나이 어린 동생이 나이 든 누나를 막 가르치려고 드네요.

—아니, 그냥 해본 소립니다. 제가 감히 누구를 가르치려고 하겠습니까. 그런데요, 그런 말 들어보셨나요? 사람들이 얼마나 고독한지를 나타내는 고독지수라는 게 있대요. 그런 고독지수를 나타내는 것이 그 사람의 손바닥 체온이라는 겁니다. 제가 조미라 선생님의 고독지수를 좀 알아볼까요. 오른손을 이리 내밀어보세요.

나는 조 선생이 내미는 오른손을 꼭— 붙잡은 나의 양손 바닥에 힘을 주고 잠시 비벼보았다. 그녀의 손에서 느껴지는 체온은 나보다 약간 서늘한 것 같았다. 체온검사의 결과를 어떻게든지 판정내려야 하는 나는 얼떨결에 급조된 답안을 내놓아야만 했다.

—네, 조 선생님의 고독지수는 양면적입니다. 손바닥에 지수는 양성이고 손등에 지수는 음성이라는 겁니다. 양성은 고독지수가 높은 것이고, 음성은 낮은 것입니다.

—이런 사람은 어떻게 해야 하는가요?

—고독한 여성은 남성의 도움이 필요합니다. 이렇게 말입니다.

나는 조미라 선생의 오른손 바닥을 나의 입술로 가져가다 가볍게 비벼주면서 무게감 있게 말했다.

—이제 됐습니다, 고독지수가 차차 내려갈 것입니다.

나는 얼떨결에 내놓은 답안이 부실할 줄 알았는데 알고보니 뜻밖에도 명답이었다. 그 다음에 우리 두 사람이 조용한 장소에서 한

가하게 앉아있을 때 나는 조 선생에게 손 내밀기를 청하면서 오늘 고독지수를 알아보겠다는 응석을 부릴 수 있었던 것이다. 이런 일이 몇 번 있고 나자 이번에는 조미라 선생이 나에게 응석을 부리면서 먼저 손을 내밀었다.

─오늘 고독지수를 좀 알아볼까요?

손바닥의 감각이 그렇게 깊고 예민한 줄을 아는 것도 새로운 발견이었다. 조미라 선생과 나의 관계가 한 단계 더 진전을 이룬 것은 몇 달 뒤 여름 어느 날이었다. 우리 민족학교가 여름방학에 들어가는 날이었는데, 나는 이 날 오후에 퇴근하면서 오늘 저녁은 좀 색다른 프로그램으로 보내자고 말해 보았는데, 조미라 선생도 나의 이런 제안에 제꺽 동조해 주었다. 프로그램 내용은 조 선생 편에서 제안하기로 했는데 그녀는 일본의 전통극인 가부키[歌舞伎] 공연을 구경 가자고 하였다. 일본의 역사와 일본인들의 국민성을 알려면 가부키를 보아야 한다는 말이 있는데, 일본나라에 대한 반발심 때문에 이제까지 한번도 본 적이 없다는 말도 덧붙였다. 그녀의 말을 내가 거스를 이유는 없었으니, 우리는 저녁식사까지 잘 마친 후 가부키 전용극장인 오사카 시립극장을 찾아갔다.

모처럼 찾아간 일본고전극 극장 입구에서 우리는 '외국인 입장 금지'라는 팻말을 보고 발걸음을 되돌려야만 했다. 하필 오늘 프로그램은 이 극장의 개관 50주년 기념행사인 명작가부키 갈라쇼였는데, 아마도 특별한 공연내용이라서 입장객을 제한하는 모양이었다.

사전에 이런 사정을 알아보지 못한 것이 탈이었다. 일본정부의 국수주의 정책이 빚어낸 외국인 차별 방침이지만, 이럴 경우의 외국인이란 사실상 '조센징'을 의미한다는 것이 조 선생의 말이었다. 일본고전극 공연만이 아니라 일본인들의 자존심이 걸려있는 예술공연 같은 데에서 이같은 현상은 비일비재하다는 말을 하면서도 조 선생은 그 때문에 기가 죽지는 않았다. 모처럼 방학을 맞이하는 날 기분풀이 프로그램을 달리 생각해보자는 말을 하면서도 우리 발걸음은 그냥 그대로 시내 거리 행보를 계속하고 있었다. 한번 퇴짜 맞은 기분이 아직 얼얼한 탓인지 극장 같은 곳은 썩 내키지 않았고, 그렇게 무작정 걸어가다 보니 어디에서고 금일의 공연시간은 지나쳐버린 것을 알게 되었다.

그러는 사이에 우리 눈 앞에 불쑥 나타난 것이 ***공원 간판이었다. 나는 한번도 와보지 못한 공원이었지만, 조 선생은 예전에 한번 둘러본 적이 있어서 여러가지 유락시설이나 분위기가 좋다는 것 정도는 알고있다고 했다. 이런 말과 함께 우리의 발걸음이 자연스럽게 공원 안으로 향해진 것은, 공원이라는 공간에서 기대되는 자유로움과 밤이라는 시간에서 기대되는 신비로움 때문이었을 것이다. ***공원 안으로 들어간 다음 쉽게 찾아낸 고목나무 숲속 벤치 위에서 내가 취한 용감무쌍한 행동도 이 같은 시간적 공간적 조건의 양호함 덕분에 가능했다고 해야할 것이다. 나는 나의 대담한 행동이 조 선생으로부터 거부당하지 않을 것이라는 믿음이 있었고 그녀는 나의 믿음을 배신하지 않았다. 가벼운 일상사를 소재로 하는 얼마간의 담화와 뜸들이기 시간이 지난 다음에 나는 양손을 들어 그녀의 어깨를 감싸안았다. 그럴 정도까지는 그녀가 아무런 반응을 보이지 않았지만, 이어서 나의 양손이 조심스럽게 그녀의 얼굴 양쪽을 꼭 껴안은 자세로 서로의 입술을 마주 비빌 때에는 그녀의 양손도 나의 넓은 어깨를 그러안아 주었다. 내 육신을 그러안는 그녀의 양팔에 기운이 점점 차오르는 것을 감지하는 나의 머릿속에서는, 그동안 짙은 안개 속에 아물거리기만 하던 우리의 미래 행로가 희미하게나마 그 윤곽이 떠오르는 것 같았다.

2-16

조미라 선생과 나의 밀애관계는 떨리는 기대 속에 순항하고 있던 셈이지만, 우리 두 사람의 거취는 뜻밖에 만난 걸림돌 앞에서 잠시 멈칫해야만 했다. 내가 존경하던 한덕수 씨가 우리의 밀애관계 진전에 걸림돌이 되는 것은 정말 뜻밖이었다. 그 해 가을 어느 날 조총련 의장인 한덕수 씨가 오사카 히라노의 우리 민족학교에 방문을 왔다. 무슨 특별한 용건이 있었던 것은 아닌 것 같았고, 조총련의 역점사업 중 하나인 민족학교 활동을 격려하고 확인한다는 목적이었을 것이다. 우리 학교 교원들을 다 모아놓고 간단한 격려사 연설을 한 다음에 한 사람씩 악수하고 돌아가는 간단한 일정이었다.

반 시간 정도의 짤막한 연설을 통해서도 재일조선인 사회에서 그가 얻는 폭넓은 인기의 비결이 무엇인지를 보여준다고 생각되었다. 소탈함과 청빈함이 그의 매력이라는 소문이 사실 그대로였다. 수수한 옷차림이나 얼굴 매무새가 그러했고, 구수하면서 무뚝뚝한 경상도 말투가 그러했는데, 그런 가운데에도 자신의 굳은 신념과 자부심을 보여주는 강건함이 느껴졌다. 제국주의 일본의 핍박을 받고 살았던 약소민족의 슬픈 역사가 그의 얼굴과 자태에 잔뜩 담겨있었다고 할까, 나는 불현듯 우리 제주도의 슬픈 역사까지 떠오르면서 그에 대한 강한 인상이 내 마음 언저리에 꽂히는 것 같았다.

한덕수 씨는 교사들에게 연설을 마친 다음에는 교장실에 들어가서 잠시 휴식시간을 가졌고, 그동안에 틈을 내어 조미라 선생을 호출하였는데 이 때 그녀가 보여준 행동이 의아스러웠다. 조 선생은 교장실로 들어갈 때 나를 조용히 부르더니 자기와 함께 들어가면 한덕수 씨에게 인사 소개를 시킬 터인데, 고향을 묻는 말에 대해서는 대답을 하지 말거나 대답을 하더라도 제주도라고 하는 대신에 전라도라고 하도록 당부하는 것이었다. 몇 년 전까지만해도 제주도는 전라도에 속했으니까 틀린 말도 아니라고 이상한 당부를 하였지만, 이런 말을 들은 나는 그녀의 당부를 거역할 수가 없었다. 한덕수 씨가 조미라 선생과는 친숙한 사이이고, 그동안도 서로 간에 왕래가 잦았다는 사실은 교장실 안에서 이들이 환담하는 것으로 봐서 알 수 있었다. 이들이 하는 말을 들어보니 조미라 선생을 민족학교 교사로 추천한 사람은 한덕수 씨 자신이었다.

　─교장선생님, 조미라 선생 근태는 어떤가요? 조 선생을 추천한 사람이 후회하는 일은 없겠지요?

　─염려가 없는 건 아닙니다. 조 선생은 아는 것이 너무 많고 열성적이어서 게으른 선생들에게서 미움받을 염려가 있지요.

　한덕수 씨와 교장선생 사이도 걸쭉한 농담을 주고받을 정도로 친숙한 관계여서 짧은 동안이지만 좋은 인상을 남긴 인사소개 시간이었다. 한덕수 씨가 일정을 모두 마치고 우리 학교를 떠날 때에도 조 선생은 이 귀빈과 나란히 교문까지 동행하여서 뭇시선의 집중을 받았다.

　이날 조미라 선생이 한덕수 씨 앞에서 보여준 이상한 행동의 의문을 푸는 데에는 오래 걸리지 않았다. 조 선생은 나 강만수가 제주 출신자임이 한덕수 씨에게 알려지는 것을 미리 막자는 생각에서 그런 이상한 행동이 나왔을 터인데, 그렇다면 한덕수 씨는 도대체 왜 제주출신자들에 대해 부정적인 인식을 하고 있느냐, 이것이 내 의문의 초점이었다. 한덕수 씨는 그동안 재일제주인들의 활동 양상을 자신의 노선과 상치되는 것으로 보는가 싶어서 나는 코리아타운의 제주출신 지인들에게 이런 관계를 물어보았는데, 그 결과 나의 추측이 맞았음이 드러났다. 내가 민족학교 교원이 된 지 몇 달이 지나서 도쿄에서의 조총련 결성대회를 마친 한덕수 집단은 얼마 후 오사카에서도 조총련 결성대회를 열 계획이었지만, 이 계획이 자체

내 분열로 무산된 데에는 제주출신 현상호 씨의 '반대를 위한 반대'가 원인이었다는 것인데, 이 같은 배경이 한덕수 씨로 하여금 재일제주인들 전체에 대한 혐오감을 일으켰을 것이라는 추론이 가능했다. 나는 그 사건이 있고나서 단편적인 후일담을 들었을 뿐이지만, 오사카의 조총련 결성대회를 무산시킨 것은, 북조선 공화국이 주도하는 민족혁명의 진운을 파악하지 못하는 현상호 집단의 '무지하고 무분별한 극좌모험주의' 때문이라는 거창한 수사의 비난까지 나왔다는데, 소학교 졸업의 빈약한 학력 밖에 없는 현상호는 기가 꺾여 변변히 답변조차 못하였다는 얘기였다. 이런 말을 듣는 나의 머리에 문득 떠오른 것이 예전에 우리 민족학교 교감선생이 재일제주인들에게 던졌던 한마디 촌평이었다. '튀는 행동'이라니, 나 같이 소심한 제주사람들에게는 전혀 어울리지 않는 촌평이었다.

차차 알고보니, 조총련의 한덕수 의장에게 재일제주인들이 왜곡된 인식 대상이 되고 있는 사례는 이것만이 아니었다. 제주도 4·3사건의 와중에 남로당 말단 당원으로 활동하던 김시종 시인은 일본 도피 이후 재일조선인의 좌익운동에 적극 참여하여 한덕수 집단의 신임을 얻었었는데, 최근에 이르러 자신의 노력으로 창간된 문예지 『진달래』 안에, 북한에 대한 조총련의 과잉충성에 대해 비판적인 작품을 게재하여 한덕수 의장의 미움을 사게 되었다는 것이다. 조총련의 활동 방향을 지휘하는 한덕수 의장에게 있어서, 현상호의 뒤를 이은 김시종 시인의 반발은 재일제주인들 전체에 대한 혐오감을 더욱 조장했을 것이라고 짐작되었다. 한덕수 의장은 자신의 조총련 운영 노선을 이 시인이 추종하지 않는 것에 대해 얼마나 분노했는지, 그의 지극정성으로 발간되던 문예지 『진달래』에다 '자기도취에 빠진 언어유희'라는 딱지를 붙이고 가차없이 폐간해 버렸다는 것이다. 나처럼 미미한 존재까지 한덕수 씨의 혐오대상이 되는 문제를 놓고 조미라 선생이 많이 걱정했을 것이라고 상상이 되어 한동안 고심하던 나는 그녀에게 솔직하게 나의 생각을 털어놓았다. 한덕수 의장이 제주도 출신 인사들에 대해 부정적인 인식을 하고있는 것이 타당하냐는 나의 질문을 듣고 난 조 선생은 잠시 주저 끝에 이와는 다른 맥락의 걱정을 나에게 털어놓았다.

한덕수 씨가 제주도 사람들을 미워하게 된 더 큰 이유는, 4·3사건이라는 역사적인 중대 실수를 저질렀기 때문이라는 것이 조미라 선생의 얘기였다.

북반부 지도자들의 허락이나 협력도 없이 제주도 남로당 자체의 독단으로 무장봉기를 일으킨 것은, 한덕수 의장이 현상호 집단에게 갖다붙였던 '무지한 극좌 모험주의' 딱지의 대표적인 실례였고, 4·3사건에 대한 이 같은 비판은 김일성 수령의 주장을 그대로 수용한 것이라고 하는 조 선생의 얘기는 나를 아연케 했다. 이들이 보기에는, 제주도 4·3사건이, 혈기왕성한 용기만을 믿고 덤비는 철부지 청년들의 허황된 '불장난'이라고 폄하되고 있다는 것이다. 이 같은 4·3 폄하론은 감상적이거나 피상적인 평가가 아니고 나름대로 상당한 정세분석 끝에 나온 것이라는 것이 조미라 선생의 견해였다.

　—일본에서 극좌 모험주의라는 표현은 원래 재일조선인 공산주의자들 일부를 지칭하는 말이었어요. 이 사람들이 일본 영토 안에서 현실성 없는 빨치산 운동을 시도했기 때문이었어요. 그러니까 성공 가능성이 보이지 않는 극렬분자라는 뜻으로 쓰인 말인데, 한덕수 의장이 4·3사건에다가 이런 딱지를 붙인 것은 나름대로 허무맹랑한 타박은 아니라고 봐요. 아무런 전투력 준비도 없이 초강대국 미국하고 싸우려고 덤빈 것도 그렇지만, 김달삼이나 이덕구처럼 전투지휘 경험이 전무한 20대 초반의 새파란 젊은이들에게 전투사령관 역할을 맡긴 것은 누가 봐도 패할 것이 뻔하다는 거지요. 그러니까 제주도의 빨치산 부대는 김일성 수령의 지시를 받고 더 적절한 타이밍을 택해서 북조선하고 연합작전을 폈으면 적화통일이 쉽지 않았겠느냐, 그런 원망을 하는 것 같애요.

　—그런 말은 정말 실망스럽네요. 우린 우리대로 급히 서두를 만한 사정이 있었고, 5·10총선을 거부한다는 의미가 있었던 거잖아요. 제주도의 4·3사건은 민족의 통일운동이자 인민해방운동이고 약소민족의 자주독립운동이기도 하다는 것은 그 당시 우리 같은 중학생들에게도 상식처럼 되고 있었단 말이죠.

　—집안 일이 잘못 되면 책임전가 하느라고 가족 간 불화가 생기는 격이지요. 김일성 수령이 박헌영 등 남로당 지도부를 숙청했던 것도 적화통일 실패에 대한 분풀이 같은 것이니까요.

—우리 한덕수 의장님은 또 왜 그러신대요? 제주도 출신들이 조총련 사업에 대해 얼마나 열성적으로 충성하고 협력하는데 그런 섭섭한 말씀을 하느냐 말이죠.

—의장님은 조총련 활동에 의욕이 넘치다 보니까 제주도 사람들을 질시하는 것 같아요. 자기가 할 일을 제주사람들이 앞장서서 해버릴 때는 상실감이 드는지, 안타까운 일이예요.

—오늘은 정말 맥 풀리는 얘기를 들었네요.

—저도 그래요. 역사를 공부하다 보면 실망될 때가 많단 말이죠. 인간역사에 대해서 실망하지 않으려면 부분보다는 전체를 봐야한다는 말이 있어요.

조미라 선생의 장황한 설명을 듣고서도 나의 풀리지 않는 의문과 불만은 별로 진정되지 못하였다. 조 선생은 자기가 이승만 정권을 반대하는 이유에 대해서도 그전처럼 딱 부러진 이유를 제시하지 않았다. 김일성 수령의 북조선 공화국이 지향하는 노선이나 이에 대한 충성 일변도인 한덕수 집단의 노선에 불만스러운 점이 많이 있지만, 그렇다고 해서 정의사회 구현에 더 크게 역행하는 남반부의 자본주의 체제나 제국주의 미국을 지지할 수는 없지 않느냐는 두루뭉술한 발언 정도로 끝냈던 것이다. 조 선생의 답변이 부실했던 것은 그녀 자신의 지식이나 신념이 부족해서라기보다는 나의 의문 자체가 명쾌한 대답을 낼 수 없기 때문인 것도 같아서 그만 말문을 닫아버리고 말았다.

좌우익 간의 대립관계를 해석하는 조미라 선생의 관점은 극단적인 지지나 반대를 지양하는 온건주의 노선임을 알 수 있었고, 그녀의 이런 태도는 나의 존경심과 신뢰가 흔들리지 않는 토대가 되었다 할 것이다. 조 선생의 노선은 분명히 김일성 수령이나 한덕수 의장을 추종하는 것임에도 불구하고 그것은 이들의 노선을 절대선絶對善으로 보고 맹종하는 것이 아니라, 이승만 집단이나 거류민단의 노선보다는 낫기 때문에 차선책次善策으로 선택했다는 입장으로 보였다.

제주도 사람들을 '극좌 모험주의'라고 보는 김일성 수령이나 한덕수 의장의 비판에 대해서도 조미라 선생의 해석은 이 같은 온건주의를 보여주고 있었다. 제주출신 교포들이 조총련 활동에 열성적인 것을 극단적이거나 모험적이라고 보지는 않고 그냥 적극성 정도의 성향으로 해석하는 것도 그랬거니와, 4·3사건이 있기까지의 제주도 좌익운동에 대해서도 극좌 모험주의라는 폄훼 딱지는 부당하다는 견해를 표명하였다. 해방 직후 전국에 걸쳐서 조직된 '인민위원회'의 활동상을 개관해 볼 때, 대부분의 다른 지역에서는 일찍부터 좌경화된 인민위원회가 경찰권력에 적대하는 반정부 집단처럼 되었지만, 제주지역에서만큼은 오래도록 좌우 진영 간에 상호협력과 화합의 관계를 유지하였음을 알고있는 조 선생은 제주사람들을 평하여 통 크고 아량이 있다는 말까지 했던 것이다. 제주사람들에 대해 구태여 그런 폄훼 딱지를 붙인다면, 김달삼 등 그 당시 제주도 남로당의 청년당원들 일부가 그 대상일 터인데, 그들은 확실한 대책도 없이 덜컥하니 4·3무장봉기의 폭탄을 터트려버리고서는 뒷감당을 못하고 물러서 버렸던 것이다. 이런 점을 생각하면, 내가 한때 김달삼의 영웅주의에 대해 찬탄했던 것이 나의 근시안적인 단견 탓이라고 여겨지기도 했다.

조미라 선생이 조선민족사를 가르치는 역사교사임은 나 자신에게도 해당된다고 생각될 때가 많았다. 해방 직후 혼란 속의 조선민족을 놓고 제국주의 미국이 드러낸 탐욕이 얼마나 부당한 것인지를 내가 알게 된 것은 조미라 선생을 통해서였던 것이다. 조 선생의 설명에 의하면, 해방을 맞은 남북 조선에 대해 지배욕을 가진 것은 미국과 소련 두 나라가 마찬가지였지만, 객관적으로 보아서 그런 지배욕을 정당화할 만한 명분으로 말하면, 미국 쪽의 명분이 훨씬 약하다고 하였다.

미국이 해방된 조선민족에 대한 지배권을 주장할 수 있는 한 가지 분명한 명분이, 일본 땅에 원자폭탄을 투하함으로써 조기에 일본의 투항을 유도했다는 데에 있었음은 내가 제주도에 있을 때부터 보고들은 바와 같은 맥락이었다. 반면에 소련이 조선의 지배권을 주장할 수 있는 명분은, 해방 직후 시점에서 북조선 인민은 물론이고 남조선 인민들 대다수가 희망하는 정치체제가 소련과 같은 사회주의 국가라는 사실인데, 이는 해방 후 남반부에서 장기간 지속된 좌익운동이나 반미 시위사건, 또는 여러 가지 사회조사 결과에도 나타난다고 하였다. 소련이 조선반도에 대한 지배권을 주장할 수 있는 또 한 가지 명분은 오래 전 제정러시아 시대로부터 이어져 온 두 나라 사이의 밀접한 협력관계라고 하였다. 19세기 말엽부터 제정러시아는 몰락 위기의 대한제국에 대한 중국이나 일본의 침탈 야욕을 견제하는 주요 세력이었고, 일제강점기 중에도 사회주의 이념 교육을 통한 인재양성 등 조선민족의 독립국가 건설을 위한 준비작업을 진행하고 있었다는 것이다.

조선민족의 사회주의 국가 건설에 후원자 격이었던 나라가 소련이라는 말은 내가 조천중학원 선생들에게서 들었던 말들을 연상케 하였다. 만민평등을 표방하는 수많은 혁명들이 번번히 유야무야로 끝나버린 인류역사에서 최초로 획기적인 인민해방을 실현시킨 소비엣혁명이야말로 새로운 정치체제를 모색하는 조선민족 앞에 미래 진로를 밝혀주는 선지자先知者의 역할을 한다는 것이 우리 선생님들의 가르침이었다. '새로운 세상', '진정한 인도주의 역사'가 가능함을 일깨워준 것이 바로 소비엣혁명이라는 것이다. 부자 가난 따로 없는 새로운 세상을 우리 손으로 이룰 수가 있다는 이들 4·3 지도자들의 훈시를 듣고 희망에 들뜬 사람들이 우리 제주도에 얼마나 많았던가. 아마도 남한 땅 어디보다도 인민혁명의 열기에 가슴 부풀었던 사람들이 우리 제주도 사람들이라고 생각되었다.

미국이 해방된 조선에 대한 지배권을 내세울 만한 명분이 빈약하다는 것은 조선과 미국 간에 전개된 역사가 말해준다는 것이 조미라 선생의 설명이었다. 미국은 19세기 말에 무력으로써 조선의 개항을 이끌어 낸 다음에 조선민족의 흥망에 대해 이렇다 할 영향력 행사를 한 적이 없었고, 따라서 조선의 역사나 풍속, 지리에 대해 체계적인 지식과 정보를 쌓아서 국정운영 준비를 할 기회가 없었음이 소련의 경우와 크게 달랐다고 하였다. 또한, 태평양전쟁 승리에 대한 기여가 컸기 때문에 미국이 전승국 자격으로 조선반도 점유권 주장을 할 만하다는 부분에 대해서도 조미라 선생은 색다른 해석을 내리는 것이었다. 미국이 두 차례의 원자탄 투하로써 일본의 투항을 앞당긴 것이 중요한 사실이기는 하지만, 2차 세계대전을 연합국의 승리로 이끌기 위해 얼마나 막대한 국력을 투여했느냐 하는 관점에서 볼 때에 미국은 소련하고 비교가 되지 않는다는 얘기였다. 소련은 2차 세계대전 중 단연 최대의 희생을 치렀으니, 전사한 병력이 800만을 넘었고, 민간인을 포함하면 무려 2천만이 넘는 사망자를 냈으며, 그럼으로써 유럽지역의 연합국 승리를 이끄는 데에 최대의 기여를 했다는 것인데, 미국은 이같은 소련의 인명 손실에 비하면 그 10분의 1에도 훨씬 미치지 못한다고 하였다. 또한, 미국은 하와이를 비롯한 일부 섬지방에서 당한 폭격을 제외하면 본토 대륙에 대해서는 단 한 뙈기 땅도 폭격을 당하지 않았음이, 전국의 영토가 폐허로 변했다 싶이된 유럽의 대다수 주전국가들과 달랐다는 것이다. 이런 점을 감안하면, 미국이 아득바득 전승국의 전리품을 챙기려고 하는 것은 과욕이고 파렴치라는 것이 조미라 선생의 보조 설명이었다. 내가 제주도에 있을 때에는 미국군정의 부정부패에 대해 막연한 혐오감만 가졌던 것이지, 제국주의 미국의 탐욕이 어떻게 가당치 못한지에 대해서는 생각해 본 적도 없었기 때문에 조미라 선생의 세계사적 식견에 대한 나의 존경심은 더욱 커지게 되었고, 이를 계기로 하여 나의 반미감정은 더욱 확고한 것이 되어갔다 할 것이다.

2-17

나에게 민족학교 교사로서의 자부심을 심어주는 조미라 선생은 나에게 운명의 여인이라는 생각을 하고 있던 어느 날 나는 그녀에게서 청혼을 받았다. 그동안 꾸준히 진전되어 온 우리 두 사람의 관계로 보아서, 나 역시 조 선생하고 결혼할 가능성을 상상해 본 것이 사실이었다. 그러나, 그녀의 나이가 나보다 3년이나 연상인데다, 만사에 내가 뒤처진다는 생각이 들어 감히 청혼할 생각은 나지 않았다고 할 수 있다. 조 선생은 나에게는 누나처럼 믿고싶고 선생처럼 따르고 싶은 여자였다고 할 것이다.

나는 조 선생의 청혼을 수락하면서도 혼인 문제를 꺼내는 시기가 적합하지 않다는 것에 대해서 토를 달았다. 아직 겨울방학이 두 달이나 남아있을 때인데, 혼인과 같은 중대사를 결정하는 건 이상하지 않으냐는 것이 나의 얘기였는데, 방학 때까지 기다리지 못할 현실적인 이유가 있다는 것이 그녀의 응답이었다. 그 당시 나는 집세가 저렴한 정부 소유의 공동주택에 거주하고 있었는데 정부방침이 갑자기 변경되어 '조센징'들에 대한 퇴거지시가 내려왔기 때문에 조속히 새로운 거처를 마련해야하는 처지에 있었다. 조선인들의 주거생활 양상이 깔끔하지 못하고 이웃간 불화사건이나 풍속사범을 자주 일으키는 것이 퇴거 지시의 배경이라는 말이 떠돌아서 이래저래 나의 마음이 심란한 상태였는지라 이 같은 사정을 알고있는 조미라 선생이 자상한 배려를 하기에 이른 것이었다. 주거 이동에 따른 그 모든 성가신 문제들을 깨끗이 해결해 주는 방안이 우리의 조속한 혼인이라는 결론이어서 우리의 결혼식 날짜는 속전속결로 앞당겨지게 되었다.

우리들의 결혼식은 극소수 하객들의 참석리에 간소하게 거행되었다. 그 하객들은 대부분이 우리 히라노민족학교 교원들이었으며, 신부와 동향인 대구 사람들은 눈에 띄었지만 신랑의 고향 제주도 출신 교포들의 참석은 거의 없다싶이 하였다. 어쨌거나, 조미라 선생과 결혼하는 나는 기쁨과 자부심으로 가슴이 부풀었다고 할 것이다. 조총련의 한덕수 의장이 주례를 서주셨지만, 다행히 신랑의 출신지를 언급하지는 않아서 안심이 되었다. 이 분은 어떤 식으로든 신랑의 출신지를 물어보았을 터인데, 그런 질문에 대해서는 조 선생이 적당히 얼버무렸을 것 같았다. 한덕수 씨의 성격이 간소하고 소탈한 것을 좋아하고, 떠들썩한 것을 싫어하신다고 했으니, 이런 점이 우리에게는 천만다행이라고 생각되었다.

2-18

내가 조미라 선생과 결혼한 것까지는 한덕수 의장의 영향력을 벗어나서 결행할 수 있었지만, 우리의 운명은 마침내 그의 거센 입김을 거스르지 못할 상황에 부딪치게 되었다. 우리가 결혼할 무렵 한덕수 의장 지도하의 조총련은 귀국운동이라고 하는 거창한 기획사업을 추진하고 있었다. 한덕수 의장과 같이 굳건한 신념과 강인한 추진력의 소유자가 아니고서는 감히 생각도 못할 만큼 엄청난 파장을 가져올 웅대한 기획이었다. 1959년 연말에 시작되어 1980년대 중엽까지 20여 년 동안 10만 명에 가까운 재일조선인들을 북조선으로 송환한 사업이었는데, 일본을 비롯하여 남북한까지 세 나라를 정치적 모략과 외교적 공방과 사회적 분란의 엄청난 소용돌이로 몰아넣은 역사적 대사건이 되었다.

한덕수 의장은 귀국운동 기획의 역사적 정당성을 널리 인식시키기 위해 자기 가족까지 귀국선을 타도록 했는데, 이에 대한 동조와 호응의 뜻으로 조미라 선생까지 귀국단 명단에 올리고 싶어했으며 조 선생은 이를 거절할 처지가 못 되었다. 오사카 민족학교 교사들 가운데 사상적인 지도자 격인 조미라 선생의 귀국운동 동참은 그만큼 조총련 지도부의 위신을 세우는 데에 큰 기여를 할 것이라는 말과 함께 한덕수 씨 자신이 그녀의 결심을 촉구한다는 것이었다.

조총련의 역점사업으로 떠오른 재일조선인 귀국운동의 진척 상황을 내가 구체적으로 알게 된 주된 경로는 조총련 활동의 최전선에 나서서 실무적인 일을 맡아보았던 조 선생의 입을 통해서였다. 1959년 가을학기가 시작될 무렵에 조 선생은 새로이 떠맡은 귀국운동 업무에 전념하기 위해서 민족학교 역사선생 자리를 떠나야 했다. 재일조선인 귀국운동의 추이를 어느 정도의 거리를 두고 바라보는 나로서는, 불타는 민족애와 공명심에 추동되어 이 운동의 최전선에서 지휘하는 한덕수 의장이나 조미라 선생보다는 상당히 냉정하고 공정한 입장에 설 수 있었다고 할 수 있다.

내가 비교적 냉철한 입장에서 바라보았을 때, 국제관계의 기틀이란 결국 자기 나라의 국익과 명분을 지킨다는 대명제 속에서 세워질 수밖에 없음을 보여주는 사례가 바로 재일조선인 귀국운동이었다. 정의구현의 민족사적인 사명을 완수하겠다는 조총련 집단에서 '귀국운동'이라고 불리는 이 사건이 다른 집단에서는 다른 이름으로 불린다는 사실이 이를 증거하였다. 남북간 체제경쟁에서 우위를 선점하는 동시에 선진국 일본에서 숙련된 노동력을 들여온다는 막대한 국가이익을 얻게 되는 북한정부에서는 '귀국사업'으로 불리고, 북한을 국가로 인정하지 않는 일본에서는 단지 자기 나라의 구차스러운 난민집단을 처치한다는 실무적인 의미가 중요하므로 '귀환업무'로 불리고, '귀국운동' 이름으로 귀환하는 동포들의 자유선택 기회를 부인하고 강제성을 부각시키고자 하는 남한정부에서는 '재일교포북송'으로 불렸다는 것이다.

세계적인 이목을 집중시킨 재일조선인 귀국운동의 거대한 불길을 당기는 작은 불씨는 미천한 인생을 사는 몇몇 사람의 구차한 하소연에서 시작되었다는 것이 나의 관심을 끌었다. 조그만 불씨가 점화된 곳은 오무라수용소였다. 나가사키현縣 오무라[大村]수용소라는 곳은, 불법적인 일본 밀항을 시도하다가 운 나쁘게 걸려든 사람들을 임시로 수용하는 유치장 같은 곳인데, 여기에는 예전에 4·3사건과 같은 불법항쟁에 참가하던 중에 죽을 운명을 피하여 도피성 일본 밀입국을 시도하다가 붙잡혀 들어간 사람들이 많았다고 하였다. 이들은 한국에 돌아가면 처형될 운명이기 때문에 고향으로 돌아갈 생각이 없었으며 한국정부 또한 반정부적인 이들의 송환을 거부한다는 입장을 공표한 바가 있었다. 요령없는 일본 도항이 실패했을 정도로 이들의 신분은 미천한 경우가 많았고, 일본정부의 '조센징' 홀대정책으로 인해 오무라수용소의 의식주 여건은 비참할 정도로 열악했기 때문에 자살이나 탈옥사건이 빈발하던 중 단식투쟁이나 혈서 진정서 같은 눈물어린 방법으로 귀국의 희망을 밝혔는데 이들에게 '귀국'은 자신의 출신지 남조선으로 돌아가는 것이 아니라 낯선 땅 북조선으로 들어가는 것이었다. 이런 딱한 실정을 알아낸 북한정부는 일본 밀입국자들의 북한입국을 환영한다는 입장을 발표하였는데 이는 남북한 간의 체제경쟁이라는 냉전상황에서 가능한 일이었다고 할 것이다.

　일본 밀입국자들의 북한 입국 정도였다면 그렇게 큰 사건이 되지 않았겠지만, 사건의 외형적인 규모로서나 그 속에 함축된 의미로서나, 재일조선인들의 '귀국운동'이 국제적인 대사건으로 확대된 것은 일본정부의 '조센징' 처치방침 때문이었던 것 같다. 종전 후 일본정부의 골치아픈 문제로 떠오른 것이, 이전부터 일본에 거주하던 200만을 헤아리는 조센징 집단을 어떻게 처치하느냐였다. 물론 자진하여 패전국 일본을 떠난 인구도 많았지만, 여러 가지 이유로 떠나지 못하는 인구가 태반이었다. 대부분이 빈민층에 속하는 조센징들은 안정된 직장이나 거처가 없는 이들이 많았고 그 때문에 생계형 범죄사건이나 사회적 혼란을 일으키기 잘한다는 것이 일본인들의 일반적인 통념이었다. 게으르고 더럽고 교양이 부족한 집단이 조센징이라는 오래된 험담 사례가 아직 건재하고 있는 나라였다. 납세나 사회봉사 같은 국민의 의무를 말할 때에는 일본국민으로 치는데, 사회복지나 문화생활에서 누려야할 국민의 권리를 말할 때에는 배제당하게 마련이었다.

　일본정부로서는 밀입국자들의 처치와 더불어 이들 골치아픈 존재인 조센징 집단을 깨끗이 없애버릴 수 있는 절호의 찬스가 그들의 '조국귀환'이었고, 일본정부는 재빨리 광범위한 재일조선인 '귀환업무'를 인도주의 국가정책으로 포장하여 공표하기에 이르렀다. 조선인 '귀환업무' 관련문서의 전면에 국제 및 일본 적십자사의 마크를 달았을 정도로 이는 나라 잃은 백성들에게 베풀어주는 일종의 난민구제책으로 홍보되었다. '귀환업무'의 과정을 양국 적십자사의 실무진이 담당한 것은 두 나라 간에 국교 수립이 되지 않았기 때문이었지만, 인도주의 간판을 내세우는 점에서는 그 편이 오히려 더 효과적이었다.

일본정부의 조센징 처치 방침은 한덕수 의장이 이끄는 조총련의 적극적인 협찬을 얻음으로써 더욱 큰 성과를 이룰 수 있었다. 일본에서 오랫동안 차별과 멸시로 시달려온 재일조선인들에게 그들을 환대해줄 조국이 손짓하며 부르고 있다는 소식은 그들에게 장밋빛 미래의 희망과 기대를 안겨주었다. 그들에게 일본사회의 상류층 진출은 그야말로 '하늘에 별 따기'였고, 일본인들이 거들떠보지 않는 힘들고 누추한 천직賤職만이 그들 몫으로 돌아왔다. 그들은 조센징 딱지로 설움을 받지 않기 위해 자기의 본명을 숨기고서 통명通名이라고 하는 일본식 성명을 쓰기도 하고, 손색없는 표준 일본어 구사를 가장하기도 했다. 조총련이 홍보하는 '귀국운동'의 미래상은, 이 같은 압박과 설움을 깨끗이 씻어줄 따뜻한 조국의 품을 그리고 있었다. 돈만 아는 자본주의 나라로 알려진 남반부의 대한민국은 해외동포들을 냉혹하게 내팽개쳤음에 반하여, 북반부의 사회주의 공화국은 갈 곳 없는 동포들을 따뜻이 맞아주는 인도주의의 이상향으로 비쳐지는 것이 그 당시 일본사회의 실상이었다. 때 맞추어 등장한 인기 서적 하나가 북반부 공화국의 환상을 만들어주는 데에 일조하였다. 친북성향의 어떤 일본인 인기작가가 써낸 『38선의 북녘』이라는 북한견문기는, 자본주의 일본의 천박한 소비문화와 비교하여 사회복지 제도가 '지상낙원' 같은 북조선 공화국을 극찬 미화하고 있었다.

　재일조선인들이 이 같은 일본사회 분위기 속에 들떠서 장밋빛 재기의 희망을 가졌음을 보여준 것이 귀국운동에 동참한 재일조선인들의 숫자였다. 1959년 연말에 시작되어 1984년에 이르기까지 9만 명이 훨씬 넘는 재일조선인들이 일본에서 북한으로의 이주를 택했는데, 이들은 거의 모두가 남한 땅에서 태어나고 자란 사람들이었다. 이들이 떠나고자 하는 일본 땅과 이들이 가고자 하는 북한 땅이 어떻게 다른지도 관심을 요하는 부분이었다. 그 당시 일본의 경제는 한국전쟁이라는 경제 특수기特需期를 맞아서 고도성장을 이루었음에 반하여, 북한은 오랜 전란으로 인한 경제적 궁핍을 겪고 있었다. 남한보다는 잘사는 나라로 알려져 있었지만, 일본에 비해서는 훨씬 못사는 나라였던 것이다. 부자 나라 일본을 버리고 가난한 나라를 자기 조국으로 택하여 나서는 이들의 심정은 얼마나 절박한 것일지, 안타까운 일이 아닐 수 없었다.

　내가 특히 관심을 두는 사람들은 제주출신이면서 북조선 공화국으로 '귀환'한다는 교포들이었다. 그 당시 오사카 코리아타운에는 4 · 3사건 때 일본으로 도피해온 1만 명 가까운 제주사람들이 살고 있었는데 이들 중 대다수가 '귀국희망' 신청을 한다는 소문이 있었다. 조총련이나 북조선 사회에서 원성을 듣는다는 제주사람들이었기 때문에 나에게는 더욱 씁쓸한 소문이었다. 여기에다가, '귀국운동'이라는 범상치 않은 현상이 나타난 역사적 배경에 대한 조미라의 설명은 제주사람의 자존심으로만 받아들이기에는 민망스러운데가 있었다. 일본정부가 재일조선인들을 자국에서부터 내처야할 '눈엣가시', '인종청소의 대상' 같은 것으로 간주하게 된 데에는 제주도에서 일어난 4·3사건이 크게 작용했다는 얘기였다. 종전 이전부터 일본정부의 제국주의 팽창정책에 걸림돌이었던 일본공산당의 활동에 재일조선인들이 대거 협력했던 역사와 그중에서도 제주도 출신들의 역할이 두각을 보였다는 전력이 다시 쟁점으로 떠올랐다. 종전 후 불과 3년도 안되어 공산주의자들이 일으킨 4·3사건의 발생 배후에는 재일조선인 좌익집단인 조련의 선동이 있었을 것으로 간주한다는 것이다. 일본정부가 이런 판단을 하는 데에는 그당시 동아시아 공산블록 형성에 극히 민감했던 미국 군정의 압박도 작용했다는 것인데, 이같은 국제정세는 4·3사건 이듬해에 급기야 일본정부로 하여금 재일조선인 좌익단체인 조련의 강제 해산이라는 강경책을 쓰게 했고, 이는 일본공산당과 재일조선인 좌익계의 오랜 협력관계가 마침내 종결되는 계기가 되었다는 설명이었다.

　제주도 4·3사건에 대한 이승만 정부의 '눈엣가시' 간주 방침도 고약하기는 마찬가지였다. 이승만 정부가 보기에도 4·3사건을 일으킨 공산주의자들이 일본에 건너가서 재일조선인 집단의 좌익성향을 부채질함으로써 혐오스러운 '눈엣가시'로 보였을 것이니 이들이 남반부로 들어오길 바랄리는 만무했을 터이고, 그 결과로 이들이 북반부로 '귀국'한다는 선택은 결과적으로 불구대천 원수인 김일성 집단의 간악한 술수에 놀아난 격이 되었다는 것이다. 변방의 조그만 섬에서 일어난 사건의 엄청난 파장이라니, 제주출신 재일동포들 입장에서는 고향사람들의 정의로운 거사가 이렇게 큰 변란이 될 줄은 미처 몰랐다 치고, 그들 자신이 선택한 '조국귀환'의 길이 앞으로 어떠한 운명을 안겨줄 것인지는 아직 짙은 안개 속의 일이었다.

2-19

귀국선 제1진에 동참할 의사를 밝히는 아내의 말을 들었을 때 나는 잠시 멈칫했지만, 이것이 나에게 내려진 운명이라는 깨달음이 불현듯이 떠올랐다. 아내의 결심으로 우리 운명의 얼개는 다 짜여진 것이고, 그 위에다 이에 어울리는 옷이나 색깔을 입히는 순서만 남았다는 생각이 들었다. 아내와 나의 차이는 의사결정의 내용이 아니라 다만 아내의 결심이 나보다 먼저라는 것이었다. 아내의 결심이 아니었더라도, 나의 마음이 귀국선 동참으로 기울어지는 시점이었던 것이다. 어느 나라에 생명을 의탁할 것인가, 이런 물음은 나에게도 가벼운 문제가 아니었다. 이런 질문을 할 때 한국과 일본과 북한이라는 세 나라가 나란히 떠올랐다. 내가 태어나고 자란 나라는 대한민국이지만 나는 이제 그 나라로 돌아갈 수 없는 몸이었다. 이승만 정부가 그대로 존속하고 있고, 나는 지금 그 나라에서 국사범 중죄인 명단에 올라있었다. 그 다음에 일본은, 내가 지금 생명을 의탁하고 있는 나라이지만, 이곳은 나에게 인간적인 삶을 허용하지 않았고, 이곳에서 몸소 겪어본 인간차별의 설움이 개선된다는 낌새는 보이지 않았던 것이다.

재일조선인들의 '조국귀환' 날짜가 임박하면서 일본사회는 온통 축제 분위기에 휩싸였고, 떠들썩한 축제 분위기에 덩달아서 우리 부부가 가졌던 일말의 불안과 걱정이 다소 진정된 것도 사실이었다. 이 같이 달뜬 분위기를 만들어준 것은 일본정부의 전략적인 과장 홍보와 더불어 일본의 각종 매스컴과 각 정당이 보여준 열광적인 지지였다고 할 수 있다. 핍박당하는 재일조선인들의 어두운 기억이 있었으므로 그들의 '귀국사업'은 과거의 상흔을 씻고 인도주의 세상을 맞는 시대발전의 표상처럼 기뻐하고 축하할 일로 받아들여졌다. 이전에도 일본사회의 좌익과 진보세력이 이렇게 큰 지지를 받았었는가 의아스러울 정도로 일본 매스컴의 보도는 조총련의 재일조선인 귀국운동을 찬양하는 입장을 보였다. 조선과 일본 간의 협력단체인 일조日朝협회를 비롯하여 일본사회당과 공산당 등 각계 단체들이 조총련 활동을 협찬해주는 것도 눈길을 끌었다. 조국귀환자들을 환영한다는 김일성 수령의 공언과, 조국귀환 이후의 생활안정과 무료교육을 보장한다는 남일 북한 외무상의 성명이 매스 컴마다에 실림으로써 귀국 날짜를 기다리는 조선인들의 가슴을 새 희망과 기대로 부풀게 했다.

남한정부는 재일교포 북송을 반대한다는 성명을 발표하고 군중을 동원하여 궐기대회도 많이 열었지만, 이제까지 재일조선인 사회의 지지를 받지 못했다는 전력 때문에 대세를 흔들기에는 어림도 없는 일이었다. 이승만은 민족을 버린 배신자가 되고 김일성은 민족 부흥에 나선 위대한 영도자가 되었다. 민단계民團系 인사들도 의분義憤을 참지 못한 듯 일본열도 곳곳에서 여러 차례의 '재일교포북송반대' 궐기대회를 열었는데 그 광경이 가관이었다. 그들은 확성기 소리를 한껏 올려놓고 조총련의 '귀국운동'을 비인도적인 만행이라고 날선 비판을 가했지만, 탄성이 터지거나 박수 치는 소리는 들리지 않고 썰렁하니 냉기가 감도는 행사여서 이를 보는 사람들은 민망스러워서 슬며시 자리를 피해버릴 정도였다. 마치 남북한 간의 대리전쟁 양상을 띤 기싸움처럼 되었는데, 승패는 명백하였다. 새로운 조국을 찾아 떠나는 용사들을 위해서는 대대적인 환송대회가 열렸는데 이것이야말로 대성황이었다. 인기 연예인들의 흥행 프로까지 곁들여서 경축 분위기가 한껏 고조된 귀국동포 환송대회는 떠나는 이들의 눈물어린 감격과 보내는 이들의 진정어린 찬양이 한데 어우러져 이를 바라보는 사람들은 정녕 희망의 새 시대를 여는 역사적인 장면을 바라보는 뿌듯한 감동을 느꼈을 것이다.

우리 부부의 조국귀환 일정이 잡힘에 따라서 그 준비에 들어간 나는 우리 민족학교 교사들의 거취에 관심을 갖게 되었다. 조총련의 귀국운동 추진에 대해 그동안 여러 가지 소견과 주장이 나오는 것을 듣기는 했지만, 동료 교사들이 구체적으로 북조선 행 귀국문제를 놓고 어떻게 결정했는지 궁금하였다. 얼굴을 마주하여 직접 물어보았더니, 이들의 태도는 매우 다양하였다. 평소에 조총련에 대해 충성하던 이들이 대부분이었음을 감안하면 이상하다는 생각이 들었다. 조총련 계획에 맞추어 조기에 조국귀환 신청서를 제출하겠다는 사람은 많지 않았고, 앞으로 추이를 보아가면서 조국귀환의 중대 결심을 하겠다는 사람이 많았다. 그중에는, 지금 있는 민족학교에서 보람있고 안정된 생활을 하고있는데 굳이 거주지를 옮길 필요가 없다는 사람도 여럿이 있었는데 우리 민족학교의 교장과 교감선생이 여기에 속하였다.

정말로 이상한 사람은 생물교사 박영순 선생이었다. 박영순 선생은 확실한 조국귀환 반대자였고, 그녀가 말하는 그 이유도 아주 특이하였다. 자기는 남의 약점을 싸그리 비방하는 사람에 대해서는 그 내막을 알아볼 필요도 없이 불신하기로 했다는 것인데, 이에 해당되는 예가 바로 이승만 대통령에 대한 한덕수 의장의 비방이라는 얘기였다. 이렇게 사상성이 수상한 사람이 어떻게 우리 민족학교의 교사가 되었는지가 궁금하였다. 조총련에 가입하지 않았느냐는 나의 질문에 대해 자기는 조총련에도 민단에도 가입하지 않았으며, 좌익과 우익 아무 쪽에도 붙지 말라는 것이 그녀의 아버지가 고집하는 오랜 가르침이라고 하였다.

마지막으로 만나보고 싶은 사람이 기미가요 식당의 장 사장이었다. 일본을 떠나기 전에 만나보는 것이 인사라는 생각이 들었고, 내가 결혼한 후에 한번도 찾아보지 못한 것이 미안하기도 하였다. 혼인 신고를 겸한 인사라고 하면, 아내를 동반해야 할 것으로 생각되어 조미라에게 그런 의미의 인사차 방문을 같이 하자고 말했는데 의외의 대답을 듣고 나는 당황하였다. 그 식당은 미국인들이 많이 출입하는 곳이고, 친미분자들의 아지트 같은 곳인데 조선민족사를 연구하고 가르치는 사람이 어떻게 그런 업체의 사장에게 머리 숙이고 인사를 올리느냐는 뜻으로 말했기 때문에, 온건한 대답을 기대하던 나로서는 다시 뭐라고 사정 얘기를 해볼 수가 없었다.

장 사장네 집을 혼자서 방문하기로 한 나는 내가 어떤 신부를 맞았는지를 언급함이 없이 듣기좋은 말만하고 나오기로 마음 먹었다. 오사카 항만 요지에 자리잡은 장 사장네 식당은 이전과 다름없이 성업 중인 모습을 보여주었다. 식당 종업원들까지 변함없는 얼굴들이어서 옛날 기억들이 한꺼번에 살아났고, 그 사람들도 나를 따뜻이 맞아주었다. 나는 인사 차리느라고 꽃집에 들러서 예쁜 꽃다발을 하나 사갖고 들어갔는데, 식당 카운터 옆에 이 선물을 보기 좋게 갖다놓은 다음에는 모두들 박수를 쳐서 나의 생색내기 얼굴을 돋보이게 해주었다. 예전에 6·25전쟁 기사 신문보도를 놓고 옥

신각신했던 기억이 아직도 찜찜한 기억으로 남아있었기 때문에 그쪽에 관련된 어떤 것도 화제로 올리지 않았다. 그러나 나는 조총련의 역점사업으로 추진되는 귀국운동에 내가 동참한다는 말까지 숨길 수는 없었다.

그의 반응이 어떤 것일지 염려하는 내가 우물쭈물 말을 끝내려고 하는데 장 사장이 선뜻 말머리를 잡고 의중意中의 숨겼던 말인 듯 무거운 어조로 입을 열었다. 김일성 수령과 남일 외무상의 선전으로는 북한이 지상낙원이라고 떠들지만 그것이 모두 허풍떠는 것임을 아는 사람은 알고 있다는 말이어서 나는 그냥 듣고 있기가 매우 거북하였다. 북한으로 들어가면 먹을 것과 잘 곳을 걱정 말고 병원비나 일자리도 걱정 말라고 선전하지만, 북한의 경제력이나 사회 실정상 그런 일이 가능하지 않을 것이라는 얘기를 들은 나는 어떤 표정을 해야할지 당황스러웠다. 얘기 끝에 나는 그에게 그런 것을 어떻게 아느냐고 조심스럽게 물어봤더니, 자기네 식당에는 미국인 손님들도 자주 찾아와서 국제뉴스 같은 것을 전해준다는 대답이어서 나는 그냥 그럭저럭 말끝을 흐리고 말았다. 나는 헤어지는 인사말도 어색하게밖에 나오지 않았다. 식당 문을 닫고 나오는 내가 혼잣속으로 떠올린 것은 며느리 미워하는 시어머니가 며느리 발뒤꿈치 못생긴 것을 흉본다는 말이었다. 나는 발걸음 옮기는 것을 잠시 멈추고 신발 앞축 끝으로 땅바닥을 힘껏 내리쳤다.

3장
공화국인민으로 35년

3-1

1959년 12월 14일 오전 아홉 시 재일조선인 귀국사업 제1진 975명은 공화국이 보낸 거대 화객선 두 척에 나누어 타고 일본 니이가타항을 출발하여 이틀 뒤에 공화국 땅 청진항에 도착하였다. 청진항에 도착하여 하선한 후 우리는 청진시민들의 열렬한 환호와 박수갈채를 받는 가운데 자못 흥분된 심정으로 선창가를 걸어 나갔다. 우리는 마치 역사의 영웅이나 된 듯이 기분이 고양되었다. 그러나 이곳은 생판 낯선 나라임을 경계하는 마음은 어쩔 수 없었다. 길 양쪽에 도열해있는 환영인파 한 사람 한 사람의 행색과 얼굴표정을 바라보는 순간 서서히 떠올랐던 깨달음의 빛줄기를 어떻게 말로 표현할까. 감미로운 음악을 들으며 화사한 꽃밭 속을 거닐던 꿈자리가 어느 순간 휑하니 끝난 다음에 바람부는 황량한 돌밭을 걸어가며 깨닫게 되는 진짜 현실세계와 같았다고나 할까. 내 앞에 환영 나온 사람들은 12월 추운 바람을 맞으며 몇 시간이나 서서 떨었는지 얼굴색이 새파랗게 변색되었고, 그들의 입에서는 고래고래 소리높이 환성을 쏟아내고 있었지만, 그것은 벌써 지치고 쉰 된 목쉰 소리임을 알 수 있었다. 이제 눈앞에 보이는 모습은 강제동원된 군중이고 이것이 진짜 현실세계임을 생생하게 인지하는 순간, 불과 얼마 전에 내가 보았던 일본 니이가타 항만의 모습들은 정녕 한 순간에 사라져버리는 꿈속 풍경이었던 것만 같았다. 우렁찬 확성기 소리가 니이가타 항만이 떠나갈 듯 울려퍼지는 가운데 떼지어 늘어선 환송객들의 열광적인 격려와 환호소리에서는 가슴 벅찬 감격과 열띤 흥분의 자연스러운 분위기를 느낄 수 있었는데, 이제 잦아지는 듯 지친 목소리와 초라한 행색의 환영인파를 보는 순간, 얼마 전에 내가 일본에서 보았던 풍경들까지 정말로 존재하는 현실세계였던가 의심스러워지는 것이었다.

혼란스러운 것들 중에는 언어표현에서 오는 것도 있었다. 〈공화국의 따뜻한 품안, 여러분을 환영합니다〉. 이런 문구가 빨간 색으로 쓰인 현수막이 청진시 항만 곳곳에 걸려있었는데, 내가 '공화국'이라는 말을 듣고 혼란스러웠던 것은 일본에서부터였다. '공화국'이라는 단어는 원래 국왕 대신에 국민이 다스리는 나라를 가리키는 것이고, 남반부에 있는 것도 '민주공화국'이지 않은가. 여기 청진에 와서 접하는 '공화국' 표현은 이제 덜 혼란스럽게 들렸다. '영원한 조국 여러분의 공화국'이니, '공화국 영웅'이니 하는 낯선 말을 자주 듣다 보니, 북반부에서 쓰는 표현은 남반부에 비하여 사전적인 의미와는 사뭇 동떨어진다는 것을 알게되었다. 또 하나, 낯선 표현은 '사업'이라는 단어였다. '인도주의 공화국의 역사적인 귀국사업'이라니, 이런 표현도 처음에는 혼란스럽게 들렸었다. 북반부로 오는 배에서도 확성기를 통하여 울려퍼지는 공화국 정책 홍보방송에 나왔던, '동포 여러분에게 완전 무상으로 베풀어질 교육사업, 사회복지사업, 보건사업'이라는 표현도 그랬다.

정오 무렵에 귀국선에서 내린 우리들은 각자에게 배정된 미래의 거주지역에 따라 그룹 별로 분산되어 행동하였다. 공화국에서 파견되어 온 '귀국지도원'들은 귀국선 내에서 우리에게서 '경력서'와 '배치희망서'를 받아갔었는데, 막상 배치된 지역이나 배정된 직업 같은 것이 그런 희망을 얼마나 반영했는지는 의문이었다. 하여간, 1천 명에 가까운 제1진 귀국국민들이 그렇게 단시간에 질서있게 그룹 별 분반이 되어 각자의 거주 예정지로 출발할 수 있었던 것은 공화국 정부가 이 귀국사업을 얼마나 치밀하게 계획했었는지를 말해주었다. 50명 단위로 조組 편성이 됐다고 하니, 우리는 모두 20개의 조로 나뉜 셈이다. 우리는 하선할 때에, 일본을 떠나면서 각자에게 배정된 번호를 대었는데, 몇 번 귀국자는 공화국 내의 몇 번 지역이 자신의 미래 거주지로 배정되었는지 알 수 있었다. 원거리가 아닌 지역으로 배정된 사람들은 당일 안으로 도착할 수 있도록 일정이 짜여져 있었으니, 모든 일정이 일사불란하게 진행되었다고 할 수 있다. 아, 사회주의 세상에서는 국가의 권위가 이렇게 절대적인 신임을 받는구나, 감탄이 나왔다. 만약에 자기가 거주할 지역과 선택할 직업 등 그 복잡한 결정 사항들이 이제 와서 각 개인의 자유의사에 맡겨진다면 도대체 몇 날 며칠이 걸릴 것인가 싶었다.

우리 부부는 공화국 땅 어디에서 무슨 일을 하며 살도록 예정되어 있는지 조마조마하기가 두 사람 모두 마찬가지였다. 아내의 심중이 궁금하여 그 표정을 살펴보았더니 무표정한 가운데에도 만족한 기색은 보이지 않았다. 아내는 나보다도 미래에 대한 기대수준이 높을 것이라는 짐작을 하던 참이었다. 아내는 나보다 교육수준이 훨씬 더 높았고 과거경력의 내용도 더 내실있는 것이었으니 당연한 일이었을 것이다. 여기에다 북조선 정부에서도 상당한 실력자로 알려진 조총련 한덕수 의장과의 인맥까지 고려하면 나하고 비할 바가 아니었고 아내 자신도 그렇게 생각하고 있었을 것이다. 우리 조組에 편성된 사람들이 한 줄로 나란히 서서 각자에게 배정된 운명의 길을 통보받는 시간에 아내는 아무 말 없이 무표정의 얼굴을 유지하였지만, 그것은 기대보다는 우려가 담긴 무표정이었을 것이다. 우리보다 앞서서 '배치사업'을 마친 다른 사람들도 불만과 불평, 불안과 우려의 어두운 표정을 하고 있었던 것이다.

우리에게 배정된 거주지역과 직업이 우리 두 사람의 기대에 미치지 못했다고는 할 수 없을 것이다. 무엇보다도 거주지가 평양특별시로 나온 것을 알고 안심이 되었다. 아내는 평양 김책경공업종합대학 조선민족사 교수로 배정받았고, 나는 평양특별시 **동 **초급중학교 조선어교사로 배정받았는데, 두 사람 모두 불만스럽다고는 생각되지 않았다. 내일 오전 10시에 평양 가는 버스를 타기까지의 임시 숙박소도 '**초대소'라는 간판이 붙은 청진시내의 아담한 건물이었는데, 이 정도이면 귀국동포들에 대한 처우치고는 가히 최고급일 것 같았다. 깨끗이 잘 정돈된 초대소의 객실 바닥에 지친 몸을 내려놓으면서, 북조선에서는 평양에 거주하는 국민이면 모두 귀족이라고 하는, 전에 들었던 말이 떠올랐다. 우리에게 돌아온 '배치 사업'의 내역에 대해 아내의 소감을 물어보고 싶었지만, 하루 종일 강행군 일정으로 피로한 몸들이라 그냥 잠자리에 들기로 하였다.

아침에 출발한 버스는 오후 늦게라야 평양시내의 어느 체육관 운동장에 도착하였고, 도착 즉시 우리는 배정된 거주지로 이동했다. 우리가 입주할 건물은 김책경공업종합대학 교수들 전용의 아파트라고 했는데, 평양의 도심에서는 약간 벗어난 비교적 조용한 곳이었다. 북한에서는 해방 후 최고위 건국영웅으로 추앙받는다는 김책 동무의 이름을 빌릴 정도이니까 구차한 모습을 보이지는 않을 것이라는 우리의 기대 그대로였다. 하루 일정을 모두 마치고 잠자리를 편 다음에라야 아내는 이제까지 말을 아끼던 귀국 소감을 털어놓았다. 내가 짐작하던 대로 아내의 무표정과 침묵은 북반부 공화국에 대한 우려와 걱정의 표시였음이 드러났다. 청진 시민들의 열광적인 환영행사가 강제동원된 것이라는 직감은 우리 두 사람에게 공통된 것이었다. 그러나, 중대한 국가 행사에 군중을 동원하는 것은 어느 나라에서도 흔히 있는 일이므로 그것 정도로는 별로 불만스럽지 않았다는 것이 아내의 소견이었다. 크게 걱정스러운 것은 귀국자들의 직업 배정에서 당사자의 희망이나 적성은 거의 고려하지 않았다는 것이라고 하였다. 조총련 지도부에서 귀국운동 사업을 직접 진행했던 아내였기 때문에 귀국자들의 미래 진로에 대해 관심이 많았던 것이다.

　－아는 사람은 알겠지만, 귀국선 탄 사람들을 공화국 국민으로 환영한다고 하면서 그 사람의 직업은 일방적으로 배정하고 있었어요. 일본은 이 나라보다 문화수준이 훨씬 높은 나라인데 그런 나라에서 오래 살았다면 대체로 고급인력이라고 할 수 있잖아요. 이번 귀국선에 탄 사람들 중에는 세계적인 과학자나 공업기술자들도 꽤 있는데, 이들이 시골의 집단농장 같은 데에 배정되는 것도 봤어요. 이건 이 나라 자체의 발전을 위해서도 굉장한 실책이에요. 그리고, 청진에서 평양까지 오는 동안에 산야나 시골풍경을 보고 실망이 됐어요. 지금이 겨울철이니 논밭에서 수확하는 모습이야 보이지 않겠지만, 농경지도 아니고 삼림지대도 아닌 내버린 땅이 많으니, 국토를 제대로 이용하지 못한다는 거예요. 버린 땅이 한 군데도 없는 일본에 비할 수는 없지만, 엉터리 공화국 남조선보다 나을 것도 없어요. 전쟁으로 파괴된 채 그대로 있는 것을 보니까 한심했어요. 어쨌거나, 이번 북반부로 귀환한 동포들이 자극이 되어서 이 나라의 발전에 기폭제가 되었으면 좋겠어요. 인구의 대량 이동이 민족의 비약적인 발전에 중요한 계기가 된 예는 인간역사에 흔히 있는 일이

었거든요. 그래야 귀국운동 열심히 벌인 우리 조총련 사람들이 보람을 느낄 건데 말이죠.

　－그런 생각을 이 나라의 수뇌부에 건의할 방도는 없겠소?

　－우리 같은 사람이야 건의할 경로도 없겠지만, 한덕수 의장님이 한 말씀 해주시면 어떨까하는 생각은 저도 해봤어요. 일본에 민족학교 건립을 위해 막대한 예산을 지원해준 것을 보면, 재일동포들에 대한 우리 수령님의 배려가 있을 만도 한데 말이죠.

　－그 점에 대해서는 당신이 한덕수 의장님에게 건의하면 어떠겠소.

　－글쎄요. 쉽지는 않을 거예요.

　－난 지금 당장에도 희망과 기대에 부풀어 있소. 우선 당신을 대학교수로 앉혀준 이 나라가 고맙고, 나도 중학교 교사가 된다는 것이 만족스럽소. 이 나라는 교원들에 대한 처우 하나는 잘해준다고 하잖소. 일본에선 민족학교에서 뼈 빠지게 고생해봐야, 괄시받는 조센징 신세는 면하지 못하잖소. 민족학교를 졸업해봐야 일본사회에서 정식으로 학력인정을 받지 못한다는 말을 듣고 난 정말 허탈했었소.

　－그런 점은 나도 동감이고, 우리 두 사람 일자리가 가깝게 된 것이 무엇보다도 다행이예요. 일자리 때문에 아침 저녁으로 만나지 못하면 얼마나 불편하겠어요.

　나는 아내의 다정한 말 한 마디가 새삼스럽게 고맙고 반가웠다.

사람 사는 곳에 어느 정도 불만이야 감수해야지 싶었다. 어느 사이엔지 자리를 펴고 누울 준비를 하는 아내를 내려다 보는 나는 아내의 사랑만 지킬 수 있다면 이 나라의 장래 걱정 때문에 단잠을 설치지는 말자고 다짐하였다.

3-2

나는 1959년 12월부터 1994년 7월까지 조선민주주의인민공화국에서 살았다. 장장 35년의 세월이었고, 10년 남짓 되는 나의 일본 체류에 비해서도 엄청 긴 세월이었다. 그렇지만, 비교적 짧은 일본 체류에서부터 기억나는 일들은 물밀 듯이 많이 떠오르지만, 공화국에서 살았던 그 오랜 세월에서부터 떠오르는 기억들은 별로 많지 않은 것이 사실이다. 다사다난했던 일본 체류에 비하여 공화국에 있을 때에는 세상사의 굴곡과 요동이 별로 없어보이는 것은 무슨 까닭일까. 세상이 별로 요동치지 않고 평탄하게 흘러간 것처럼 보였던 것은 우리 부부의 일자리가 학교교원이라는 사실에 크게 기인했을 것 같다. 학교선생이라는 직업은 원래 사회현상과 직접 접촉하는 일이 별로 없는 관계로 세상의 변화를 체감하기가 어렵기 때문이다.

이제까지 말로만 들어본 조선민주주의인민공화국은 우리에게 생판 낯선 세계였다. 친척붙이나 학교동창, 고향친구 같은 사람이라도 있으면 가끔씩 만나서 세상 돌아가는 이야기를 나눌 텐데 그런 사람은 단 한 사람도 없었으니, 학교 밖의 세상 변화에 깜깜 무소식일 수밖에 없었던 것이다. 우리하고 귀국선 동지인 사람들이라도 만난다면 들어볼 말들이 있을 텐데 그들과의 만남은커녕 누가 어디서 사는지를 알아볼 도리조차 없었다. 평양시는 유서가 깊고 명소가 많은 곳이라고 하지만 어쩐지 마음 놓고 구경 다니는 것이 서먹스러웠고, 어쩌다 나가 본 명소란 곳들은 꿈속 풍경들처럼 생경스러웠다. 평양시 밖으로 나가려면 통행증이란 것을 발급받아야하고, 어디 갔다오면 '나들이보고서'라는 것을 제출해야 했으니 내키지가 않았다.

학교선생이 세상 변하는 것을 느끼려면 학생들에게 변화가 일어나든가, 학생들에게 가르치는 교과 내용이 변하든가 해야하는데, 우리가 공화국 교원으로 있는 동안 이런 것들은 별로 달라지지 않았던 것 같다. 해마다 새로 입학하는 학생들은 얼굴만 바뀌었을 뿐 같은 연령대의 사람 자체는 별로 바뀌지 않는다는 느낌이었다. 사람이 바뀔려면 사회체제가 사람들의 생활방식과 정신상태가 바뀌기를 요구해야 하는데 그런 요구가 별로 없었던 것이다. 평양시 ** 중학교 조선어 교사가 능력있는 모범교사로 인정받는 길은 공화국 정부에서 떠맡기는 국어교과서의 내용을 어떻게 가감없이 학생들의 머릿속으로 주입시키느냐에 달려있었다. 학생들에게 가르치는 교과서에 대해서는 교사용 지침서라는 것이 있었는데 여기에는 교과서 내용에 대한 세세한 해설과 유의사항이 나와있었다. 고정불변의 성전聖典처럼 사용되는 교과서와 지침서를 달달 외우고 반복해서 전달하는 공화국 모범교사들의 수업 방식은 오사카 민족학교에서 내가 보았던 수업 방식과 같을 수가 없었다. 언어의 표현력이란 상상력과 감성의 유연성에 따라 한없이 확대될 수 있다는 것이 일본사회의 기본 상식이었지만, 교사용 지침서의 내용을 교과서 안의 공란에 깨알같이 써놓고 가르치는 이 나라의 조선어 교사들에게 일차적으로 중요한 것은 상상력과 감성이 아니라 기억력과 인내력이라는 생각이 들었다.

조선어 교사가 어떤 문장의 해석이나 감상에 대해 학생들을 가르칠 때에는 자신의 주관적인 해석과 상상력을 개입시키고 싶을 때가 있게 마련인데 나는 번번히 그런 욕구를 억제해야만 했다. 교사용 지침서에 나온 대로만 가르치면 아무 탈이 없을 것을 가지고 나의 주관적인 얘기를 덧붙이면 이에 대한 반응은 학생들 개성에 따라 여러 갈래가 되어서 그 같은 난맥상을 수습하는 난감한 일이 생기고, 이는 교과서 내용의 존엄성을 해치는 일이 되어버리는 것이었다. 소심한 성격인 나는 공화국 정부에 충성하는 모범교사의 길을 가고 싶었지만, 그것은 곧 인간의 감성이나 사고력을 획일화시키는 길이 되는 것 같아서 번번히 내 마음의 갈등을 일으켰다. 인간의 심성이란 사람마다 독특한 개성이 있게 마련이고 개성을 살려주는 것이 문명발전의 길일 터인데 이를 획일화하다니, 이는 곧 이 나라의 문화수준 자체가 열등하다는 증거라고 생각되었다. 조선어 교사들 중에는 정말로 튀는 성격인 사람들이 가끔 있었다. 정해진 학사일정대로 잘 나가던 수업을 중도에 그만두고 교사 자리를 내놓아야 되는 딱한 선생들이 간혹 있었는데, 그들은 아마도 국어교과서에 나오는 어떤 난해한 표현을 재미있게 풀이하느라고 자기만의 독특한 설명을 시도하다가 비판대상이 되었을 것 같다. 나는 이렇게 퇴출되는 선생들의 소문을 들을 때마다 가슴이 덜컥 내려앉고 긴장된 마음이 더욱 바짝 움츠러들었던 것이다.

내가 처음 이 나라의 중학교 교원으로 부임한 후 한동안은 나의 감수성이 왕성하게 살아있었다. 나의 새로운 조국이 된 공화국은 나로하여금 날마다 새로운 것을 보고들으면서 감동하도록 만들었던 것이다. 학생들의 생활기강이 준엄함을 보여주는 고난도의 군사훈련은 그들의 평상시 발걸음까지 보무당당한 모습으로 만들어서 나의 감탄을 자아냈다. 학생들이 우렁차게 열창하는 김일성 찬가와 혁명가요는 그들의 하루 생활의 활력이 투철한 민족정신에서 우러난다는 인상을 주었다. 학생들의 일사불란한 몸 동작으로써 혁명구호 문귀를 가독화可讀化시키는 거대한 매스게임은 무용예술의 새로운 경지를 보여주는 것 같았다. 독특한 강세로 끝나는 이국적인 평안도 방언까지도 새로운 세상의 발견처럼 짜릿한 긴장감을 안겨주었다. 그러나, 새로운 발견이란 것도 세월이 감에따라 긴장미가 사라져서 익숙한 것이 되고, 익숙한 것들은 다시 세월과 함께 따분한 것으로 바뀌었다. 익숙하고 따분한 것들은 나 자신의 감성과 상상력의 쓸모를 저하시키게 마련이었고, 이에 따라 교사 직업에 대한 나의 열정까지 식어갔다고 할 것이다.

솔직히 말해서, 교원생활의 편하기로 말하면 일본에서보다 평양에서가 덜 수고스러웠다고 할 수 있다. 그냥 교과서 내용에 통달하기만 하면 유능교사가 되는 것이었다. 학생들 앞에서 내가 하는 말이 옳은 것은 무슨 때문인지, 그들이 나의 말로부터 어떤 영향을 받을지, 그것 말고 다른 관점, 다른 논리는 없는 것인지, 이런 어려운 문제를 가지고 고민하거나 연구할 필요가 없다고 생각되었다. 그러나, 편한 것 만큼 선생하는 보람은 별로 없고 가르치는 즐거움이 덜했다고 해야 할 것이다. 나는 어느 날 아내에게 이런 문제에 대해 물어보았다. 학교선생이 마냥 편해지면 그 나라의 장래가 걱정스럽지 않겠느냐는 생각이 들었던 것이다. 아내가 가르치는 과목이 조선민족사인데다가 아내의 학식이나 의식수준은 나보다 크게 앞섰기 때문에 나하고는 다른 식견을 보여주리라는 기대를 했던 것이고, 나의 기대는 적중하였다.

―우리 공화국의 노선은 효율성보다는 순수성을 지향하는 것 같애요. 학생들의 잠재적인 적성과 능력을 발휘하도록 하려면 더 개방적이고 자유로운 학습방법이 필요하겠지만, 그러다가는 쓸데없는 혼란이 일어날 거란 말이죠. 그 대표적인 예가 언어생활인 것 같애요. 남반부에서는 한자와 한글을 혼용해서 쓰지만, 북반부에서

는 한글전용을 고집하고 있어요. 여기 '로동신문'은 순한글이잖아요. 민족주체성을 우선시하는 거지요. 스포츠용어만 하더라도 남반부에서는 외래어 단어를 그대로 쓰지만, 북반부에서는 순수 우리말을 쓰고 있어요. 축구에서 '헤딩슛' 대신에는 '머리받기'이고, '롱패스' 대신에는 '긴연락'이예요. 배구에서는 '스파이크' 대신에 '때리기'이고, '페인트' 대신에 '살짝공'이죠. 스포츠용어를 통해서 외래어 단어를 익히고 국제적인 소통을 기하면 효율성이야 얻지만, 그런 외국말을 쓰는 동안에 민족의 동질성과 주체성은 희생된다는 것이 우리 공화국의 통치이념인 것 같애요. 일본에 있을 때 봤던 남반부 신문이 생각나는데, 언어생활이나 풍속이나 미국바람이 얼마나 거센지 이대로 가면 정말 미국의 속국이 될 거 아닌가 싶었어요. 효율성 대신에 순수성을 택하는 것은 일본에 있는 조총련의 경우에도 해당될 것 같애요. 재일조선인들 중에서 돈 많이 벌려는 사람이나 본국에서 정치할 꿈이 있는 사람들은 민단으로 가고, 따뜻한 동포애나 민족감정을 찾는 사람들은 조총련으로 간다는 말이 있었거든요.

　─그런 말을 들으니까 조선어 선생도 생각나는 게 있는데, 이 나라에서는 한자말을 순수 조선말로 고쳐서 쓰는 게 많단 말이죠. '내수성耐水性' 대신에 '물견딜성'이고, '내화성' 대신에는 '불견딜성', '내습성' 대신에는 '누기견딜성'이란 거죠. '방화벽' 대신에는 '불막이벽'이고, '방부제' 대신에는 '썩음막이약'인 것은 쉽게 알아봤는

데, '분풀이' 대신에 '밸풀이'를 쓰는 건 사전을 찾아봐야 알 수 있었소. 암만 봐도, 역사적으로 먼저 사용된 단어는 남반부에서 쓰는 한자말일 텐데 이걸 가지고 순수 우리말로 고쳐쓰도록 국가시책으로 지시한 것 같애요. 이 나라에서는 언어를 포함한 모든 방면의 국민 생활이 통치권력이 정한 지침에 따르는가 봐요.

이날 이후에도 이 나라에서 보고듣는 일들 가운데에는 순수성 개념으로 설명될 수 있는 현상들을 많이 발견할 수 있었다. 교사들이 수업 중에 무슨 말을 하여도 꼿꼿한 자세가 흐트러짐이 없이 경청하는 학생들의 얼굴에 어른거리는 것은, 오로지 우국충정과 민족정기의 후광이었다. 김일성 수령의 사진이라면 신문에 실린 것까지도 존엄한 것이어서 찢거나 폐기물 처리할 생각을 못한다고 하니, 남반부 공화국의 해이된 기강과 자꾸 비교하게 되었다. 웅대하면서도 일사불란한 매스게임의 구도에서처럼 한 사람의 대오 이탈도 없이 멸사봉공滅私奉公하는 집단농장, 주말과 월말 '생활총화' 시간에 결의사항이 통과될 때마다 울려퍼지는 혼연일체의 박수소리, 이 모든 것들이 순수성을 지향하는 공화국 국민들의 진면목일 것 같았다.

3-3

내가 우리 공화국의 순수성 노선에 대해 의문을 던지기 시작한 것은 민족에 대한 충성이 부족한 탓이었을까. 한동안은 민족의 동질성을 추구하는 것이 위대한 동포애처럼 생각되던 것이 세월이 흐름에 따라서 나의 자연스러운 욕구와 기대가 충족되지 못함을 느꼈고, 이에 따라 공화국의 순수성 노선에 대해 내가 맹목적으로 따라야할 것인지 자문하게 되었다. 내가 애초에 북반부 공화국에다 나의 미래를 의탁할 결심을 했던 것은, 선택의 여지가 없기 때문이었음이 생각났다. 남반부 공화국은 법과 제도를 통해서 나의 귀국을 거부하고, 일본이라는 나라는 나에게 인간적인 삶의 기회를 허락하지 않기 때문에 나의 운명적인 삶의 터전은 북반부 공화국이라는 판단을 했던 것이다.

언제부터인가 나의 머릿속에 떠오른 의문은, 이것이 정말 나에게 정해진 운명인가 하는 것이었다. 남반부 공화국이나 일본의 냉혈적인 정부가 나에게 인간적인 삶의 기회를 허락하지 않았음은 사실이다. 그러나, 이들 나라에서 살았다면 개인적인 자유라는 것이 있으니까, 북반부 공화국처럼 모든 것을 국가의 명령에 따라야하는 것은 아닐 것이다. 순수성을 추구하는 것 자체는 좋을지 모른다. 그러나 그 순수성의 길이 단 하나라는 것은 안될 말이 아닌가. 사람마다 얼굴이 다르고 목소리가 다른 것처럼 좋아하는 순수성의 부류가 다를 수도 있을 것이 아닌가. 얼굴이 다른 사람들이 서로 다른 색깔로 치장하여 서로 다르게 예쁜 얼굴을 만드는 것을 어떻게 막을 것인가. 이런 생각이 점점 분명하게 떠오르면서 나는 내가 살고있는 이 나라의 순수성 노선에 대해서도 의문을 던지게 되었다. 그러던 어느 날 나는 이런 문제에 대해 아내가 어떤 생각을 갖고 있는지를 물어보았다. 아내는 예전에 북반부 공화국의 순수성 노선에 대해 긍정적인 평가를 내린 적이 있었지만, 그런 평가를 아직도 변치 않고 있는지를 알고 싶었던 것이다. 아내의 대답은 그녀 자신도 나와 같은 의문을 갖고있음을 보여주었다.

─민족의 순수성하고 주체성은 두 가지 노선이 나란히 가는 거 같애요. 6·25 통일전쟁 후에 사회혼란을 수습하면서 이 공화국이 주체사상을 기본정강으로 내세울 땐 기대가 컸어요. 인민혁명의 교조적인 이론이나 사회주의 강대국가의 혁명노선을 맹종할 게 아니라, 우리 민족의 창조적인 주체성을 확립하는 것이 우선이라는 주장이니까 멋있잖아요. 그런데 근래에 와서는 이 나라의 주체사상이란 것이 아주 천박하게 변질되는 것 같단 말이죠. 주체사상의 주체가 조선민족이 아니라 김일성 수령이라는 것이니 이건 앞뒤가 안 맞잖아요. 제가 요즘 학생들 앞에 서면 무슨 말을 할까 망설일 때가 많아요. 조선민족사를 가르치라 해놓고는 누구누구의 투쟁사를 가르쳐야하고 위대한 영도자 누구의 탄생신화를 가르쳐야 하니까 난감한 거지요.

─그럼, 당신은 조선민족사 강의시간에 학생들에게 어떻게 가르치시오? 상부의 지시와는 다른 주체사상을 학생들에게 가르칠 수는 없잖소.

─그러니까, 어중치기 강의가 되어버리지요. 나 자신의 생각을

그대로 전할 순 없고, 그렇다고 당의 노선에 삐딱하게 맞설 수도 없
고 애매모호한 말이 나오게 되는 거지요.

　─그런 강의는 아주 알아듣기 어려울 거 아닌가요?

　─그렇지 않다고는 할 수 없겠네요.

　─듣자 하니, 알아듣기 어려운 말이 당신 주특기가 되어버리는
거 같네요.

　나는 오늘 따라서 아내가 더욱 사랑스럽다는 느낌이 들었다.

　나의 아내가 공화국에서부터는 멀어지고 있지만, 그 만큼 나하
고는 더 가까워진 것이 아닌가 싶었다.

3-4

　공화국의 순수성 노선에 대해 의문이 들기 시작할 즈음에 내가
근무하는 학교의 교장선생이 바뀌게 되었다. 새로 부임하는 교장
선생은 천만뜻밖의 인물이었다. 내가 오사카 시절에 근무했던 히
라노 민족학교의 교감선생이 우리 **중학교의 신임 교장으로 부임
하게 된 것인데, 나에게는 그야말로 기상천외의 사건이었다. 들리
는 소문을 종합하면, 이 김기표 선생이 신임교장으로 오게된 데에
는 대충 두 가지 배경이 있었다고 하였다. 한 가지 배경은, 공화국
의 오랜 관행으로 타성화된 중등교육 환경의 기본 방침을 수정 발
전시킨다는 발상인데, 그런 면에서는 선진국 일본의 모델을 참고하

기 위해 김기표 선생을 초빙했다는 것이어서 일견 수긍이 가는 조치라고 생각되었다. 다른 한 가지는 김기표 선생 자신이 일본에서 처한 상황인데, 그가 재직하던 히라노민족학교가 폐교되었다는 것이다. 그 민족학교가 폐교 조치되는 상황 변화는 그동안에 있었던 역사의 흐름을 감지케 했다. '80년대 초반까지 계속된 공화국 귀환운동으로 인하여 10만에 가까운 재일조선인 인구가 줄어들었는데다가, 일본 거주 조선인 동포들까지도 일본사회에 적응해야 한다는 현실적인 이유로 민족학교 취학을 기피하는 경향이 나타나기 때문이라고 하였다.

실로 오래만에 만나는 김기표 선생을 교장실로 찾아가서 반갑다는 인사를 올리기는 했지만, 인사를 마치고 나오는 나의 심중은 사실상 전혀 반갑지가 않았다. 어떤 경로를 통했는지, 김기표 선생은 나와 조미라 선생이 현재 재직 중인 학교가 어떤 곳인지를 잘 알고 있었다. 그 즈음에는 재일조선인들의 공화국 귀국운동이 끝마무리에 이르고 있었고, 귀국운동 초기의 환호하는 열기는 오래 전 과거의 일이 되고 있었다. 귀환 동포들의 심정은 거의 모두가 후회막심이라는 입소문이었고, 어처구니없는 사기꾼 집단에게 얻어걸렸다는 장탄식이 모든 '귀환자'들의 공통된 반응이라고 하였다. 입북 후 몇 년이 지나도 서로간의 연락이 완전히 두절되었으니, 더불어 한풀이할 상대도 없이 다시는 돌이킬 수 없는 통한의 역사가 되어버린 셈이었다. 김기표 선생은 이 같은 상황변화를 보면서 공화국 귀환의 마지막 기회를 이용할 것인가 말 것인가를 놓고 고심하지 않았을까 싶다. 그들 부부만 달랑 귀국선을 탔고 3남매나 되는 자녀들은 모두 일본에 남아있다는 말이었으니, '조국귀환' 동포들의 미래에 대해서는 낙관을 하지 않았던 것으로 보였다. 김기표 선생의 이 같은 처지에서 볼 때 오사카의 민족학교에서 동료교사였던 우리 부부의 현재 상황이 큰 관심사였을 것으로 짐작되었다. 일본에서 자기와 같은 직종에 있던 우리 부부가 괜찮은 위치에서 괜찮은 대우를 받고 있음을 그가 확인하는 일은 그가 '조국귀환' 결심을 내리는 데에 중요한 근거 자료가 되었을 것이라고 추측할 수 있었다.

내가 김기표 선생을 보면서 문득 떠오른 것은, 그는 나를 제주도 출신으로 기억하고 있을 것이라는 생각이었다. 그는 옛날에 기회 있을 때마다 나에게 4·3사건에 대해 뭔가를 물어보려고 했고, 어찌 그런 불가해한 사건이 제주도에서 일어날 수 있는지 의아해하는 눈치였음이 아직도 나의 기억에 남아있었다. 민족학교 교감이라면 조총련 한덕수 의장의 숭배자였을 것이고, 제주도 사람들에 대한 한덕수 의장의 혐오감을 공유하고 있었을 것이라는 추측은 그때나 지금이나 다름이 없었다. 가만히 생각해보니, 김기표 선생은 나의 아내하고도 껄끄러운 사이였다. 언젠가 민족학교 교무회의 석상에서 김기표 교감이 조미라 선생에게 노발대발 꾸짖었던 사실이 아직도 나의 기억에 남아있었던 것이다.

김기표 선생이 평양시 **중학교 교장으로 부임한 것은 내가 이 학교에 재직한 지 20년도 더 될 때였다. 그 동안 모범교사로 인정받지는 못했지만, 소문 나게 큰 탈은 없이 자리보전을 한 셈이었다. 그러나, 나를 마뜩치않게 보는 김기표 선생을 교장님으로 모시고 무사히 교원직 자리를 지탱해 갈 수 있을지가 난감해 보였다. 그런데, 내가 이런 걱정을 하지 않아도 되는 상황을 맞게 되었으니, 나는 조미라 선생과 함께 함경북도 청진지역으로 근무지 이동 명령을 받게 된 것이다. 누가 보아도 영락없는 좌천 인사였고, 이 나라 사람들 표현에 따르면 변방으로 '추방'된 것이었다. 26년 장기근속의 평교사를 벼락같이 좌천시킬 만한 이유와 배경이 궁금하였지만, 필시 신임 교장선생이 손을 썼을 것이라는 심증이 갔다. 불장난 같은 4·3 무장봉기에 가담했던 제주도 출신 강만수가 이 공화국에서 혐오의 대상이라면 그런 사람을 좌천 대상으로 상신할 적에는 관용의 여지가 없을 것 같았다. 나는 어느 날 기회를 보고서는 아내에게 나의 솔직한 소회를 털어놓았다.

─이거 미안해서 어쩌나. 조미라 교수 같은 실력파를 평양에서 쫓겨나게 만들었으니.

─그게 당신이 미안해할 일인가요?

─우리 학교 신임교장이 고자질을 한 게 틀림없어요. 그 동안 20년 넘게 무사했던 건, 강만수가 제주도 출신인 것이 드러나지 않았던 덕분이란 생각이 들어요.

─글쎄요. 아직도 제주도 콤플렉스예요? 4·3사건이라면 이제 옛

날 얘기 아닌가요? 당신이 그런 얘길 하도 많이 하길래, 제주도 출신
으로 자진 월북했다가 숙청당한 인물을 알아봤더니, 강문석, 고경
흠, 송성철, 김응빈 같은 유명인사들이 많이 있었지만, 거의가 1950
년대에 끝난 일이잖아요. 그렇게 오래 지난 일인데 우리 얘기를 그
사람들과 함께 몰아붙이는 건 이상하잖아요. 귀국선 타고 온 사람
들 중에서 제주 출신들이 특별히 차별대우를 받았다는 말은 못 들
어봤어요.

　─그거 말고는 이렇게 갑자기 천리만리 함경북도로 쫓겨날 이유
가 없는 거 같으니까 말이죠.

　─내 생각에는, 이번에 우리가 좌천된 건 조미라가 화근인 거 같
애요. 6,70년대까지만 해도 주체사상을 지지하는 데에 별로 갈등
될 것이 없었지만 요즘에는 달라요. 처음처럼 자주 정치, 자립 경
제, 자위 국방, 이런 노선이라면 약소국가의 발전전략으로 훌륭한
거지요. 그러던 것이 이제는 사회정치적 유기체론이라는 괴이한 사
상이 된 거예요. 북한사회는 수령과 노동당, 인민대중이 하나의 유
기체가 된다는 것인데, 수령은 머리, 당은 심장, 인민은 몸의 각 부
분에 해당된다는 거예요. 인민은 수령의 지시에 수족처럼 움직이
라는 것이니까 이건 '주권재민主權在民'국가가 아니지요. 고대그리
스의 플라톤 정치사상과도 비슷한 데가 있어요. 그런데, 플라톤 사
상에서는 머리에 해당되는 것이 철인이라고 했지만, 플라톤이 말한
철인정치란, 사리사욕의 근원인 가족을 갖지않는 철인들의 집단지

도 체제였지요. 그런데 이 나라에서 주체사상의 주체는, 집단이 아닌 개인이고, 당원이 충성을 바칠 대상이 이전에는 '조국과 인민'이었는데 이제는 '존경하는 수령님'이 된 거예요. 수령 한 사람에게만 주체의 권위가 존재하니까 유일사상이라는 말까지 나왔다네요. 국민들이 믿어주지 않을까 걱정되었는지, 어떤 술수를 쓰는지 알아요? 항일투쟁의 역사는 김일성 장군 한 사람만의 위업으로 날조하고, 공산혁명을 완수한 영광도 위대한 수령 한 사람에게로 몰아주는 거예요. 역사날조란 건 언젠가는 밝혀지게 마련인데 조마조마한 생각까지 든단 말이죠. 나 자신이 지지하지 못하는 주체사상이니까 가르치고 논문 써내는 일에 충성을 다하지 못하니 비판대상이 될 수밖에 없지요. 조선민족사를 '김일성투쟁사'로 포장해서 가르치지 못하는 교수가 일찌감치 좌천당하지 않은 것이 다행이지요.

　─하기는 우리보다 더 고생한 사람들과 비교하면, 이런 정도는 약과라는 생각도 들어요.

　─그래요. 어찌 보면 지금까지 평양특별시에 거주했다는 것이 다행인 거지요. 그리고요, 우리가 청진으로 간다는 것이 참 묘하다는 생각이 들어요. 청진은 평양에서 멀찌감치 떨어진 벽지인데다가 그 위치가 마음에 와 닿아요. 우리가 타고온 귀국선은 니이가타에서 출발해서 청진으로 들어왔잖아요. 그러니까 우리가 청진으로 내려가서 살게되면 일본에서 이 나라로 들어왔던 과거의 행로를 거꾸로 돌려서 간다는 의미가 되는 거 아네요?

그 자리에서는 그냥 귀넘어 들었던 아내의 말이 세월이 가면서 점점 더 깊은 의미로 다가왔다. 평양에서의 생활을 청산하고 청진으로 옮겨간 다음에는 우리가 사는 곳의 위치가 일본과 더 가까워짐으로써 마치 눈에 안 보이는 그물망의 밖을 내다보는 기분이 되었던 것이다. 이곳은 공화국 사령탑이 있는 평양이 아니라 눈에 보이는 바다 건너 일본과 마주하는 곳이라고 생각하니까 마음까지 달라지는 것 같았다. 옛날 일본에서 살던 때가 새로운 의미로 다가왔고, 그 때에는 가졌다가 지금은 잃어버린 것들이 하나하나 떠오르는 것이었다.

　이제야 문득 생각나는 것이 그 기라성같은 월북越北 문인들의 불행한 말로였다. 이태준, 임화, 김남천, 한설야, 설정식, 이원조 등은 인민해방의 문학운동을 하기 위해 월북한 문인들이지만, 북반부 공화국에서 창작활동은커녕 젊은 나이에 숙청당하는 신세가 되었던 것이다. 이 나라에서 내세우는 민족주체의 순수성이라는 것은 인간의 자유로운 감성과 상상력을 억압하는 사이비 순수성이었길래 이들 아까운 문인들의 노력도 빛을 보지 못했던 것이 아닌가. 중학교 학생들을 가르치는 조선어 교사의 답답함이 이럴진대, 조선민족 전체의 나라말 선생이 되고자 했던 그들의 답답함이야말로 얼마나 기막힌 것이었을까 싶었다.

3-5

우리 부부가 불신임 교원으로 딱지 맞아 청진 지역으로 '추방'된 사건은 북반부 공화국의 타락상을 사실 그대로 보여주는 것이었다. 정치권력에 의해 인간의 자연본성까지 억압당하는 생활은, 우리가 일본에서 겪었던 차별대우보다도 더 비참한 것이라고 생각되었다. 일본에서 약소민족으로 차별받는 것은 '기회의 제한'이었음에 비하여, 이 나라에서 당하는 본성의 억압은 '기회의 부재'였다. 민족차별을 받는 일본에서는 인간다운 삶의 기회를 얻는 능력이 문제였지만 능력만 있으면 기회의 제한을 극복할 여지가 있었을 것이다. 그러나 북반부 공화국에서는 능력이 있는 사람에게도 인간다운 삶의 기회가 아예 존재하지 않는다는 것이었다. 일본에서 받았던 차별대우란, 상품 진열대에 전시된 과자는 풍성하게 많은데 그것을 사먹을 돈이 없는 것으로 표현할 수 있다면, 이 나라에서 당하는 억압이란, 진열대에 전시된 과자의 물량과 종류가 턱없이 모자라다는 말이 될 것이다.

이상한 것은 이 나라 국민들의 무한한 인내력이었다. 내가 보기에 그들은 자연적인 본성을 억압당하고 있음이 분명한데도 그런 것을 도통 느끼지 못하는지 별다른 불평불만이 없이 그냥저냥 잘 참고 견뎌내었다. 아마도 철부지 어릴 때부터 이 같은 결핍상태를 당연한 것으로 견디며 살았기 때문에 다른 종류의 세상이 존재할 수 있음을 알지 못하는 것 같았다. 이 나라에서 말하는 '해방'이란 자본주의 그물에서 풀어주고 나서 다른 그물, 더 고약하고 무서운 김일성 독재의 그물 안에 가두어놓는 격이었다.

이 나라 국민들이 갖고있는 무한한 인내력을 바라보다가 생각난 것이 내가 어릴 때 집에서 기르던 진돗개 강아지였다. 나는 어미개에게서 젖을 갓 뗀 어린 강아지가 뒤뚱거리며 걷는 모습이 너무 귀여워서 강아지에다 목줄을 매어 말뚝에 고정시키려는 어머니를 한사코 말리느라고 애를 먹었다. 어머니 말로는, 어린 강아지는 일찌감치 길들여야 목줄 매다는 것을 견뎌낼 수 있다고 했지만, 마냥 울고불고 하는 나의 강청에 못 이겨서 목줄 매기를 면케해 주었는데, 그 결과는 어머니의 말이 옳았음을 증명하였다. 불과 서너 달 정도 자유의 몸이던 강아지에다 뒤늦게 목줄을 매려고 했지만 어림도 없었으니, 자기 몸을 잡아맨 철사줄을 어린 이빨로 끊으려는 필사적인 노력으로 이빨 몇 개가 부러지고 머리통이 온통 피투성이가 되는 지경에 이르렀던 것이다. 양순한 강아지 길들이기는 일찌감치 시작해야 손쉽게 할 수 있다는 것이고, 이 나라 국민들의 불가사의한 충성과 인내력의 비밀이 바로 여기에 있었던 것이다. 그럴진대, 일본 땅에 살 때 자유세계 공기의 맛을 알아버린 '귀국선' 동지들에게 이 나라의 억압 체제가 얼마나 고통스러운 것일지 상상되고도 남을 일이었다.

연약한 재료로 만들어진 고무풍선은 위에서 누르면 옆에서 터지는 것처럼, 허약한 주체사상의 힘으로 버티는 이 나라가 언젠가는 허물어질 것이라고 기다렸지만, 공화국 어디에서도 고무풍선 터지는 소리는 들려오지 않았다. 우리가 기다리던 세상 바뀌는 소리는 엉뚱하게도 멀리 유럽대륙에서 들려왔다. 1989년 11월 독일의 수도 베를린을 동서로 갈라놓던 거대한 시멘트장벽이 무너지면서 독일 통일의 길이 열렸고, 동서진영 간의 냉전시대가 물러가기 시작했던 것이다.

나는 이 역사적인 사건의 전개를 정면으로 바라보지는 못하고 약간 비뚜름한 틈서리를 통하여 슬쩍 엿보았다고 할 수 있다. 솔직히 나는 그 당시에 베를린장벽이라는 것이 어디 있는 어떤 물건인지 알고있을 정도의 시사 상식을 갖지 못했다. 이 나라는 세계정세 돌아가는 것에 깜깜 무지한 폐쇄주의 국가였던 것이다. 그날도 나는 공화국 중학교 조선어 교원의 업무에 충직한 하루를 보내던 중 틈을 내어 교원휴게실로 들어갔는데, 그곳에서는 나의 동료 교사 두 사람이 마주 앉아 무슨 얘긴가를 조용히 나누고 있었다. 사회과 교사와 영어과 교사였으며 이들 모두가 나하고도 친하게 지내는 사이였다. 이들은 내가 들어감과 동시에 말문을 급히 닫았지만, 나는 그들의 말이 끊기는 가운데 애매하게나마 한 부분을 알아들을 수가 있었다. '거대한 베를린 장벽이 무너져버렸다'는 부분이었는데, 이 말이 무슨 뜻인지 모르는 나는 그냥 가벼운 농담처럼 대거리를 하였다

─거대한 장벽이 무너졌으면, 사람들은 많이 죽지 않았는가요?

두 사람은 내 말에 대해 대답을 하는 둥 마는 둥 급히 서둘러서 휴게실을 나가버렸다. 그것으로 그날 그들과의 만남은 끝났기 때문에 만약 그들에게 다른 일이 일어나지 않았더라면 나도 그날 그들과의 만남은 까맣게 잊어버렸을 것이다. 얼마 후에 그들이 불신임 교사 딱지를 맞고 '혁명화 지역'으로 이동 명령을 받았을 때라야 나는 그날 교원휴게실에서 그들과 만났던 일이 기억에 떠올랐다. 전체 직원이 모인 '생활총화' 시간에 있었던 교장선생의 훈시는 거창한 수사를 동원하여 준엄함을 더했다. '불온한 사상'을 갖고있던 '반동적인' 교원들이 '가짜뉴스'를 날조하면서 '왜곡된' 주체사상을 학생들에게 가르쳤다는 것이다. 내가 그들에게서 들은 말 한 마디는 기억에 남아있었기 때문에 아내에게 물어볼 말의 실마리는 잡고있던 셈이었다. 전후 관계를 따져본 아내는 나름대로 그들의 죄상을 유추해냈다.

─베를린장벽이 무너진 사건을 알고 있을 정도라면 이 사람들은 세계정세의 동향을 알고 있었던 것 같네요. 당신하고는 수준이 다르다는 말이지요. 동구권 공산국가들의 불안정한 통치체제가 어거지로 유지되어왔다는 것을 보여주는 대표적인 사례가 바로 베를린장벽이었지요. 동독에서 서독으로 넘어가려고 하는 사람들을 시멘트 장벽을 쌓아서 막으려고 했으니까, 동서 양진영 간 체제경쟁의 실태를 알 수 있는 거지요. 추방된 그 교원들이 베를린 장벽 붕괴된 소식을 알고있다는 건 세계정세에 관심이 많다는 거예요. 세

계정세에 관심이 많으면 이 나라의 정황에 불평불만이 커질 것이고, 나라에 대한 불평불만이 커지면 자연히 교실 수업에서도 티가 나겠지요.

―이 사람들은 어떻게 베를린장벽 무너진 뉴스 같은 것을 알았을까요. 이 나라는 그런 뉴스 들어오는 것을 다 차단하는데.

―기술이 있고 영어를 잘하면 일본방송을 통해서 그런 정보를 들을 수 있다고 해요. 앞으로는 그런 일이 점점 쉬워질 거예요.

아내의 말이 예언이나 된 것처럼 동구권의 정세변화가 유행처럼 번져갔다. 베를린장벽의 붕괴는 동독의 몰락으로 이어졌으며, 동구권의 다른 공산당 정권들까지 줄줄이 퇴장하였다. 가장 충격적인 사건은 소련의 붕괴였다. 소련이 붕괴되었다는 말을 처음 들었을 때 나는 이 말의 뜻을 얼른 알아듣지 못했다. 소련이 붕괴되다니, 불의의 인간역사를 정의의 방향으로 돌려놓는 선두 주자走者였고, 우리 북반부 공화국이 추구하는 인민혁명의 본보기였던 소련이 몰락하다니, 나는 아내가 이 부분을 어떻게 설명할지 기다렸다. 수백만의 인명 살상을 비롯해서 엄청난 희생을 치렀다는 소비엣혁명인데 그 모든 것이 실패했다는 소식에 대해 내가 납득이 안 간다고 했더니, 이에 대한 아내의 설명은 뜻밖에도 좀 싱거운 것이었다. 온갖 미사여구를 동원하여 정치혁명의 필연성을 호언했던 지도자들이 위대한 예언자나 선지자처럼 보일 때가 있었지만, 지나고 보면 어이없을 정도로 우매한 몽상가였음이 판명되는 아이러니한 사례는 인간역사상 비일비재하다는 얘기였다.

　—소비엣혁명이 결국은 사기꾼 놀음이 되어버린 거지요. 능력에 따라 노동하고 필요에 따라 분배한다는 사회주의 이상국가가 지구상에 실현될 것이고, 유산자들이 무산자들의 노동력을 착취하는 자본주의 국가가 몰락할 것이라는 예언은 완전히 틀렸음이 증명되고 있어요. 공산국가에서 예외없이 자행됐던 대량학살이란 것도 한때는 과도기적인 필요악이라고 말했었지만, 이제 보면 상습적인 해악인 것 같고 말이죠. 미국과 서유럽 국가들이 계속해서 번영하는 것을 보면, 사회발전을 설명하는 것은 계급투쟁 이론이 아니라 자유경쟁의 원리인 것 같애요.

　—그렇게 되면 제주도 4·3사건은 공연히 헛고생한 셈이 되는 거 아니오? 우리가 그 당시에 목숨 걸고 이승만 정권과 싸운 건 박헌영이나 김일성을 지도자로 하는 공산주의국가를 건설하기 위함이었소. 소련과 동구권 공산국가들이 모두 몰락했다면 우리가 추구하던 인민해방이나 적화통일 같은 것이 모두 헛된 꿈이 되는 거 아니냔 말이죠.

　—한숨이 나올 뿐이예요. 4·3사건은 집단사기 사건이 돼버린 거예요. 공산혁명이 역사발전의 길이라고 선동하는 사기꾼들에게 속아가지고는 무장봉기에 나섰다가 비참한 희생을 치른 거란 말이죠.

　—이제 와서 후회해도 되돌릴 수가 없고 어디 하소연할 데도 없고, 그러네요.

─그래도 당신네 경우는 나보다는 좀 덜 슬프겠어요. 당신은 자신의 판단 착오 때문에 인민해방 투쟁에 가담한 것이 아니고, 당신이 존경하는 선생님이나 누구의 가르침에 따른 것이지만, 나의 경우엔 나 자신의 판단이 잘못되어서 좌익운동가가 되고 테러리스트가 되었던 거예요. 조선민족사니 정치사상사니 내가 도대체 뭘 어떻게 공부했길래 사이비 혁명가들에게 속아넘어갔나, 이런 생각을 하면 허무하고 억울해요. 청춘 시절의 희망과 열정이 배신당한 거예요.

제주사람들의 4·3사건은 결국 엉뚱한 정치사기꾼들에게 놀아난 것이고 어이없는 헛고생이었다는 것이니 나는 뒷통수를 철퇴로 얻어맞는 충격을 느꼈다. 어찌 그런 일이 세상에 일어날 수가 있는가. 나 혼자만의 헛고생이 아니었다. 나의 부모님이나 수만 명에 달하는 제주사람들이 죽거나 다친 재앙인데 나 자신의 어리석은 선택이 이에 대한 원인의 한 부분을 만들었다는 것이 아닌가.

아내의 마음은 나보다도 더 슬프다고 했지만, 그것은 역사 공부를 많이 한 사람으로서의 자존심일 것 같았다. 허무감에 젖어 한숨짓는 아내의 모습은 이를 바라보는 나의 심정을 안타깝게 만들었다. 머지않아 칠순 나이를 맞게 될 아내는 이마의 주름살이 해마다 깊어지는 것이 눈에 선할 정도였다. 이제는 전문학교 교수직을 정년퇴직한 몸으로 집 지키는 시간이 많은 한가한 생활을 하고 있었다. 하루하루를 쓸쓸하고 멋쩍게 보내는 아내의 모습을 보느라면 우리에게 자녀가 하나도 없다는 사실이 새삼스레 큰 의미로 다가왔다. 돌이켜보면, 아내가 쓸쓸한 말년을 맞는 것은 나하고의 악연惡緣 때문인 것만 같아서 그녀의 주름진 얼굴 보기가 민망해진다. 아내가 30대 중반에야 결혼하는 보기드문 만혼 신세가 된 것은 세 살 연하인 나를 선택했기 때문이라고 할 수 있었다. 게다가 우리는 결혼하자마자 '귀국운동'에 열중하느라고 노산老産 경계선의 나이를 어물쩍 넘겨버렸고, 공화국에 겨우 자리잡고 살 만할 때에는 벌써 40대 나이에 임박해 있었던 것이다. 오도된 인민혁명가의 뒤늦은 회한을 위로해줄 자녀가 없다는 불운이 나하고의 만남에서 시작된 것이라는 생각은 참으로 슬픈 깨달음이었다. 정의로운 공화국, 자랑스러운 조국의 품에 안기는 감격의 역사가 신기루처럼 사라져버린 아내에게 아들이나 딸이 하나만 있었더라도 애처로움이 덜했을 것이라는 상상을 할 때마다 나는 아내를 바라보는 시선을 돌려버리기가 일쑤였다.

3-6

청진 지역으로 '추방'되어 내려간 우리가 보고들은 것들은 이 나라의 암담한 진로에 대한 절망을 더욱 심화시켰다. 내가 근무하는 청진 시내 **중학교에서 행해지는 교육사업의 실상은 평양에서의 그것과 대동소이했으나, 공화국에 대한 충성만은 평양에서보다 훨씬 미흡하였다. 그럴 수밖에 없는 것이, 이 나라에서는 김일성 공화국에 대한 충성도에 따라서 평양에 거주하느냐 지방에 거주하느냐가 결정되기 때문이었다. 이 나라에서는 평양에 거주하면 충성과 능력이 뛰어난 모범국민이며, 선진국 티가 나는 깔끔한 모습인 반면에, 지방으로 내려갈수록 주민들의 생활수준과 함께 충성도가 떨어지고, 도로망이나 건물들 모습도 후진국 티가 역력하였다. 평양에서 인근 지방으로 넘어가는 경계선은 선진국에서 후진국으로 넘어가는 국경선이나 다름없었다. 통치권력이 국민생활의 모든 부문을 장악하는 정치만능의 공화국이었다. 충성도가 의심되는 사람들이 들어간다는 인근 지역의 정치범수용소에서 나오는 끔찍한 소식을 들을 때마다 우리 부부는 숨을 죽이고 가슴 조이는 심정이 되었다. 장래가 촉망되던 누구는 이 '혁명화 구역'으로 '배치'되어 막장 중노동에 시달리다가 시체가 되어 나왔다는 입소문은 평양 지역에서는 들을 수 없었던 새로운 것이었다. 우리 두 사람에게도 불충성 딱지가 붙은 것이 분명해진 이상 앞으로 언제 '혁명화 구역'으로 이동할지 모르는 일이었다.

우리 부부 중에 누가 먼저랄 것도 없이, 속출하는 탈북자의 행렬에 함께하자는 결심은 날이 갈수록 굳어져 갔다. 자녀가 없다는 것이 우리의 탈북 결심을 도와주는 배경이 되었다. 아들 며느리 손자들 여럿을 거느리고 있었다면 탈북 모험에 나설 의향의 일치를 보기가 어려웠을 것이고, 탈출하는 험로에서 봉착할 난관은 얼마나 많을 것인가 싶었다. 아내는 그동안 얻어들은 탈북 관련 정보가 많았던지, 나도 모르는 사이에 구체적인 탈출 계획을 세우느라 머리를 짜내는가 보았다.

다른 탈북자들의 경우와는 달리 아내가 구상하는 탈출 코스는 일본을 통하는 것이었다. 북한 보위대의 감시를 피해서 두만강을 헤엄쳐 건너 만주로 간 다음에 직업적인 탈출 브로커와 접선, 흥정하여 몇 달이나 몇 년에 걸치는 원거리 도피의 강행군을 해야하는 탈북 코스는 아내의 탈출 구상에서 처음부터 배제되고 있었다. 칠순을 바라보는 나이와 체력을 감안한 결과이기도 하였고, 과거 그녀 자신의 청춘과 열정을 바쳤던 일본에서의 조총련 활동역사를 기억하고 있기 때문이기도 하였다. 일본 쪽 방향을 택하면 광대한 대륙을 거치는 탈북 코스에 비하여 소요되는 시일도 적고 통과하는 공간의 거리가 짧을 것이라는 계산도 중요했을 것이다. 아내는 북반부 공화국과 일본 사이의 왕래 실상이 어떤지 알아본 결과 고개를 가로저었다. 1980년대 초반에 공화국 '귀환사업'이 종료된 다음에는 양국 간의 왕래 경로가 완전히 끊겼고, 남은 것은 우편을 통한 얼마간의 서신왕래 뿐이라는 얘기였다. '조국귀환'의 실상에 절망한 어떤 사람은 일본으로 되돌아가는 밀항편을 찾아 부정기 화물선 밑창에 숨어들었다가 발각되어 처형되었다는 무시무시한 뉴스를 들었다고도 했다. 무슨 도리가 없을까, 조석으로 동쪽 하늘을 바라보면서 막막한 탈출의 모험을 오매불망 그려보고 있을 사람이 우리들만이 아닌 것은 분명하였다.

그러던 어느 날 텔레비전에서 저녁 뉴스를 보고 있는 나에게로 아내가 조용히 다가와 앉았다. 텔레비전 뉴스에서는 며칠 전에 작고한 김일성 수령의 빈소에 분향하기 위해 길게 도열해있는 평양 시민들의 모습을 보여주고 있었다. 아내가 나지막한 소리로 입을 열었다.

－일본 가는 선편이 생길 것 같애요.

－일본 가는 선편이요? 일본 하고는 왕래가 끊겼다고 했잖소.

－한덕수 의장님이 여기를 다녀갈 것 같애요. 그 배를 살짝 얻어 타는 거지요.

－그게 언젠데요?

－수령님 조문단을 인솔하고 오실 거 같애요. 조문단 선박을 이용하려면 그 선박이 들어올 때 의장님에게 인사 잘 차리는 것이 첫 번째 순서예요.

수령님 조문단이 타고 온 배를 얻어타다니, 지존至尊의 국부國父 조문단이 타고 온 배를 어떻게 이용할 생각을 하고 있을까. 외국으로 나가려면 여권을 만들고 비자를 얻어야 하는데, 공화국과 일본은 정상적인 국교가 열리지 않았기 때문에 이것이 불가능하지 않은가. 두만강을 헤엄쳐 건너서 탈출하는 사람들이 많은 것은 그 같은 수속이 필요없기 때문이었다. 아내는 이런 난관에 부딪칠 것을 모르고 있단 말인가. 아내의 탈북 발상이 터무니없는 모험인 것 같았지만, 그런 어려운 모험을 감히 시도해보려는 아내의 충정은 얼마나 애절한 것일지, 나는 아내의 계획에 대해 뭐라고 토를 달 수가 없었다.

그 다음 날까지도 구체적인 탈출 방법에 대해 아내로부터 말이 없길래 나는 긴가민가 하고 있었는데, 이틀 뒤 저녁 때 나는 아내의 치밀한 계획표 진행에 대해 들을 수 있었다.

—조문단이 모레 오후 원산항으로 들어온대요.

—그래요? 어째 청진항이 아니고 원산항이네요.

—원산이 평양하고 가까우니까 당연하지요.

—그건 그러네요. 그럼 조문단 맞으러 원산으로 가야겠네요.

—모레 오후 두 시에 원산항에 입항 예정이라니까, 조문단 도착 시간에 맞추려면 여기서 내일 아침에 출발하여 원산에서 1박을 해얄 거 같은데, 어쩌면 2박이 될지도 모르겠네요. 선박편이나 버스편이나 정확하게 시간 지키기가 어렵다고 하지만, 그건 걱정하지 마세요. 나 혼자 갔다올 수 있으니까. 당신 혼자 식사 차려 먹을 수 있잖아요.

—집안에 있는 사람이야 걱정할 거 없지만, 원산 나들이가 수고스럽겠소.

—뜻이 있으면 길이 있다고 했어요.

아내의 어조는 전에 없이 단호하고 결연해 보였다.

3-7

이튿 날 아침 아내는 원산으로 떠났다. 보통 때보다도 얼굴 치장이며 옷차림에 공을 들이고 떠났는데, 오래 만에 귀한 어르신 만나는 예의를 지키려는 것이려니 싶었다. 청진과 원산 구간은 왕복 열 다섯 시간이나 되는 여정인데 굳이 혼자서 다녀오겠다는 말이 좀 섭섭하게 들렸다. 옛날에도 아내는 한덕수 의장과 나를 대면시키는 일에 유난히 조심스러웠음이 생각났다.

혼자 지내는 첫날 저녁식사로 무엇을 먹을까 하다가 간단히 라면으로 때우기로 하였다. 30년이 넘는 부부생활에서 좀처럼 없는 나 홀로 저녁 식사였다. 나 스스로 차려 먹는 것이 짐스럽게 느껴지지는 않고 오히려 홀가분한 기분이 들면서 라면 맛까지 더 상큼한 맛이 되는 것 같았다. 늘상 아내가 차려주는 식사를 즐겨 먹으면서 고맙게 여기는 처지였는데, 이렇게 내가 혼자 차려먹는 라면 맛이 더 상큼하다는 것은 새로운 발견이었다. 돌이켜 보니, 우리 두 사람은 아주 간혹 있는 직장 회식이 아니고서는 밖에서 저녁을 먹어본 기억이 없었다. 밖에 나가봐야, 함께 밥 먹을 친척도 없고 동네친구나 학교친구도 없는 세상이니 그럴 수밖에 없었던 것이다. 더구나 집을 놔두고 밖에서 밤을 지낸 적은 단 한번도 없었음이 생각났다. 우리 두 사람에게 외식이나 외박이 자연스러운 금기사항일 수 있었음은 서로 간에 마음 씀씀이를 조심하기 때문이었지만, 그것은 다시 두 사람의 나이 차이 탓인 것도 같았다. 나는 내 나이가 조미라보다 세 살이나 어린데다 세상 모든 일에 미숙한 남자라는 것을 미안하게 여기면서 결혼했던 것이 생각났다. 아내는 아내대로 자기가 나보다 세 살이나 연상이라는 사실을 미안하게 여기는 것 같았고 그런 마음은 자기 체력의 한계를 느끼는 근래에 와서 더욱 커지는 것 같았다. 아내가 세 살 연하인 나에게 반말을 잘 쓰지 않는 것도 혹시나 연장자 유세하는 티가 날까 봐 그러는 것이 아닐까 싶었다.

뜨거운 라면을 다 먹고 밖으로 나왔더니, 여름 밤의 시원한 바람이 문득 상쾌하게 느껴졌다. 동쪽 하늘에 올라오는 보름달을 바라보니 세월의 속절없음과 세상의 무상함이 내 마음의 어느 한 부분을 재촉하는 것만 같았다. 아내도 지금 쯤은 원산항 선창가 어딘가에 앉아서 내일 들어올 조문단 선박의 입항 모습을 그려보고 있으려니 상상이 되었다. 그러는 가운데, 오래 전 옛날에 조각배 같은 일본행 밀항선에 어거지로 끼어들어 편승하는 이중밀항을 감행했던 기억이 떠올랐다. 그 당시에는 맨손 체력으로써 양양한 바다에게 덤비는 것이었다면 이번에는 교묘하고 넉살좋은 담력으로 역사 진행의 허술한 틈새를 비집고 들어가는 격이었다.

원산항 선창가에 앉아서 내일 낮에 입항 할 조문단 선박을 그려보고 있을 아내의 모습이 머릿속에 그려지면서 나의 상상력도 아내의 머릿속 상상을 따라가고 있었다. 이번에 올 조문단 배는 옛날에 일본과 공화국 간을 운행하던 배와는 어떻게 다를 것이며, 그 배의 크기는 얼마나 된 것일까. 옛날에 우리 부부를 청진항까지 태워온 선박은 소련 군함을 개조한 것이라고 하였다. 그 때까지만 해도 공화국은 그런 용도의 선박을 보유하지 못했다는 것인지, 퇴색되고 낡았을 뿐만 아니라, 날카로운 돌출부분이 많고 우중충하여 퍽이나 무섭게 보이는 남의 나라 군함을 출동시켜서 감격 속의 귀환 국민들을 운송하다니 이상한 일이라고 생각했던 기억이 어렴풋이 남아 있었다. 니이가타항에서 출발한 배라면 북쪽으로 치우친 청진항보다는 공화국의 중앙부에 가까운 원산항으로 입항하는 것이 훨씬 편리할 것이 아니냐는 생각도 했었는데, 그 같은 항로 결정은 아마도 그 배의 보유국이 소련이기 때문일 것이라는 생각이 나중에야 떠올랐다. 어쨌거나, 공화국 땅에 첫발을 들여놓았던 곳이 청진이고, 이 나라에서의 구차한 생활을 마감하기에 앞서서 기구한 과거사를 회상하는 곳도 청진이라는 사실은 비비꼬인 나의 생애의 무대 설정치고는 잘 맞아들어가는 상 싶었다. 수십 년간의 공화국 생활 전체를 놓고 보더라도, 이 나라에서 가장 화려한 곳인 평양과 가장 음습한 곳인 북쪽 끝 지방의 실상을 직접 경험하는 것이니, 훌륭한 무대 설정 구도가 아니겠는가. 1970년대에 이르러서는 '귀환동포'를 운송할 화객선 만경봉호가 공화국 자체의 기술로 건조되어 니이가타항과 원산항을 왕복 운항한다는 뉴스가 공화국 '로동신문'에 자주 나왔음도 기억에 남아있었다. 그야말로 공화국에서 선양하는 주체사상 실현의 눈부신 이정표였을 것이다. 신문에 난 사진으로 보건대, 만경봉호는 우리가 타고 왔던 소련군함에 비하여 별로 커 보이지는 않았으나, 산뜻하고 우아한 느낌이 들었고, 밖으로 노출되어 군중집회를 할 수 있게된 갑판 부분이 넓어보였던 것으로 기억되었다. 내일 원산항으로 들어온다는 조총련 선박은 조촐한 조문단 규모에 맞으면 되니까 만경봉호처럼 클 필요도 없고, 우아한 모습일 필요도 없을 터였다.

전에 없이 나 홀로 보내는 밤이었는데 머릿속에서는 오히려 더 많은 상념이 떠올랐다. 자리를 펴고 드러누워 눈을 감았으나, 청하는 잠은 오지 않고 갖가지 상상과 공상이 머릿속 가득히 맴돌았다. 그런 가운데 오래 전 옛날의 일들이 어렴풋이 떠오르더니 하나의 물줄기 흐름처럼 상상 속에 펼쳐지는 것 같았다. 내가 이처럼 떠돌이 유랑인으로 살아야하는 하는 운명은 어디에 연유한 것인지, 처연한 생각이 들었다. 내가 나의 생명을 의탁할 마지막 남은 나라로 여기고 이 나라에 들어왔거늘, 이제 다시 탈출의 모험을 하게 된 패착의 운명은 어디서부터 시작된 것일까. 돌이켜보면 탈출의 모험은 이번이 세 번째였다. 그 아늑하고 평화로운 섬, 나의 고향 제주도를 탈출할 때부터 나의 비비꼬인 운명은 시작되었다. 그 당시에 고향 탈출이라는 목숨 건 모험을 하게 된 계기는 청년 남로당원으로 활동한 죄과 탓이었지만, 내가 남로당원의 길에 들어선 계기는 나 자신의 판단과 선택이 아니라, 오로지 내가 존경하는 사람들의 가르침이었다. 나는 역사로부터 배신 당했던 것이다.

역사의 배신이라는 것을 모르고 살다 간 사람들은 행운이었을까. 김일성 체제가 인민해방과 평등사회를 구현하는 정의의 길임을 굳게 믿으면서 투쟁했을 김달삼이나 이덕구는, 그들이 믿는 정의의 길이 불의로 통하는 길임을 모른 채 죽었으니까 자신이 역사로부터 배신 당한 것을 몰랐다는 말이 된다. 그들은 혁명 대열의 선구자라는 자부심으로 의롭게 싸우다 죽는 것을 영광으로 생각했을 테지만, 그처럼 무지한 자의 오도된 운명은 가엾다고밖에 할 수 없을 것이다. 인간역사의 허망한 기만을 직접 당한 나의 운명은 앞으로 어떻게 전개될 것인가. 무엇보다도, 내가 지금 들어가려고 하는 일본에서는 이 나라에서처럼 역사의 기만이 다시는 없을 것인가. 그 나라에는 오늘날에도 민족차별의 설움은 남아있을 터이지만, 적어도 상상력과 감성 등 인간정신의 가능성을 원천봉쇄하는 억압체제가 아니라는 점 하나만은 믿을 수 있지 않을까. 만약에 내가 일본에 들어가 살면서 이같은 믿음이 사실임을 알게 된다면, 이 사이비 인민공화국에서 겪었던 기만의 허망함이 나에게는 역사인식의 수준을 한층 높여주는 귀중한 경험일 수도 있을 것이다. 나는 꿈속에서나마 허망한 과거의 추억들을 잊고 싶었는지 어느덧 깊은 잠 속으로 빠져들고 있었다.

3-8

2박3일 간 원산 나들이를 마치고 집으로 돌아온 아내가 귓속말로 조근조근 들려주는 바로는, 계획하는 일들이 잘되어가는가 보았다. 무엇보다도 안심되는 것은, 금년 87세인 한덕수 의장이 30년 넘게 만나보지 못한 자기 얼굴을 잊지않고 알아봐준 점이라고 하였다. 조문단 선박을 이용할 수 있느냐 없느냐를 결정지을 중대 요건이 바로 이 점이라는 얘기였다.

─한덕수 의장님은 수령님 장의葬儀 서열 제4위라고 했어요. 그만큼 공화국 안에서 알아주는 인물이니까 의장님 후광을 입기만 하면 일이 잘 풀릴 거예요. 그리고 천만다행인 것이, 조문단 일행 중에는 나를 알아보는 사람이 둘이나 있었어요. 옛날 조총련 활동을 열심히 했던 덕분이죠. 그 중에 한 사람은, 조문단을 태우고 온 선원들 관리를 맡은 사람이었어요. 조문단 수행원으로 평양까지 가지도 않고 배에 남을 사람이라고 하니까, 정말 천만다행이예요. 조문단 일행이 공화국 보위부원들에게 출국수속 점검을 받고 입장하는 시간보다 두어 시간 먼저 들어가서 맨 밑창 창고에 숨는 거예요. 하여간 제 머릿속에서는 자세한 계획표가 완성되었는데, 그날 그 시간에 어떤 변수가 생길지는 하늘에 맡기는 거예요.

준비해 둔 말을 차분하게 꺼내는 아내의 표정은 조마조마 긴장된 기색을 감추지 못하였다. 탈출을 시도하다가 걸리면 어떤 불행이 닥칠지 소문으로도 익히 알고 있었던 것이다. 탈북자의 길은 고난도 모험의 길이었다. 조문단 일행은 5일 후에 떠난다고 했으니, 그 동안에 탈출 준비를 모두 마쳐야 하는 것이었다. 어떤 상황을 맞게 될지 모르는 판이라 짐을 쌌다 풀었다를 여러 번 되풀이하였지만, 그래봐야 양손에 가볍게 들 수 있을 정도의 짐이었다. 한여름 철이 라서, 단출한 차림으로 떠나도 괜찮겠지만, 언젠가는 필요하게 될 겨울옷을 싸들고 나가야 하는 것이 성가신 일이었다. 우리가 다시 는 이 집에 돌아오지 않을 것임을 이웃사람들에게 말하지는 못했지 만, 그들은 조만간 이 집에 주인이 없어진 것을 알게될 텐데, 그 때 에 그들에게서는 어떤 말이 나올지 쓸데없는 걱정을 하기도 했다.

손꼽아 기다리던 날 새벽녘 일찌거니 우리 부부는 청진발 원산 행 버스에 몸을 실었다. 조문단 선박이 오후 다섯 시에 떠난다고 했 으니, 늦어도 오후 두 시까지는 원산항 선착장에 도착해야 한다는 것이 아내의 계산이었다. 한여름 철인데다 구름 한 점 없는 하늘이 무더위 날씨를 예고하고 있었다. 달리는 버스의 차창 밖으로 보이 는 풍경들이 오늘 따라서 대단한 볼거리처럼 느껴졌다. 이제 다시 는 보지 못할 풍경들이라고 생각하니, 다시 한번 서운한 눈길이 끌 리는가 보았다.

우리에게 한만한 시간은 오래 계속될 수 없었다. 목적지까지 절 반 정도 갔을 때 버스 시동이 멈추었던 것이다. 원인불명의 타이 어 펑크 때문이라고 하였다. 버스가 달려오는 동안 어디 건축 공사 장을 지나다가 쇠못 같은 것이 타이어에 박힌 모양인데 자동차 정비소에 들렀다 가려면 한 시간 정도 늦어지겠다는 것이 운전기사의 딱한 설명이었다. 기가 막힌 승객들은 갖가지 불평들을 늘어놓았지만, 우리에게는 불평할 정도가 아니라 목숨이 왔다갔다 할 중대 기로였다. 우리의 계획표보다 한 시간이나 늦어진다는 것인데, 이 같은 비상사태에 대비하여 더 일찍 출발하지 못한 것이 후회스러웠다.

버스의 지체 시간이 한 시간을 훌쩍 넘으면서 우리는 애간장이 타들어가는 것 같았다. 원산항 선착장에 도착해 보니 조문단의 출발시간을 겨우 한 시간 반 정도를 남겨둔 시간이었다. 아내가 가르키는 곳을 바라보니, 빨간 색 조총련 깃발이 꽂혀있는 배의 출입구 부교浮橋에는 완장 차고 유니폼 입은 젊은이 두 사람이 서있었다. 승선객 검색을 맡은 보위부원들로 보였는데 아직 승선시간이 안됐는지 한가로이 서로 말을 주고받고 있었다. 우리는 서둘러 가던 발걸음을 우뚝 멈추고 말았다. 이제 보위부원 검색을 피하여 배 밑창으로 잠입해 들어가는 것은 완전히 포기해야 할 상황이 되어버린 것이다. 나는 옆자리의 아내를 쳐다보았다. 예상치 못한 일을 당하여 어쩔 줄을 모르고 잠시 서있던 아내가 발걸음을 다른 쪽 외진 곳으로 옮겨감에 따라서 나도 그녀의 뒤를 따라갈 수밖에 없었다. 남의 눈에 띄는 수상한 티를 낼 수는 없음이었다.

외진 곳에 몸을 숨기고 있는 동안에 주변을 둘러보았더니, 여러 사람들이 오가는 모습이 눈에 띄었지만, 우리를 눈여겨 바라보는 사람은 없는 것 같았다. 크지도 않은 여행가방 몇 개를 들고 혼잡한 선착장 모퉁이에 다소곳이 서있는 육십 대 노부부가 사람들 눈에 이상하게 보일 무슨 이유가 있겠느냐는 막된 생각으로 우리는 같은 자리를 지키고 있었다. 그러던 우리는 잠시 후 보위부원 완장을 찬 두 사람이 배 안에서 밖으로 나오고 있는 모습을 보고는 잠시 숨을 죽이고 침을 삼켰다. 보위부원 두 사람은 승하선용 부교에서 지키고, 다른 두 사람은 배 안에 들어가서 수상쩍은 승선자를 색출하는 것임에 분명하였다. 탈출 목적으로 미리 배 안에 들어가 숨어있는 사람을 잡아낼 정도로 탈북자 단속이 엄중한 모양인데, 아마도 이전에 있었던 전례를 감안한 단속일 것 같았다. 만약에 우리가 애초에 계획한 대로 미리 배 밑창에 들어가 있었다면, 어찌 되었을 것인지, 생각만 하여도 전신이 오싹해오는 것이었다. 우리의 초조한 마음과는 상관없이 시간이 한참이나 흐르고 있었는데 아내의 한쪽 손이 갑자기 나의 팔을 잡고 흔들었다. 그녀의 시선을 따라서 고개를 돌려봤더니 말쑥한 신사복 차림의 남정네 여럿이 시내 쪽에서부터 선착장 있는 곳을 향하여 천천히 걸어오고 있었다. 이들을 향하여 시선을 보내던 아내는 나의 팔을 잡아당기면서 말했다.

　―의장님 일행이예요. 나를 따라 오세요.

　　아내의 말에 대꾸할 필요도 없었고, 주춤거릴 시간도 없었다. 아내는 걸음을 재촉하여 조문단 일행에게 접근하였고, 담력도 좋게 의장님하고 친근한 척 담소를 나누기에 이르렀다. 의장님의 얼굴에 반갑다는 듯이 가벼운 미소가 어리는 것을 보았을 때, 나는 이제 살았구나, 안도의 한숨이 나오는 것이었다. 완장 찬 보위대 젊은 이들은 의장님이나 그 일행을 향하여 한 마디 질문도 하지 않았다. 지존의 수령님 장의 서열 네 번째인 귀빈에게 함부로 결례하지 말라는 의전 수칙이 전달되었으려니 싶었다. 배 밑창의 너저분한 창고 대신에 깔끔하게 꾸며진 선실을 배정받는 순간 우리는 오래 참았던 긴 한숨을 몰아쉬었다. 천만뜻밖에 맞이한 운명의 가호에 감사하는 한숨이었다.

3-9

우리에게 배정된 선실은 별로 고급스럽지는 않았으나, 극단의 위험까지 상상해 봤던 우리의 처지로 볼 때에는 감지덕지할 승선 기회였다. 이렇게 쉽게 일본행 선편을 만날 줄 알았다면 짐을 챙기고 나올 때 좀더 욕심 부릴 걸 그랬다는 간사한 말까지 나왔다. 원래는 한덕수 의장에게 알리지 않은 채로 도둑 승선을 할 계획이었다는 것이 아내의 고백이었지만, 결과적으로는 이 분과 맞닥트린 것이 행운이 된 셈이었다. 그 분이 우리에게 승선허락을 하지 않을 수도 있다는 우려에서 별별 고심을 다했던 모양인데 내가 그런 사정을 몰라봤던 것이다. 아내는 아직도 한덕수 의장에 대한 결례가 격정되었는지 그 분의 임시 거처로 쓰이는 선장실로 인사차 방문을 다녀왔다. 부부동반 탑승인데도 나를 빼놓고 혼자서 다녀온다는 것이 나로서는 섭섭한 일이었지만, 그런 점은 옛날부터 있었던 복잡한 사연을 상기하면서 괘념치 않기로 하였다. 아내가 잠시 만나본 한덕수 의장은, 지금 고령 탓인지 정신력이 좋지 않아서 조문단 선박에 우리가 편승한 까닭 같은 것에 대해 별로 신경 쓰지 않았다고 했다. 우리 부부가 일본으로 가는 목적에 대해서는 요즘 악화된 자신의 질환 상태를 검진해 보기 위해서 일본으로 간다고 했더니 더 이상 묻지 않았다는 얘기였다.

아내가 선장실로 가서 한덕수 의장에게 인사를 차린 목적 중에는 또 하나 깜찍한 것이 있었는데, 며칠 전 이 배의 원산 입항 시에 만나봤다는 조총련 원로 직원의 이름을 알아보는 것이 그것이었다. 그의 이름은 조동춘이라고 했는데, 두 사람이 같은 성씨임을 알게 된 아내는 아주 유쾌한 기분이 되어 돌아왔다. 니이가타항에 도착할 때까지 소요 시간은 스물두 시간인데 그 동안에 조동춘 씨하고 친해질 수 있다는 것이 아내의 속셈이었다. 일본 도착 후에 우리의 생계를 어떻게 이어갈까 하는 문제를 놓고 이 사람이 좋은 상담역이 되어줄 수 있을 것이라는 얘기였다.

기어이 동춘 씨를 우리 선실로 불러들인 아내는 자기가 몇 년 연상인 것을 밑천으로 해서 누나라는 호칭까지 얻어냈다. 동춘 씨가 조총련의 니이가타 지회에서 근무하던 35년 전에 조미라가 임시 직원으로 같이 근무했던 인연을 이용한 것이었다. 조미라는 동춘 씨를 기억하지 못하지만, 동춘 씨는 조미라의 얼굴을 어렴풋이나마 기억하고 있다는 것이어서 두 사람의 희한한 재회를 바라보는 나에게서 가벼운 미소를 자아냈다. 아내는 동춘 씨하고 사이에 허물없는 말문을 터놓은 다음에 조총련 니이가타 사무실의 현황에 대해서도 물어봤다. 동춘 씨의 대답은 매우 실망스러웠다. 조총련의 전성시대가 물러간지는 벌써 20년이나 된다는 것인데, 지금은 재일조선인들의 민족의식이 약해지면서 조총련에 대한 충성과 협력은 점점 옛날 일이 되고있고, 설상가상으로 조총련에서 민단 쪽으로 옮겨가는 사람들이 늘어나는 추세라고 하였다. 북조선의 발전이 남조선에게 추월당함에 따라서 조총련의 힘이 민단에게 꿀린다는 생각을 하면 이런 추세는 끝날 것 같지도 않아서 서글프기만 하고, 이래저래 옛날과 같은 보람은 없어진 상태로 조총련 사무실을 쓸쓸하게 지키고 있다는 얘기였다. 이게 모두 일본사회의 자본주의 물결이 덮쳐온 탓이라는 말까지 덧붙이는 동춘 씨는 그러는 가운데에도 조미라와 재회하게 된 것에 대해서는 반가운 내색을 보여주는 것 같아서 그 점만은 천만다행이다 싶었다.

4장
탈북의 험로에서

4-1

우리 부부의 북한 탈출과 일본 입국은 대성공을 이룬 셈이다. 아내가 머리를 잘 쓴 결과였지만 그날 따라 시운時運이 좋은 덕분이었을 것이다. 거기에다 막판에 동춘 씨가 호의적인 재량을 발휘해 준 것이 절호의 결정타가 되었다. 일본정부의 출입국관리청 직원들은 김일성 수령 조문단에게서 여권 비자 검열을 마친 다음에 곧 물러갔고, 우리 부부는 하루 동안 묵었던 선실에서 두 시간 정도를 더 보내다가 조용히 하선한다는 시간표 예정이 아무 차질 없이 실천된 것이다. 물론 동춘 씨하고의 묵계가 있어서 가능한 일이었다. 나는 오래 전 옛날 일본 밀항 길에 소형어선의 밑창 어획물 칸에 숨어서 퀴퀴한 냄새를 실컷 맡았던 기억이 떠올라 쓴웃음을 삼켰지만, 이런 것이 바로 추억의 묘미이구나 싶었다.

우리는 마음 푹 놓고 하선까지 무사히 마쳤지만, 선착장에 내리는 우리를 맞아줄 사람이 있을 리는 없었다. 아내는, 어느 틈에 약속을 해놓았는지, 조총련 니이가타 사무실에서 동춘 씨가 기다리고 있다면서 택시를 불렀고, 우리는 잠시 후에 목적지에 도착하였다. 몰라보게 달라진 선진국 일본의 도시 풍경을 감상할 여유도 없이 우리는 기도하는 마음으로 우리 앞에 떨어질 운명을 기다리는 심정 이었다 할 것이다.

조총련 니이가타 지회는 5층 건물의 2층에 있었다. 나에게는 옛 날에 '조국귀환' 일정에 따라서 딱 한번 다녀간 사무실이었지만, 아 내에게는 귀국선 출항 직전 몇 달 간을 '귀국운동' 주무 직원으로 일 하던 곳이었다. '귀국운동'이 활발하게 진행될 때 이곳은 공화국에 서 파견 온 임시정부의 수도와도 같았었다. 내가 이곳을 다녀갈 당 시에는 이 건물 2층 전부를 사용했었는데 지금은 그 반쪽 공간만을 쓰고 있었고, 그런 공간조차도 남아도는 빈 곳이 많아 보였다. 35년 전 그 당시는 조총련 전성기였다는 사실을 금방 상기해내기는 했지 만, 과거의 기억과 현재 보이는 것들 사이에서 우리는 잠시 헷갈리 는 시간을 보냈다.

동춘 씨는 몇 마디 인사말을 나누더니 사무적인 급한 일을 먼저 말하지 않을 수 없다고 화제를 돌렸다.

─여러 날을 공화국 출장 갔다 오다 보니 미처 이런 일 당할 줄 몰랐네요. 이거 오래 만에 만난 누나에게 부탁부터 해서 안됐는데, 허물하지 말아주십시오.

─오래 만에 만난 동생 부탁을 들어주고 싶은 것이 내 심정인데, 무슨 일인가요?

—그럼, 염치불구하고 말하겠습니다. 여기 조총련 니이가타 지회 사무실에는 젊은 직원 하나하고 저하고 두 사람이 일을 보는데, 내일 금요일은 두 사람 모두가 못 나오게 되어서 누나에게 부탁해 보는 겁니다. 저는 모레 토요일에 도쿄에 사는 저의 막내아들 결혼식이 있는데 내일은 사돈댁하고 상견례가 예정되어서 오늘 밤에 도쿄로 가기로 돼있습니다. 이런 말을 여기 젊은 직원에게 미리 한다는 걸 그만 깜빡했는데, 이 직원은 오늘 오후 저를 만나보고는 도쿄로 급히 떠났어요. 병원에 입원한 부친이 아들을 보고싶다고 했지만 저를 보고 가려고 오늘까지 여기 출근했다는 겁니다. 그러니까, 누나가 내일 하루만 여기 나와서 저 대신에 일을 봐주시면 안될까 하는 겁니다. 이 직원은 언제부터 나올지 모르지만 저는 다음 월요일부터 정상 출근할 것입니다. 예전처럼 조총련 일이 많지는 않습니다. 우리가 운영하는 민족학교나 사업체, 기타 잡다한 친목단체에 관한 일로 누가 찾아오거나 전화가 걸려올 때 받아줄 직원이 아무도 없으면 세상 사람들이 우리 조총련의 존재를 하시 볼 거란 말입니다.

—누나라고 해서 그 정도 편리 봐주는 거야 어려울 거 없소. 걱정 마시라요.

—여기 한쪽에 간소한 주방도 있고, 간이침대도 두 대가 있으니, 여기서 편히 주무셔도 돼요.

동춘 씨의 부탁은 바로 우리가 은근 슬쩍 건네고 싶은 부탁이었다고 할 것이다. 워낙 불확실한 미래를 앞두고 푼돈 얼마라도 절약할 필요가 있었다. 또한, 여기 사무실에서 며칠 간 있어보면 조총련 활동의 현재 실태를 짐작할 수 있을 것이고, 그렇게 되면 앞으로 우리가 모색할 처신 행로에 대해 무슨 힌트를 얻을 수도 있을 것이 아닌가 싶었다.

－좋소이다. 아우님 돌아올 때까지 잘 지킬 테니까 염려 마시라요.

선심 서비스를 받으면서도 마치 선심을 쓰는 것처럼 말하는 아내의 속셈이 알아볼 만하였다. 그 위에다 아내는 한 수 더 뜨려고 했으니, 우리가 당장 걱정해야할 외국인등록 문제를 꺼내들었다. 일본으로 다시 들어왔으니 우리가 오래 전에 가졌던 외국인등록자의 신분을 복원해야 할 것이 아니냐는 문제였다. 이 말을 들은 동춘 씨는, 그 관계는 자기가 알아서 잘 해 볼 테니까 기다려 보라고 하였다. 일본을 떠난 기간이 오래되었지만, 그 기간을 행방불명 처리하는 방법이 있을 것 같다는 얘기였다. 우리 부부는 옛날 일본에 거주할 때 갖고 있었던 외국인등록증을 그 동안에도 기념물 삼아 간직하고 있었는데 그 물건이 이제 와서 궁지에 처한 우리를 구해주게 되는 셈이었다.

4-2

동춘 씨는 다음 주 월요일에 출근하였지만 도쿄로 갔다는 젊은
직원은 3일이나 더 늦게 출근하였다. 그런데, 그가 불쑥 내놓는 이
직離職 통고가 우리를 은근히 기쁘게 하였다. 도쿄 소재 병원에 입
원 중인 부친이 아들을 만나보고는 이틀 만에 작고했는데, 부친이
운영하던 가업을 넘겨받게 된 아들은 니이가타 조총련 사무실 근무
는 더 이상 할 수 없다는 얘기였다. 그 젊은이의 집안도 원래는 제
주도 김녕 마을이 고향이라고 하였다. 나는 불쑥 반가운 마음에 헤
어지기 전 잠깐이라도 고향 이야기를 나누고 싶다고 했지만, 이 젊
은이는 자기는 일본 태생인 교포2세여서 제주도에는 한 번도 가본
적이 없으니 고향 이야기 할 것이 전혀 없다고 나왔다. 젊은이의 섭
섭한 말에 나는 무안만 당하고 입을 다물고 말았다.

이직하는 젊은 직원이 그날 오후에 사무실 정리를 하고 도쿄로
떠난 다음 날 아내가 동춘 씨에게 넌지시 건넨 말은 내가 듣기에도
아슬아슬하게 느껴졌다. 분에 넘치는 욕심이 담겨있었던 것이다.

―그 젊은이가 있던 자리에 우리가 후임으로 들어올 수는 없을
까요? 임시직이나 말단직이라도 괜찮아요. 우린 일본에 들어와도
확실한 계획이 서있지 않기 때문에 갈 곳이 정해질 때까지 어디 몸
둘 곳이 있으면 해서요.

―글쎄올시다. 편리 봐드리고는 싶은데, 확실한 답은 내일 아침
에 말씀 드리지요.

그동안 우리 운수가 연이어 좋았던 탓인지 우리는 밤새 좋은 답변 듣는 꿈을 꾸었지만, 이번에는 아니었다. 다음 날 아침에 사무실에서 만난 동춘 씨의 대답은 우리의 신상 문제를 놓고 많이 고민했음을 보여주었다. 우리가 여기 조총련 니이가타지회 사무실에 계속 나오는 것은 괜찮지만, 정식 직원으로 나오는 것은 아니고 따라서 급료는 전혀 없는 조건부라고 하였다. 지금 조총련의 재정형편이 아주 곤란하다는 것이고, 사실은 어제 그만둔 젊은 직원도 거의 무보수에 가까운 근무를 해왔다는 것이다. 게다가, 우리가 이곳의 정식 직원으로 들어올 수 없는 더 큰 이유가 있다고 했다. 최근에 공화국을 탈출하여 한국으로 가는 탈북자들이 많이 나오는 것에 대해 조총련 본부로부터 엄중한 경계령이 내려와 있는데, 이런 정황에서 탈북 혐의가 있는 사람을 조총련 직원으로 삼을 수야 있겠느냐는 얘기였다. 그렇지만, 그냥 보통 방문자처럼 여기 사무실에 들어와서 시간 보내는 것은 괜찮다고 하였다. 숙식문제가 걱정이라면 조총련에서 운영하는 공동주택에 입주할 수 있도록 주선해 주겠다는 말도 나왔다. 우리가 감지덕지할 친절이었다.

4-3

우리는 동춘 씨가 주선해준 조총련 공동주택으로 곧 이사를 했는데, 난민 신세인 우리에게는 과분할 정도의 거처라고 생각되었다.

이곳에서 간소하게 숙식을 하면서 조총련 사무실에서 소일할 수 있다니, 우리로서는 큰 행운이 아닐 수 없었다. 조총련 사무실에 정식 직원처럼 나오는 무급 직원 행세는 나 혼자 하기로 했지만, 아내도 가다오다 가끔씩 사무실 출입을 할 것이라고 했다. 숙소에서 혼자 지내는 일은 심심해서 어떻게 견디느냐는 것이었다.

　동춘 씨의 말대로 그의 사무실에서 하는 일은 많지 않아 보였다. 한산하고 조용할 때가 많은 사무실에서는 내가 하고싶은 일을 할 수도 있을 것 같았다. 자료실에 비치된 신문 잡지나 기록물 등을 보는 것이 나의 주된 소일꺼리였지만, 동춘 씨의 말동무가 되거나, 동춘 씨 부재중에 찾아오는 방문객을 맞아들이거나 하는 일도 있어서 그렇게 심심하지는 않았다. 건물 내 청소나 기물 정리 같은 잡역 일을 내가 맡아서 하면 공짜 사무실 쓰는 체면 치레는 될 것 같았다. 가만히 보니, 동춘 씨 자신도 자기 개인적인 일로 자리를 비울 때가 많은가 보았다. 나보다 몇 살 아래인 그는 자기 아들이 니이가타 항만 어디에서 며느리와 함께 대중식당 영업을 하고 있는 관계로, 식당 손님들이 많은 저녁시간에는 그곳으로 서둘러 가서 손주들을 돌봐줄 때가 많다고 하였다. 저녁 시간이 아닐 때에도, 가족들 사정에 따라 필요할 경우에는, 아예 손주 아이들 둘을 사무실로 데려와서 같이 놀아줄 때도 있었다.

　우리 사무실에 심심풀이 삼아 나오던 아내가 동춘 씨의 손주 아이들과 같이 노는 일에 재미를 붙이기 시작한 것은 예상치 못한 일이었다. 이제 다섯 살 일곱 살인 어린 아이들이었는데, 이상하게도 날마다 보는 익숙한 자기 할아버지에게 싫증이 났는지 낯선 할머니에게 호감을 갖기 시작했던 것이다. 처음에는 아이들 노는 모습을 신기한 구경이나 하듯이 그냥 물끄러미 지켜보던 여자가 언젠가부터는 아이들과 함께 어울려서 장난감 놀이를 함께 즐기기도 하였다. 때로는 아이들을 데리고 근방의 어린이놀이터에 가서 놀기도 했다. 이제까지는 근엄한 표정으로 무게잡기를 좋아하던 아내에게 이렇게 다정다감한 면이 숨어있었다니, 나는 나대로 아내의 따뜻한 마음구석을 발견하는 것이 기쁘고 반가웠다.

　내가 이곳에서 신문을 읽어보는 일은 심심풀이를 넘어서 공화국 밖의 세계정세를 알아보는 데에 도움이 되었다. 역사가 오랜 우리 사무실에는 들어오는 신문들이 제법 여러 종류였다. 평양에서 우편으로 보내주는 '로동신문'이 있었고 조총련에서 내는 '조선신보'도 있었지만, 이런 신문에 실리는 기사는 잠깐만 훑어봐도 알 만한 것들이었다. 날마다 배달되는 일본신문들이 우선 시선을 끌었지만, 나는 서울에서 보내오는 일간신문 하나를 주로 읽어보기로 했다. 앞으로 시간 나는 대로 여기 자료실에서 제주도 4·3사건 역사에 관한 기록물이나 그 당시 신문들을 찾아서 읽어보는 것도 좋은 일일 것 같았다.

　날마다 나오는 신문기사들은 마치 끊임없이 흘러가는 강물과도 같았다. 이 같은 흐름 속에서 뭔가 일관된 의미를 찾으려면 어느 정도 분명한 맥락을 발견할 필요가 있었다. 남조선 사회는 나에게 생소한 세상이었고, 그곳에서 나오는 신문을 읽는 것도 처음이었기 때문에 그 속에서 뭔가 의미있는 맥락을 찾는 데에는 상당한 시일이 걸렸다. 남조선 신문의 기사들 속에서 내가 느꼈던 인상은, 그곳 사람들이 노상 하는 일이란 서로간에 다투고 싸우는 것이었다. 대통령이 하는 일에 대해 야당이 비판의 꼬투리를 잡고 늘어지며, 기업체 안에서도 노동자들과 경영진 간에 이같은 다툼이 끊이지 않는 것 같았다. 남조선 사회에 만연하는 다툼과 싸움에 대한 뉴스를 읽다보니 내가 옛날에 오사카 항만 하역 노동자로 일하던 때가 생각났다. 그 때도 해마다 노동자들의 임금 인상 문제를 놓고 노사간勞使間 타결을 이루는 일은 밀고당기는 다툼을 거쳐야 했고 이런 과정이 공연한 시간 낭비라 느껴진 적도 있었다. 그러나, 이 같은 노사간 대립과 타결의 과정이 결국에는 노동자들의 협력과 노동의 질 향상으로 이어졌음도 생각났다. 이럴 때 만큼은 평소에 혐오의 대상이던 일본인 노동자들이 나의 동지라는 느낌이 들었음이 상기되기도 했다. 돌이켜보니, 이런 종류의 시간낭비가 북조선 사회에서는 있을 수 없었다. 중요한 사회문제의 모든 결정은 '로동당 정치국'에서 이루어졌던 것이다. 북조선에서는 노사간의 분쟁이 일어날 수가 없었지만, 그 나라의 노동자들이 열심히 일하지 않았음도 분명한 사실이었다.

집단 간의 충돌이 일어나지 않는 북조선 사회보다도, 이해집단

간에 노상 다투고 싸우는 남조선 사회에서 경제발전이 더 잘 되다니, 이런 것이 바로 자본주의 경제발전의 자유경쟁 원리인가 싶었다. 정의와 평등을 추구한다는 공산국가 소련이 한때는 자본주의 미국의 발전을 능가하는 것 같았지만 결국에는 몰락해버린 것처럼, 북한사회는 남한사회와의 체제경쟁에서 뒤쳐질 수밖에 없을 것이 아닌가. 자유경쟁의 발전원리는 정치체제의 발전에도 적용될 터인즉, 자유경쟁의 선거전과 정권교체가 존재할 수 없는 북조선에서는 결국 국리민복의 정치발전이 불가능해질 것이라는 추론이 나오지 않겠는가. 그러나, 자유경쟁이란 결국 약육강식의 무자비한 생존경쟁이고, 짐승들 세계처럼 사랑과 봉사라는 존엄한 인간정신이 부재한 것이 아닌가. 이 부분에서 나는 이전에 아내에게서 들은 말이 떠올랐다. 미국의 발전이 소련보다 앞서는 현대사를 설명하는 것은 자유경쟁의 원리라는 말이 생각난 나는 다시 아내에게 물어보았다. 그러나, 이번에는 아내에게서 나오는 대답이 영 엉뚱한 것이었다.

─자본주의 사상가가 보기에는, 역사발전을 가져오는 것이 인간사랑의 욕구보다 이기적인 자유경쟁이라고 했던가요? 거기엔 위대한 사랑의 힘이 빠져도 되나요?

─그런 거 생각하면 머리에 쥐가 날려고 해요. 사랑 문제라면 지서스 크라이스트에게 가서 물어보세요.

아내에게도 무슨 말장난 같은 이론을 가지고 역사를 설명한다는 것이 질린다는 뜻일 것 같았다. 이론을 가지고 왈가왈부할 것이 아니라 역사가 진행되는 사실 자체에 관심을 두는 것이 옳지않겠는가 싶었다. 남북조선의 발전역사를 비교하는 일은 마땅히 조동춘 씨에게 물어볼 일이었다. 남조선의 발전이 북조선을 능가함에 따라서 조총련 사람들이 민단으로 속속 옮겨가는 추세라는 동춘 씨의 말을 기억하고 있었던 나는 그가 한가해 보이는 시간을 기다렸다가 말을 붙였다. 그는 나의 질문을 예상하고 있던 것처럼, 구체적인 예를 들면서 퍽 자세한 설명을 해주었다. 조총련의 활력이 결정적으로 추락하기 시작한 시점이 북조선의 국력이 남조선에게 추월당한 시점과 동시대인 1970년대 초반이었으니, 남북조선 간의 경쟁구도가 그대로 일본 땅 안으로 옮겨져 재현된다는 얘기였다.

─남조선 국력이 우위에 올라서는 판세는 그 파급효과가 한두 가지가 아니예요. 1965년 한일협정이 체결된 이후 남조선의 국제적 지위가 향상된 것이 재일조선인들 실생활에서도 큰 차이를 가져왔지요. 남조선 편에 붙는 것이 해외여행 기회를 얻는 길도 되었는데, 이건 국가의 신뢰도에 관한 문제지요. 북조선에서는 자유롭게 여행할 나라가 거의 없으니, 국가의 신뢰도가 엄청 추락하는 거지요. 게다가 최근에는 유럽의 공산권 국가들이 줄줄이 몰락하면서 국제사회에 우방국가를 많이 잃어버린 것도 북조선 공화국의 위상을 추락시킨 셈이 됐지요. 88올림픽 개최도 남조선의 국력을 과시하는 좋은 기회가 되었는데, 그런 국제행사는 꿈도 꾸지 못하는 북조선으로서야 얼마나 부러운 일입니까. '롯데그룹' 창업자처럼, 재일교포

사회에서 성공한 기업가들에게 남조선 땅에서 능력과 애국심을 발휘할 기회를 준 것이 쌍방의 공동 발전에 기여한 효과도 컸다고 합니다. 북조선에서는 경제발전이 부진해서 조총련 교포들에게 도움을 주기는커녕 조국에 충성하는 기부금을 강요한 것과는 대조적이지요. 요즘에 북조선에서는 굶어죽는 사람이 많다는데 먹고사는 문제로 허덕이는 인민들에게 '고난의 행군'이라는 어거지 구호가 얼마나 먹혀들겠습니까.

─야박한 세상을 보면서 착잡한 심정이시겠습니다. 세상은 변하는데 이렇게 조총련 사무실을 지키시는 것도 그러네요.

─사실은, 저도 불원간 조총련 근무를 그만두게 됩니다. 저의 아들은 오래 전부터 그만두라고 재촉한 일입니다. 그래도 내 청춘의 꿈이 담겨있고 내 평생의 보람으로 삼기를 맹세했던 일이라서 당장에 손놓기가 어려운 겁니다. 여기 근무하던 젊은 직원의 경우는 저와는 반대였어요. 그 젊은이는 조총련의 원로격인 자기 부친이 간청해서 이제까지 조총련 일을 계속했으니까요. 부친이 작고했으니 이젠 아들 마음이 홀가분할 거 같애요. 하하. 요즘 세상이 이렇습니다.

동춘 씨는 경쾌하게 웃는 여유를 보였지만, 그 가운데 깃들어있는 서글픈 그늘은 못내 숨길 수가 없었다.

4-4

동춘 씨의 착잡한 심정을 생각하니 내가 조총련 사무실에 계속 나오는 것도 눈치 보이는 일이었다. 되도록이면 그의 기분을 거슬리지 않도록 조심하면서 하루하루를 무거운 마음으로 보내던 어느 날 오후 늦은 시간이었다. 동춘 씨는 나를 믿고 먼저 퇴근해 버려서 나 혼자 있을 때였다. 무료하게 창밖을 내다보며 초가을 황혼녘의 하늘 위로 상상의 날개를 날려보내고 있었는데, 우리 사무실 현관문에 똑똑 노크소리가 들렸다. 내가 그쪽으로 나가볼 틈도 없이 문이 열렸고, 문밖에는 어떤 젊은 남자와 여자가 서있었다. 무슨 거지들이 왔나 싶을 정도로 헐떨어진 옷 차림에다가 햇빛에 검게 그슬린 얼굴들이었다. 젊은 남자가 조심스럽게 입을 열었다.

― 여기 찾아오느라고 저희들 한참 애먹었시요.

― 어디서 오시는 길인데요.

― 니이가타 항만에서, 아니 함경북도 청진에서 왔습네다.

차림은 허술했지만, 눈빛의 생기는 유난히 빛나 보였다. 함경북도 청진이라니, 이 무슨 기연인가 싶으면서 나는 이들을 안으로 맞아들이고는 앉을 자리를 권하였다. 죽다가 살아난 것처럼 초췌한 이들의 행색을 보니 문득 그들의 앞날이 내 수중에 들어있을 것 같았다.

― 그럼, 탈북자신가요?

― 그렇습네다. 청진에서 고깃배 타고 니이가타까지 왔지만, 일

본 땅에서 저희가 찾아갈 곳은 이곳밖에 없었습네다.

─잘 오셨습니다. 그럼, 혹시 옛날 귀국운동 시절에 북조선으로 가신 건가요?

─예, 맞습네다. 1971년도에 갔습네다.

─그럼, 20년도 넘게 북조선에서 살았네요.

─그렇습네다. 조총련에서 주선하여 북조선으로 갔지만, 더 이상 살지 못할 것 같아서 나왔습네다. 조총련 말을 믿고 갔기 때문에 다시 조총련에 찾아온 건데 다시 돌아가라고 하면 죽는 수밖에 없습네다.

─돌아가다니요, 잘 오신 겁니다.

─감사합네다. 저희들 얼마나 걱정했는지 모릅네다.

─그럼, 원래 고향은 어디신가요?

─저의 원래 고향은 제주도입네다.

─제주도 어딘가요? 나도 제주도에서 온 사람이오.

─조천입네다. 북제주군 조천이라고 있잖습네까. 저의 부모님은 조천 사람이고, 제가 열두 살 때 북조선으로 갔습네다.

─저의 고향은 조천 서쪽 마을 신촌입네다. 남편하고는 이웃마을입네다.

옆에 앉아있던 부인이 축 처진 목소리로 말하였는데, 남편보다도 더 초췌한 모습이었다.

─우리 마을은 화북이오. 여기서 제주도 사람 끼리 만나다니, 반

갑소. 여기까지 오게된 사연이 많을 텐데, 그 얘길 듣고 싶네요. 사실은 나도 귀국운동 바람에 휩쓸려서 북조선으로 갔던 사람이오. 사람 살지 못할 곳으로 보낸 건 조총련의 실수였소. 우리 제주도 사람들끼리 서로 도와가면서 삽시다.

— 감사합네다. 꼭 제가 하고싶은 말씀을 대신 해주시는 거 같습네다.

— 부친이 조천사람이라고 했는데, 연배로 보면 나하고 친구였는지도 모르겠소. 부친 이름은 어떻게 되는지.

— 안경찬입네다. 아버님은 청년기를 제주도에서 사셨으니까 아실지도 모르겠습네다.

— 들어본 이름인 것도 같은데, 하도 오래 돼서 기억이 가물가물하네요. 탈북은 목숨 걸어놓고 하는 건데 일행은 이렇게 내외 두 사람이오?

— 네, 그렇습네다.

— 하여간 반갑소. 이거 수륙만리 타향에서 동향인을 만나다니, 이웃사촌보다도 더한 인연이오. 자, 우리 악수하고 통성명 합시다. 나의 이름은 강만수요.

— 아이고, 감사합네다. 저의 이름은 안원주입네다. 저의 부친과 동년배이시까 저는 강 선생님을 삼춘이라고 불러 모시겠습네다.

— 좋소. 오늘부터 안원주 씨는 강만수하고 삼춘조케가 되는 거요. 조케가 어떤 사연으로 탈북을 했는지 그 사연을 들어봅시다.

'삼춘조케' 호칭으로 서로 통하게 되면 이 사람이 나에게 흉금을 털어놓으려니 했지만, 그는 어쩐지 말문 열기를 주저하는 눈치였다. 결국은 그동안 있었던 그의 직업생활이나 탈출 과정의 내막에 대해서 내가 하나씩 던지는 질문에 따라서 대답하는 방식이 되었다. 그의 직업은 청진 가까운 시골마을에서 고깃배 어업을 하는 것이었는데, 제일 참지 못할 것은 사람 취급 받지 못하는 것이라고 했다. 어로작업이나 어선운행, 어선 개보수 등의 잡다한 일을 어민 당사자들에게 맡기면 될 것을 가지고 일일이 이래라저래라 하면서 필요없는 지시와 간섭을 해놓고는 그 댓가로 고깃값만 싹둑 잘라가는 소위 '영어營漁지도원'들의 행패가 그렇게 미웠다는 것이다. 뼈 빠지게 일하는 사람들이 줄줄이 굶어죽는 '고난의 행군' 나라에서도 권력에 빌붙는 간사한 사람들은 호강하고 사는 꼴을 더 이상 볼 수가 없었다는 얘기였지만, 그 정도는 나로서도 짐작이 가는 일이었다. 내가 원주 씨에게서 더 듣고 싶은 말은 다른 데에 있었으니, 도대체 이들 부부에게는 어떤 용빼는 수단이 있었길래 청진에서 니이가타 항만에 이르는 망망대해를 건너 탈출했느냐, 하는 것이었다. 나는 그의 말문을 열어주는 격려의 뜻으로 한 마디 건넸다.

─청진에서 니이가타까지 고깃배 타고 오다니 그거 역사책에 나올 영웅담 아닌가. 그런 얘길 듣고 싶다니까.

─솔직히 저는 탈북 모험에 목숨을 걸었습네다. 탈출 계획을 세워놓고 준비한 건 3년이지만, 제가 고깃배 어업에 종사한 것이 열두

살 때부터 서른 다섯 살까지니까 20년 넘어 쌓아놓은 뱃사람 실력이 있었길래 성공한겁네다.

나는 이때쯤에 우리 사무실의 자료실에 들어가서 지도책을 꺼내 들고 나왔다. 사무실 책상 위에 지도책을 펼쳐놓은 나는 옆에 있던 막대기 자를 가지고 조선반도와 일본열도 간의 거리를 대충 재어보았다. 제주도에서 시모노세키까지 가는 거리와 청진에서 니아가타까지 가는 거리를 비교해보았더니 청진-니이가타 간의 거리가 두 배 하고도 반은 더 멀어 보였다.

—이거 단순비교는 안될 거라. 제주에서 출발하는 건 육지에서 가까운 바다를 가는 거고, 청진에서 떠나는 건 망망대해를 가야하는 거니까.

—물론입네다. 큰 바다 항해는 거친 파도를 만나는 것이 곤란한 일이고, 배가 흘러가는 방향을 제대로 찾기 어렵다는 문제가 있습네다. 저는 이에 대응하기 위해서 나침반 이용법을 오랫동안 익혔습네다. 나침반 이용 연습을 많이 한 덕분에 뱃길을 크게 벗어나지 않고 이곳으로 올 수 있었던 겁네다. 요앞에 사도가시마섬을 발견하고선 배를 어느 방향으로 돌릴지 알 수 있었던 것도 나침반 공부를 많이 한 덕분입네다. 게다가 천만다행으로 큰 바람을 별로 만나지 않았기 때문에 5일 만에 도착할 수 있었던 겁네다.

—5일 간 운항하는 데에 발동기 연료는 부족하지 않았나?

—5일 간 계속해서 모터를 돌렸으면 당연히 부족했겠지만, 그 같

은 비상시 대책도 마련한 겁네다. 저의 배는 작기는 했지만, 모터 장착만이 아니라 범선 장비까지 갖추었기 때문에 배가 난파당해서 부서지지만 않는다면 바다에 장기간 떠다닐 수 있도록 준비를 했던 겁네다.

　—그런 준비를 3년 동안 했다고 말했는데 그걸 혼자서 했단 말인가?.

　—그랬다고 할 수도 있지만, 저의 부친이 많이 도와주신 셈입네다. 저의 부친은 3년 전에 돌아가시기 전에 장거리 장시간 운항에 대비한 준비를 다각도로 하셨습네다. 그 땐 탈출 준비란 말씀을 안 하셨는데, 지금 생각해보면. 그때부터 그런 목적을 염두에 두신 거 같았습네다. 발동선에다가 돛을 단 것도 그랬고요. 제가 동반하지 않은 날에 먼 바다로 출어를 나가셨는데 갑자기 돌풍을 만나서 돌아오지 못하셨습네다. 그날 어머님은 아버님 찾으러 나가셨다가 풍랑에 휩쓸려서 돌아가셨으니, 저의 부모님은 장묘도 제대로 모시지 못했습네다. 저는 기어코 탈북 모험에 성공해서 부모님 한을 풀어드린다고 맹세한 겁네다. 저는 아버님이 만들었던 것과 꼭 같은 배를 다시 만들고 탈출 준비를 다시 한 겁네다.

　—장한 일이오. 정말 수고했소.

　원주 씨는 흥분에 가까운 어조로 나가던 기세를 잠시 멈추고 나의 얼굴을 지긋이 바라보았다. 자신의 성공 모험담을 인정받고 싶은 표정임에 분명하였다.

4-5

생각해 보니, 내가 이 사람들의 거취를 걱정해야 할 처지가 되었다. 우선 오늘 밤 이들의 숙식이 문제였는데, 나는 아내에게 전화를 걸어서 오늘 손님들의 탈북 내력담을 간단히 말하고 이들을 집으로 데려가야 할 사정임을 알렸다. 아무래도 전차를 타고 가기는 남들의 시선이 신경 쓰여서 택시를 잡아탔다. 탈북자 손님들에 대한 아내의 놀람과 관심은 나에 못지않게 컸다. 아내는 간단히 차린 저녁식사가 끝나기를 기다릴 새도 없이 이들에게 묻고 또 묻기를 계속하는 것이었다. 저녁식사 중에는 먹는 얘기가 자연스럽게 나왔다.

  ―바다에서 5일 동안이나 뭐를 먹고 살았나요?

  ―먹을 거는 넉넉히 열흘 치는 준비했시요. 무더운 날씨에 음식이 변할까 봐서, 밥은 이틀 분만 갖고나왔고 나머지는 미숫가루와 김치로만 준비했시요. 미숫가루만 먹으니까 나중에는 속이 받지 않아서, 저쪽 사도가시마섬에 도착해서는 뭐 좀 사먹기도 했시요.

  ―뭐를 사먹을 수 있게 일본말 할 줄은 아시오?

  ―탈북 준비하느라고 일본어 공부를 좀 했시요. 저희들은 분업제로 준비를 했시요. 남편은 선박편을 준비하고, 저는 일본어로 소통할 준비를 했시요. 남편이 하도 몰아친 덕분에 제가 일본어는 좀 하게 됐시요. 낯선 곳에서 길 물어볼 정도는 되었시요.

─저의 아내는 일본에서 나서 열 살 때까지 일본에서 살다가 북조선으로 갔으니까 일본어 배울 준비는 되었던 겁네다. 북조선 들어간 다음에 저를 만나서 고생 좀 한 셈입네다.

─안원주 씨는 그럼 일본어를 못하니까, 일본에 와서 어디 나다닐 땐 부인 뒤만 졸졸 따라다니게 생겼네요.

조미라는 벌써 이들에게 농담을 건넬 정도로 친밀감을 느끼는 모양이었다. 이들의 신분증 소지 문제나 이들이 앞으로 부딪칠 거취 문제에까지 조미라의 관심이 미치는 것을 보니, 이들의 처지에 대해서 같은 길을 가는 동지의식 같은 것이 발동하는 것 같았다. 이런 골치아픈 문제는 남편 소관이라고 생각했는지, 조미라의 질문은 부인을 제쳐두고 남편에게로 향하였다.

─그동안 상점에서나 거리에서나 밀입국자 조사 같은 건 없었나요? 지금은 외국인등록증 같은 신분증 가진 것이 아무것도 없잖아요.

─당연합네다. 저는 열두 살 때 공화국으로 갔으니까 일본에서도 그런 증명이 있었을 리 없었던 겁네다.

─뭐, 그냥 견뎌볼 수밖에 없겠네요. 무슨 사고만 안 나면 신분증 조사할 필요가 없을 테니까요. 그렇지만 사고가 났다 하면 걸려들어 고생 좀 하는 거지요.

─그거 고생 좀 정도가 아닙네다. 불법 입국자 되면 어떻게 되는지, 그건 제가 잘 알고 있습네다. 제가 오무라수용소 경험자입네다.

공짜로 지옥 구경 시켜주는 곳이 오무라수용소였습네다.

　－수용소 가기 전엔 조센징 차별받는 역사를 잘 모르셨나봐요.

　－잘 몰랐습네다. 저희 부모님은 일본 와서 돈 번 사람들 부러워할 줄만 알았지 조선사람들이 일본 안에서 어떤 고생하는지를 몰랐던 겁네다.

　원주 씨가 꺼낸 오무라수용소 얘기는, 그가 부모와 함께 제주도에서 일본으로 밀항해 들어온 가족사 얘기로 자연스럽게 이어졌다. 원주 씨의 부모는 일본에 가면 돈을 벌 수 있다는 입소문을 믿고 일본 밀항의 모험을 했다는 것이다. 조천 마을에서 어업을 하던 부친보다도 상군 해녀인 모친의 돈벌이 욕심이 더 컸다는 것인데, 일본 가서 큰 돈을 번 제주 해녀의 사례가 더러 있었던 것은 사실이지만, 일본 밀항이 그리 호락호락한 일은 아니라는 사실을 몰랐던 게 탈이었다고 했다. 조천이라는 마을이 옛날부터 외지 출입 항로의 요지였던 관계로 가난에 허덕이던 그 시절 돈 벌러 일본 행 밀항선 배편에 눈독을 들인 것부터가 애초에 잘못이었다는 설명까지 덧붙였다. 그 당시 수많은 일본 밀항자들의 운명이 그랬듯이, 불법입국자로 붙잡혀서 나가사키현 오무라수용소에 갇혔는데, 이곳에서 온갖 박해와 설움을 당한 재소자들은 때마침 나라없는 백성들이 들어가 살 지상낙원이 있다는 풍문에 귀가 솔깃했다는 것이다. ‘귀국운동’ 바람이 오무라수용소의 공기까지 들썩이게 했다는 얘기를 들은 나의 아내 조미라가 중간에 끼어들었다.

―맞아요. 제가 귀국운동 업무를 볼 때도 오무라수용소 재소자들 가운데 '공화국 귀환'의 기회를 달라는 청원서 연명자들이 수백 명이었어요. 귀국운동 초기에는 오무라수용소에서 그런 청원을 올리고 공화국으로 간 사람들이 꽤 있었지만, 나중에는 그런 청원 내는 사람들이 없어졌다고 들었어요. 공화국으로 간 사람들이 행복하지 않다는 것이 알려진 거지요. 일본에 들어온 지 얼마 안된 사람들은 뭘를 모르고 귀국운동에 동참했다는 거지요.

원주 씨의 회고담은 좀처럼 사람들 인정에 끌리지 않는 조미라에게도 감동이 전해지는가 보았다. 조미라는 자신의 실패한 과거사를 돌아보는 서글픈 심정으로 이들 가족의 비운을 바라보고 있을 것이라 생각되었다. 원주 씨가 자신의 계획은 남한으로 들어가는 것이라고 말했을 때 조미라는 벌써 그런 계획에 협력할 준비가 되어있었다.

―저희는 한국으로 돌아갈 생각입네다. 탈북하는 길을 바로 남한 쪽 방향으로 잡으려고 했었지만 휴전선 초소 경비가 심하다고 해서 그럴 수 없었던 겁네다. 저희가 지금이라도 한국 가는 길이 있지 않겠습네까?

―그런 길이 있을 것 같아요. 안원주 씨넨 우리하고도 경우가 달라요. 우리 부부는 두 사람 모두 남조선에서 반국가 내란죄 혐의로 수배된 적이 있었지만, 안원주 씨넨 그같은 죄과가 없었으니까요. 그 문제는 제가 언제 알아보기로 하지요.

하루를 더 보낸 다음 날 밤 아내가 하는 말이 나를 놀라게 했다. 원주 씨 부인하고 하루를 같이 보내면서 새로운 사실을 알아낸 것 때문에 이들 부부의 미래 계획을 수정할 필요가 있다는 것이다. 그 부인은 지금 임신 9개월이 넘는 만삭의 상태인데, 이렇게 만삭이 되어서야 밀항선 배를 띄운 것은 집단어장 감시원의 눈을 피하다 보니 어쩔 수 없었다는 말을 들었다고 했다. 마지막 기회라고 치고 과감히 덤빈 탈출 모험이었는데, 5일이나 작은 배 위에서 시달리고 극도의 긴장상태를 견딘 관계로 지금 체력이 급격히 떨어진 상태라서 뭍에 내릴 때부터 복부가 매우 거북함을 느낀다는 것이다. 주말을 넘기고 다음 주에는 다른 어떤 일보다 급한 것이 인근에서 적당한 산부인과 병원을 찾아보는 일이라고 하였다.

월요일 점심 때 무렵에 아내가 혼자서 나의 사무실로 찾아왔다. 원주 씨 부인을 데리고 인근의 산부인과를 다녀온 결과를 나에게 말하기 위함이었다. 정상 분만이라면 아직 출산 날짜가 10일 정도 남아있을 것이지만, 산모의 체력이 극도로 약해진 결과 이보다 앞당겨질 가능성이 많고, 출산 날짜가 많이 앞당겨질수록 출산은 정상 분만이 어려울 것이라는 진단이 나왔다고 했다. 영양실조와 체력 소진이 조산早産의 원인일 경우가 많다는 얘기였다.

4-6

여러 날 기다릴 새도 없이 아내가 우려하던 대로 일은 벌어지고 말았다. 원주 씨 부인이 출산의 고비를 넘기지 못하고 사망하고 말았던 것이다. 아들 하나는 무사히 남겨놓은 채였다. 나는 퇴근 후에야 아내로부터 소식을 들었는데, 사람 하나가 죽고 또 하나가 태어나느라고 하루를 정신없이 보낸 아내는 거의 기진맥진한 상태였다. 처음 산부인과의 진단이 나오던 날부터 4일째 되던 날 오전에 복통이 심하다는 원주 씨 부인을 병원에 급히 데려갔지만, 온종일 피땀 흘리는 진통을 겪은 산모는 기력이 완전히 소진된 상태로 목숨을 여의었고 다행히도 출생한 아이는 건강한 상태였다고 하였다. 그동안 엄마의 뱃속에서 성장하는 기간 중에는 태아의 건강이 양호했던 덕분이라고 했다.

일본사회의 장례풍속이 워낙에 간소한 관계로 원주 씨는 부인 장례의 절차를 다음 날 오전 중에 다 마칠 수 있었다. 출산아를 돌보는 모든 일은 아주 자연스럽게 아내의 손에 맡겨졌다. 이제 겨우 눈 뜨기 시작한 젖먹이를 우리 거처로 데려온 아내는 가만히 앉아 있을 틈이 없이 바빠졌다. 육아법이라고는 완전 초보였던 아내에게는, 시간 맞추어 아기에게 유아용 우유를 타서 먹이고 똥오줌 뒷바라지를 해주는 기본적인 일만으로도 분망하였다. 다행스럽게도 우리 거처인 조총련 공동주택 이웃 호실에 거주하는 나이 젊은 산모가 자기 한테서 애기젖을 먹여가도록 해주어서 이틀에 한 번 정도는 신세를 지게 되었는데, 그 인정많은 이웃집 산모가 더 자주 찾아와도 좋다는 말을 하는데도 아내는 그런 인정을 받아들이지 않는 것이 이상하였다. 요즘에는 유아용 우유가 모유 못지않게 좋게 나온다는 것이 이 고집센 여자의 말이었다. 아기가 우는 소리를 듣고 그 원인을 알아맞히는 일은 여러 날 시행착오를 거치고서 겨우 감각이 생겼다고 했다. 아내가 대리모 역할을 하는 모습이 별로 어색하게 느껴지지 않는 것이 이상하였다. 그 모든 번거로운 일을 귀찮아하지 않고 즐거운 기색으로 도맡아하는 것이었다. 일본 도착 후에 하는 일 없이 넋 빠진 것처럼 앉아있기 잘하던 여자가 새로운 기운과 활력을 얻는 상 싶었다. 애기 아빠인 원주 씨 자신도 처음에는 자기 아들의 육아를 전적으로 늙어빠진 대리모에게 맡기는 것을 부담스워했으나 차차 그럴 수밖에 없음을 인정하는 것 같았다.

애기는 잘 자라 주었다. 원주 씨는 자기 아들을 지극정성으로 키워주는 할멈에게 애기 이름 작명을 맡겼고, 그녀가 궁리 끝에 지어준 청석淸潟이라는 아들 이름에 만족하였다. 청진淸津에서 니이가타新潟 사이를 성공적으로 도항하여 태어났다는 뜻이라고 하였다. 원주 씨가 한국으로 귀국하는 길을 알아보겠다는 아내의 언약은 이제 자동적으로 취하된 셈이었다. 원주 씨는 애기아빠 노릇 때문에 니이가타 지역에 그대로 머물러 있기로 작정하는 것 같았고, 동춘 씨의 소개로 니이가타 항만의 어떤 조선소에 일자리를 얻고서는 겨우 안도의 한숨을 내쉬는가 보았다.

그러던 어느 날 나는 원주 씨와 조용히 얘기를 나누던 중 그의 한국귀환 계획에 대하여 들어보게 되었다. 그가 한국으로 돌아간다는 계획을 그의 아들 청석이가 태어남으로써 유보해야 할 실정임은 나도 알고 있던 일이었다. 그런데 그가 한국 귀환의 계획을 더 오래 미루어야할 이유가 하나 더 있다는 것이 아닌가. 들어보니, 그것은 나의 아내 조미라 때문이라는 것이다. 지금 같아서는 조미라의 대리모 역할이 없이는 청석이를 키우는 일을 생각할 수 없을 정도가 되었다는 것이고, 이 같은 관계가 언제 끝날지 모른다는 생각이라고 하였다. 지금으로서는 청석이가 너무 어리기 때문에 한국 귀환을 고려하지 않고 있지만, 아들이 걸어다닐 정도가 되더라도 어떻게 조미라를 떼어놓고 한국으로 데려가겠느냐 하는 얘기였다. 아빠인 자기로서도 그렇게 바라지는 않을 것이고 조미라의 마음도 그럴 것이라는 말이었는데 이 부분이 나의 마음을 혼란케 하였다. 그렇다면 조미라는 언제까지 청석이 엄마 노릇을 하겠다는 것인가. 그렇게 청석이 곁을 떠나지 못하겠으면, 청석이네와 함께 한국으로 가고 싶겠지만, 조미라는 나처럼 한국에는 들어가지 못할 내란죄 전과자이므로 그런 선택이 불가능하지 않은가.

원주 씨네는 내란죄 전과자가 아니므로 한국 귀환에 문제될 게 없을 것이라는 추측은 너무 성급한 것임이 드러났다. 청석이가 커가는 것을 보면서 원주 씨가 동춘 씨를 통해서 알게되었다는 정보는 좀 뜻밖이었던 것이다. 근래에 북한에서 남한으로 가는 탈북자들이 많아지면서 이들을 환영하는 것이 남한정부의 방침이라고는 하지만, 북한에서 일본을 통하여 남한으로 들어오는 탈북자들의 경우에는 사정이 다르다는 것이었다. 남북한 및 일본의 상호관계가 오랫동안 복잡하게 비비꼬인 상태에 있기 때문이라고 하였다. 한국은 초강경 반공노선의 군사정권 통치하에 놓인지가 오래되는데, 그동안 일어난 대형 사건들이 모두 이들 세 나라 관계를 극도로 경직시켰다는 것이다. 재일교포 문세광이 저지른 박정희대통령 저격사건이나 조총련 거점의 간첩단 남파사건들은 한국정부로 하여금 재일교포 사회에 대해 엄중한 경계태세를 갖도록 압박했고, 거물급 야당인사인 김대중 납치사건이 일본사회 전반의 반한反韓 분위기를 조성하는 등 일련의 사태 진전이 세 나라 간의 불신과 적대관계를 더욱 악화시켰다는 얘기였다. 학문연구나 친교의 목적으로 북한을 방문하는 재일교포들까지 잡아다가 북한이 남파하는 첩자 혐의로 중형에 처했던 한국 군사정권의 초강경 노선이 장기간 공고한 상태였다는 것은, 일본을 거쳐 한국 입국을 시도하는 탈북자들에게는 최악의 조건이라는 것이 동춘 씨의 설명이라고 하였다. 원주 씨는 이래저래 한국귀환의 꿈을 접어두어야 하는 실정이 되었다.

일본 거주가 불가피한 우리는 이 나라에서 살아나갈 일이 걱정이었다. 우리에게는 고정 수입이 있을 리 없는 것이다. 이번에도 동춘 씨의 말이 우리에게 한 가닥 희망을 안겨주었다. 재일조선인들은 그동안 조총련과 민단 구별 없이 힘을 합하여 끈질긴 투쟁을 벌인 결과, 70세 이상의 고령자를 위한 노령연금 지급 혜택을 얻어냈으므로 앞으로 조금만 더 기다리면 최소한도의 생계유지는 가능해질 것이라는 희소식이었다. 원주 씨는 조선소 직공으로 자기 밥벌이는 하는 모양이었고, 조미라는 청석이 키우는 일에 끝없는 재미를 붙이는 것 같았다. 뚜렷이 하는 일 없이 사무실에 나가는 나의 신세가 제일 처량했지만, 그것도 습관이 되니까 견딜만은 하였다.

4-7

나는 자유시간이 많았기 때문에 한 달에 한두 번은 원주 씨가 일하는 조선소에도 방문을 했다. 자기 아들을 키워주는 조미라의 남편이어서 그런지, 나에 대한 그의 인사성은 내가 미안할 정도로 존대尊待와 공대恭待를 다하는구나 싶었다. 시간사정이 허락할 경우에는 나의 손을 이끌고 조선소 구경도 시켜주고 간이매점에서 시원한 음료를 대접해주기도 하였다. 그럴 때마다 우리가 맺은 삼춘조케 약속이 순간적인 기분에 그친 것이 아니라는 느낌이 들었다. 더구나 원주 씨가 오랫동안 입에 달고 다니던 북한 말투가 어느 사이엔지 제주도 말투로 바뀐 것이 두 사람 사이의 친근감을 더해주었다. 어느 날은, 퇴근 시간에 맞추어 찾아간 나를 간이주점으로 데려가더니 세상에 술이 없으면 무슨 재미로 사느냐고 떠벌리면서 보기 닮지않게 애주가임을 보여주기도 했다. 북한에 있을 때에 즐겨 마시던 술은 탁주였는데, 일본에는 이와 비슷한 술이 없으니 일하는 재미가 덜하다는 얘기까지 나왔다.

—아버님 살아계실 때 말씀이 한국인의 민속주 대표작이 바로 막걸리인데, 그 막걸리를 북조선에서는 탁주라고 한다는 겁니다. 그런데 북조선의 탁주가 막걸리 맛보다 못한 것은 아마도 쌀 대신에 옥수수로 만들기 때문일 거라고 해십주. 언제 제주도에 들어가야 쌀막걸리 맛을 볼 텐데 말입니다.

—경헌디에, 여기 니이가타산 일본술이 일본열도에서 최고 명주로 꼽힌다는 말 들어보십디강?

—아니, 그런 말이 있든가.

—저도 여기 와서 알았는디에, 제가 여기 살면서 주량이 늘어난 것도 그 때문인 거 같아 마씸. 니이가타 지방이 옛날부터 술맛 좋기로 유명했다는 거라 마씸.

—그건 또 뭣 때문인고?

—두 가지 원인이 있다고 헙다. 하나는예, 이 지방은 논농사에 적합한 평야지대가 넓어서 일본 최대의 곡창지대이고, 니이가타산 쌀은 일본에서 최고 양질이라는 겁니다. 또 하나는, 니이가타는 옛날부터 설국雪國이라고 불릴 정도로 눈이 많은 고장인데, 눈이 많은 것도 술맛 좋아지는 원인이 된다는 겁니다. 저는 이런 말을 생각하면서 마시니까 술맛이 더 좋은 거라 마씸. 여기 니이가타 사름덜은 술을 좋아한다, 술 취하기도 잘하고, 웬만큼 술 취한 사람의 행

동도 여기서는 그냥 재미로 봐주고 시비 걸지 않는다, 이런 생각이 들어 마씸.

―내가 보기엔 조케가 술 좋아하는 건 어울리지 않아. 그럴 이유가 있다니까.

―네? 삼춘은 어찌 그런 섭섭한 말씀을 하섬수과?

―이런 말을 알아들으려면 제주섬의 역사를 알아야 하네. 옛날 제주섬에서 외부로 출입하는 관문이 조천포구와 화북포구였다는 건 알고 있겠지? 자넨 열두 살 때 제주도를 떠났다고 하지만, 그런 역사를 말로라도 들어본 적이 있을 거 아닌가.

―네, 아버님에게서 그런 말씀을 좀 듣긴 해십주. 우리 마을 조천포구에 있는 연북정戀北亭도 제주도에 유배되어 온 벼슬아치들이 임금님을 그리워하는 정자라고 해십주.

―맞아, 맞아. 제주도에 유배되어 오거나 제주목 관아에 벼슬살이 온 사람들, 선박으로 무슨 상품을 실어나르는 장사치들까지도 조천이나 화북 포구를 이용했단 거여.

―그런 거 생각허민, 화북 출신허고 조천 출신이 여기 일본 땅에서 딱 만났다는 것도 역사적인 의미가 있는 일인 거 같아예.

―내 말이 바로 그 말이여. 근데, 화북포구와 조천포구의 쓰임새가 어떻게 다른지를 내가 좀 알아 봤지. 조천포구의 쓰임새를 보여주는 건 연북정이고, 화북포구의 쓰임새를 보여주는 건 한국의 고전소설 배비장전裵裨將傳인 거 같애. 연북정은 글공부 많이 한 근엄

단정한 선비들이 모여서 고답적인 시문을 읊던 곳이고, 풍류객들이 기생들과 음주가무 즐기는 배비장전이 나온 화북포구는 와자지껄 풍악소리 가득했을 거란 말일세. 그러니까, 두 마을의 포구는 그 분위기가 달랐을 거 아닌가.

―그러니까, 조천포구에는 술을 멀리하는 점잖은 양반들이 많았고, 화북포구는 풍류 좋아하는 애주가들이 많았을 거다, 이런 말씀 아니우꽈?

―내 말이 바로 그 말이여.

―거 참, 삼춘 말씀이 이상허게 돌아가네 마씸. 자고로 조천포구 사람들은 술을 멀리했다, 그러니까, 조천 출신 안원주가 술을 좋아하는 것은 어울리지 않는다, 이런 말씀이우꽈?

―맞아, 맞아. 바로 그 말이라.

―저는 좀 다른 생각인디예, 옛날 조선시대 조천마을 사람들이 금주허고 절주허던 역사를 벌충해서 공정사회가 되려면 우리 시대엔 술을 좋아할 수밖에 없다, 이런 논리라 마씸. 아, 조상님네 못 마신 거까지 마셔야할 거 아니우꽈? 제 생각은예, 조상님네가 마시지 못헌 술을 저희 세대에서 마시게 된 건 고마운 일인디, 저희 집안이 고향 떠나서 일본으로 들어온 시기가 너무 늦었던 것이 원망스러운 겁주. 아, 저희 집안에서도 다른 집안처럼 더 앞선 시대에 일본으로 들어와시민, 돈 벌이도 더 잘 되실 거고, 귀국선 타고 강 북한 감옥살이 허는 일도 어서실 거 아닌가 말입주.

─자네가 그런 말 허는 심정도 이해가 되네. 아마도 자네 조부모님 대에는 건강이 안좋으셨던가 했던 모양이지. 그 당시에 제주읍에서 서쪽보다는 동쪽 마을들에서 특히 일본 진출이 많았는데, 웬만한 남자들은 물론이고 건강하고 물질 잘하는 여자들은 일본 와서 돈 버는 것이 무슨 유행처럼 되었다는 거여. 우리 고향마을이 화북이고, 조케 부부네 집안이 조천과 신촌 출신이라는 것도 그렇지만, 조총련 니이가타 지회에 얼마 전까지 있다가 그만둔 젊은이네 집안도 김녕 출신이라고 했어. 이 마을들이 모두 동촌東村 아닌가.

─동촌 마을 사람들이 일본 진출을 많이 하게된 배경이 있었던가 마씸?

─있었지. 이것도 제주도 역사 얘기가 되는 건데, 동촌 사람들은 그 지역 땅이 워낙 박토여서 오래 전부터 출향 의지가 강했고, 서촌 사람들은 땅이 비옥해서 소출이 넉넉한 탓에 어디로 나갈 생각이 별로 없었다는 거여. 동촌 지역에서 해녀 활동이 더 활발한 것도 땅이 박해서 농사만 지어서는 살기 어렵기 때문이었다고 해. 동촌 사람들이 일제시대부터 일본 진출을 많이 한 것까지는 좋았는데, 일본 왕래하면서 새로운 사상 배운다고 헛바람까지 들어가지고는 4·3사건 난리까지 일으켰단 말이지. 4·3사건 때 주동자나 희생자들 수도 서촌보다는 동촌에서가 훨씬 더 많았다는 거여.

─저희 부모님도 땅보다는 바다 쪽으로 욕심 낸 동촌 사람들을 닮았다는 거, 오늘에야 알았네예. 저도 뱃사람이나 조선공 일에 특

기가 있어 보이는 것이 동촌 사람들 물림이고예.

원주 씨는 어린시절부터 뱃사람으로 살아온 사람답게 선박을 만들고 수리하는 일에 남다른 자부심을 느낄 정도로 조선소 일을 즐긴다고 하였다. 다만, 북조선에서 보낸 오랜 세월이 조선소 일의 숙련도 향상에 별로 도움이 되지 않았음을 아쉬워하였다. 조선공업에도 선진국과 후진국 차이가 큰 것인데다 기술발전의 속도는 점점 빨라지고 있어서 고도의 밀폐사회인 북조선에서 조선공업이 뒤쳐질 것은 당연한 일이라고 하였다. 자기가 일본에서 익힌 조선기술을 가지고 한국에 돌아가서 써먹을 기회가 언제 올 것인지, 기다리면 오기는 할 것인지, 알 수 없는 미래가 막막하기만 하다고 희망반 실망반의 신세타령을 하는 가운데, 슬쩍 한 마디 덧붙이기도 하였다.

─이놈의 세월은 알고있을 텐데 말입니다.

4─8

인간이 모르는 것을 세월은 알고있음이 드러나는 데에는 오래 걸리지도 않았다. 한국의 정치상황이 크게 달라진 것이었다. 강경 반공주의의 군부정권 시대가 물러가고 문민정부 시대가 된 것이 변화를 가져왔다. 김영삼 정부에서부터 남북한 간의 불신과 적대관계가 조금씩 완화되는 것 같더니, 김대중 정부에 와서는 햇볕정책이라는 구호에 걸맞게 남북한 간의 본격적인 유화정책이 시대변화의 핵심이 되었다. 조총련계 재일교포나 북한귀환을 선택했던 재일교 포들에게도 자유로운 한국 방문의 길이 열리게 되었고, 더구나 4·3 사건에 연루된 일본 밀입국자들에게도 한국귀환의 길이 열리게 되었던 것이다.

동춘 씨는 물론 한국내의 이 같은 정세변화를 나보다 먼저 포착 하였다. 한일 양국간의 긴장 완화 뉴스를 나에게 전하면서 그가 나 에게 넌지시 암시하는 말이 나에게 부수적인 힌트까지 던져주었다. 우리 부부도 이제는 한국귀환 쪽으로 앞날의 계획을 수정할 수 있 지 않으냐는 힌트였다. 아내에게까지 한국의 정세변화 뉴스가 전 해진 다음에는 나로서도 그녀에게서 어떤 말이 나올지 조마조마 기 다리는 심정이 되었다. 나는 여러 날을 두고 아내에게 어떤 말로 응 수할 것인지를 곰곰이 생각하고 있었다. 그러던 어느 날 저녁 식사 를 마친 아내는 나에게로 다가앉으면서 입을 열었다. 차분히 가라 앉은 목소리였다.

─여보, 청석이가 많이 컸어요. 아파트 층계도 잘 올라가고 말 이죠.

─청석이가 이제 몇 살인가요?

─금년에 다섯 살이죠. 다섯 살이지만 혼자서도 잘 놀아요. 이젠 제 발로 걸어서 차도 타고 비행기도 탈 것 같애요. 다섯 살 치고는 힘도 세고 똑똑해요.

─모두가 당신 덕분이오. 그동안 수고 많았소.

─당신은 여자 마음을 잘 모르겠지만, 이제 난 청석이 없인 못 살 것 같애요. 청석이가 태어난 것이나, 그 어려운 고비에도 죽지않고 살아남은 것이나 모두가 나를 위한 것만 같애요.

─정말 기구한 운명이었지요. 당신이 그런 말을 하는 심정을 나도 잘 알아요.

─원주 씨는 청석이 데리고 한국으로 가고 싶어하는데, 우리도 함께 갔으면 싶어요. 이젠 한국 내 정세가 바뀌어서 우리 같은 전과자나 탈북자도 다 들어갈 수 있다고 해요.

─우리가 한국으로 들어갈 수 있는 세상이 되니까 나도 제주도 고향으로 돌아가는 것을 고려해 봤어요. 그런데 막상 내가 고향으로 돌아가서 고향사람들을 만날 생각을 하니까, 나는 고향으로 다시 돌아갈 면목이 없는 사람이다, 이런 생각이 드는 거요. 이전에는 그냥 희미한 생각으로 그랬는데, 이제 고향사람들 앞에 내가 나타나는 장면을 상상하니까, 옛날 4·3사건 때 내가 저지른 짓들이 생생하게 떠오른단 말이오. 그런 시간이면 내가 어떻게 그런 부끄러운 짓을 꿈이라도 꾸었을까 허탈해진단 말이오.

─부끄럽다니요?

─그동안 이 강만수가 일본으로 북한으로 쫓겨다니면서 별별 고생을 다 견뎌낸 것은 내가 이래 봬도 정의의 편에서 투쟁했다는 자부심이 있었기 때문이 아니겠소.

—그렇다고 봐야지요.

—우리 조총련 사무실에서 여러 가지 자료들을 들춰보고 옛날 일을 곰곰이 돌이켜 보면서 그동안 가졌던 자부심이라는 것이 흔들린다는 거요. 우리 사무실 자료를 보니까 4·3사건 때 죽은 사람이 3만이 넘는다고 했어요. 당시 제주도 인구 10분의 1 이상이 죽은 거요. 그런데 이 같이 비참한 결과를 가져온 4·3사건 일으킨 목적이 뭐였나요? 단독 총선거 반대해서 민족분단 되는 걸 막자는 거였소. 민족분단 시키지 말고 통일로 가자는 것이 4·3봉기의 목표였는데, 통일은 누구하고 해요? 북반부의 김일성 집단과 통일하자는 거였는데 그 김일성 집단이 어떤 집단이냐? 그건, 우리가 똑바로 보았고 직접 겪어본 대로요. 천하의 악당, 희대의 사기꾼들인 김일성 집단과 손잡고 통일로 가는 거, 그건 기름통 지고 불 난 집으로 들어가는 거였소. 그런 천하의 악당들하고 합쳐서 민족통일 되기 위해 제주도 남로당이 어떻게 한 줄 아시오? 관공서에 불 지르고, 교량 파괴하고, 국가기능 마비되라고 곳곳에 전선줄을 끊었소. 이덕구 무장대 사령관은 심지어 대한민국 정부에 대고 선전포고를 했소. 경찰과 경찰 가족까지 끌어내어 죽였고, 어린 학생들 공부하는 각 마을의 학교건물까지 불을 질렀으니, 이런 폭력집단은 뿌리 뽑아야한다는 말이 안 나올 수 있겠소? 공산주의 이상사회의 꿈에 도취된 4·3사건 주동자들은 자기 자신도 공산당의 정체가 어떤 것인지 잘 모르면서 공산혁명 선구자인 양 무지한 백성들에게 사상교육 시킨 거

요. 그 시대에 고등교육까지 받은 똑똑한 사람들이니까 감언이설 귀가 솔깃한 말을 잘 지어냈겠지요. '김일성 장군 만세', '스탈린 대원수 만세', '이승만 타도', '인민해방 만세', 나 자신이 이런 삐라들을 제주읍내 거리에 뿌리고 다녔소. 제주지역 주민들은 이런 삐라가 나도는 걸 보고는 세상이 바뀌는 줄 알고 우리 같은 사이비 선구자들에게 동조하고 박수를 보냈던 거요. 자기 자신이 거짓말인 줄을 몰랐다고 해서 남을 속인 거짓말은 죄가 안되나요? 그 결과 어떻게 됐나요? 그 잘난 4·3 주동자들 꼬임에 빠지다 보니, 제주섬 전체가 빨갱이 섬이 되어버려서 이승만 정부를 질겁하게 만든 거요. 지금 와서 생각해 보니까, 우리 남로당이 저지른 잘못은, 이승만 정부에 대해 폭동 반란을 일으킨 것 못지않게, 무지몽매한 백성들을 선동하여 길을 잘못 들인 것이었소. 그렇게 함으로써 이승만 정부로 하여금 제주도를 빨갱이 섬으로 착각하게 만들고 무지막지한 인종청소 계획을 세우게 만든 거요. 과잉진압 작전은 이승만 정부의 잘못이라고 하지만, 나라가 망하는 것 보다는 폭력정권 되는 쪽을 택한 것이고, 그런 폭력정권을 만든 건 우리 같은 4·3사건 주동자들, 남로당 집단이었소. 사람목숨을 파리목숨 보듯이 잔인하게 사람 죽이기는 토벌대보다 우리 게릴라가 먼저였소. 토벌대의 목적은 폭동을 진압하는 것이었지만, 게릴라가 폭력을 쓰는 목적은 반란세력의 존재를 과시하고 세상사람들을 겁박하는 것이었기 때문이오. 사람을 겁박하기 위해서는 폭력을 써야한다는 것, 우리가 배운 인민혁명의 역사가 바로 그랬소. 혁명의 수단은 증오와 폭력이다. 정의의 편은 불의의 편에 대해 어떤 폭력을 써도 좋다. 그런데 이제 지나고 보니 그게 정의의 편이 아니라 정의의 가면을 쓴 불의였다, 이거요. 이러고도 내가 무슨 염치로 제주도에 들어가서 고향 사람들을 보겠느냐 이거요.

　－당신이 부끄럽다고 하는 심정은 알 만하지만, 인간역사란 그리 간단한 것이 아니라는 거지요.

　－간단하지 않고 어떻다는 거요?

　－4·3사건 일으킨 사람들이 정의의 편이었던 건 부인할 수 없지요. 민족분단을 막는다는 투쟁목표 자체는 어디까지나 정의로운 것이었고, 미군정의 부정부패와 폭력에 저항하는 것도 옳은 일이었지, 그게 어디 부끄러운 일입니까. 한 가지 알아야 할 것은, 해방 직후 한동안은 남한보다 북한 사회가 더 정의로운 곳이었고, 경제사정도 북한 쪽이 더 좋았다는 겁니다. 해방 후 3년 동안 미군정은 강압적인 부패 권력이라는 원성을 들으면서 혼란이 끊기지 않았지만, 소련군정은 이에 비해서 안정적이고 유화적인 통치를 했다는 거예요. 그 당시만 해도 4·3사건 지도자들은 김일성 집단이 나중에 그렇게 타락할 줄은 몰랐던 거지요. 인간역사에서 민주혁명이나 민권운동이 찬양 받고, 학생들에게 정의사회와 인도주의를 가르치는 이유가 뭡니까. 혁명의 역사는 실패한 결과만을 볼 것이 아니라, 실패의 역사 속에 숨겨진 동기와 배경을 들여다 봐야한다는 거지요. 외

세의 압제에 대한 저항이나 반독재 항쟁은 실패한 투쟁일지라도 숭고한 동기 자체는 기려야하는 거지요. 동학농민운동을 보세요. 혁명은 비록 실패했지만, 농민혁명을 갈망하는 민심의 소재를 용감하게 보여준 것은 역사의 귀중한 본보기가 되고 있잖아요.

　ー동학농민운동과 비교할 때에도 4·3사건은 부끄럽다는 겁니다. 동학농민운동은 그것이 성공했을 경우에 만민평등 주권재민의 이상국가를 이루는 것이지만, 4·3봉기의 경우에는 성공할 경우에 도달하는 것이, 김일성 사기집단과 합작하는 적화통일이고 반민주 반인류의 유일사상 체제였을 거 아닙니까. 동학농민운동은 실패로 끝났지만, 성공했으면 아주 좋았을 봉기였지요. 반면에, 제주도의 4·3봉기는 실패로 끝났을 뿐만 아니라, 실패한 것이 백번 잘된 일이었으며, 실패할 수밖에 없는 거사였다는 거지요. 만약에 4·3봉기가 성공했더라면 그건 곧 대한민국의 소멸이고 김일성 공화국의 적화통일을 뜻하는데 그런 성공 바랄 사람이 어디 있겠느냐는 거요. 이승만 정부도 민족통일의 기회를 놓쳐버렸으니까 실패한 정권임에 틀림없지만 한 가지는 성공했다고 봐야지요. 독재자다, 폭력정권이다, 온갖 비난을 들으면서도, 대한민국이라는 나라는 망하게 놔두지 않았고, 그럼으로써 김일성에게 통째로 넘어갈 뻔한 나라를 지켜준 점은 성공했다고 할 수 있는 거요.

　ー인간역사를 바라볼 때에는 원대한 안목으로 봐야지 근시안적으로 보면 실망하게 마련이예요. 그러니까 표면적이고 부분적인 사건만을 봐서는 안되고, 거시적인 질서를 봐야한다는 거지요.

─똑똑한 사학자들은 그런 유식한 말을 하는 모양이지만, 나에겐 뜬구름같은 얘기요. 그리고 말이오, 그동안 잘 따져 보니까, 6·25 전쟁이 일어나게 만든 것은 4·3사건인 것 같소. 우리 사무실 자료들 가운데에서 4·3사건과 6·25전쟁에 관련된 것들을 읽어보고 새로 알게된 것이 많소. 6·25전쟁은 500만이 훨씬 넘는 사망자를 냈고, 1천만이 넘는 사람들을 이산가족으로 만들었소. 게다가 단일민족인 남북한을 씻지못할 증오의 적대관계로 갈라서게 만들어 버린 것이 6·25전쟁인데, 이렇게 처참한 결과를 초래한 것이 바로 제주도 4·3사건이라는 결론을 얻은 거요.

─어떻게 그런 말을 할 수 있나요?

─북한 김일성이가 전쟁을 일으킬 적에는 혼자서 결심한 것이 아니었소. 스탈린과 모택동의 허락을 얻고 그네들 나라의 원조를 받지 못했으면 전쟁을 일으킬 국력도 되지 못했고 그럴 용기도 없었을 거요. 그 때 김일성이 스탈린과 모택동에게 뭐라고 하면서 허락을 받았느냐, 이게 중요하오. 북한 인민군이 남한으로 들어가기만 하면, 그쪽 인민들이 쌍수 들고 환영할 거다, 그들은 이미 사상적으로 적화통일 준비가 되어있다, 이렇게 설득 작전을 벌인 결과 전쟁 허락을 받아낸 거요. 그런데 김일성이가 이렇게 자신있게 말할 수 있는 근거가 바로 4·3사건이었단 말이오. 제주도 남로당은 4·3사건을 일으킴으로써 김일성의 적화통일 꿈을 부추긴 거요. 4·3사

건 주동자들은 이승만 정부의 5·10총선거가 좌절되도록 주민들에게 선거 당일 날 한라산으로 올라가도록 겁박했어요. 북한 최고인민회의 대의원 뽑는 지하선거라는 해괴한 짓거리가 있었는데, 이것은 북반부에다가 조선민주주의인민공화국이라는 통일정부를 세우는 구색을 갖추기 위한 것이었어요. 주민들이 어떤 선거인지도 모르고 참가한 가짜 투표 결과가 결국에는 김일성 공화국의 통일정부 정통성을 세워 주었단 말이오. 조총련 자료실에서 내가 알아본 것인데, 그 당시 이 지하선거의 투표율은 제주도 유권자 인구의 80%였다고 하니까, 김일성 공화국 지지가 이 정도로 압도적이라는 선전 밑천이 된 거요. 대한민국을 세우는 총선거는 온갖 폭력수단으로 방해하면서 북한 공산정권 세우는 선거는 엉터리 지하선거, 거짓부리 백지투표 방법까지 동원하여 충성했단 말이죠. 이 같은 제주인민의 투표결과를 갖고 해주의 남조선인민대표자회의에 참가한 김달삼 사령관이, 제주도 지역은 이미 사상적으로 해방구가 되었고, 제주도 인민의 이 같은 승리는 남로당만의 고립된 투쟁이 아니라 남조선 인민 전체의 지지에 힘입은 결과라고 하는 감격적인 연설을 했다는 거 아닙니까. 사실이 이런데도 4·3사건 때문에 6·25전쟁이 일어났다고 말하는 것이 틀렸나요?

  ─김달삼 한 사람의 행동만 가지고 제주도의 민심이 적화통일 준비가 되었다고 하는 것도 이상하잖아요?

  ─김달삼 한 사람만의 행동이 아니었다는 증거가 있소. 4·3사건

이 있기 전부터 박헌영의 남로당을 지지한다는 표어나 구호가 빈번하게 등장했고, 심지어는 조선민주주의인민공화국 건국을 찬양하는 슬로건까지 나온 것이 그 증거요. 그리고, 3·1절 시위사건보다 한 달쯤 전에 '민주주의민족전선('민전'으로 약칭)'이라는 좌익단체 결성식에서는 제주도 남로당 대표가 의장이었는데, 스탈린, 김일성, 박헌영을 명예의장으로 추대했으니까, 이것도 적화통일 준비가 아니고 무엇이겠소. 그 당시에 제주사람들이 이승만 정부의 5·10총선거를 거부한 것은 북반부에 적화통일 정부가 들어서는 것을 지지하기 때문이다, 김달삼은 김일성 앞에서 이렇게 말했을 테니까, 김일성이 감복할 만하지요. 그 때 투표율 미달로 무효처리된 제주지역 총선거에 재선거 날짜를 잡지 못하고 무기연기 된 건 테러 위험 때문에 선거관리 요원을 구하지 못하는 공포 분위기 때문이었소. 그 만큼 국가의 행정기능이 마비될 정도로 좌익세력이 판치는 세상이었단 말이죠.

　─지난 역사에 대한 해석은 보는 사람의 관점에 따라서 얼마든지 다르게 나올 수 있어요. 이현령비현령인 거지요. 4·3사건이 있었음으로 해서 한반도의 공산화라는 비극을 막을 수 있었다는 해석도 가능하다는 얘기지요.

　─어떻게 그런 어거지 논리가 가능합니까.

　─이건 좀 잔인한 논리지만, 어거지는 절대 아니에요.

　─잔인한 논리라니 그건 무슨 뜻이오?

ㅡ잘 들어봐요. 4·3사건이 일어날 당시에 한반도의 정세가 어땠는지를 잘 알아야 돼요. 그 당시에, 좌익세력은 북반부에서 요지부동 강력한 정권을 성공시켰을 뿐만 아니라, 남반부 안에서도 상당한 기반을 이루고 있었잖아요? 남한 전체로서도 좌익세력이 만만치 않았고, 제주도에서는 좌익세력이 절대강세였다고 하잖습니까. 제주도에 주둔한 국방경비대 안에도 좌익 프락치가 많이 깔렸을 정도로 말이죠. 여순반란사건이 크게 터진 것도 그렇고, 태백산 지리산에 목숨 걸고 싸우는 빨치산 부대가 버티고 있었던 걸 봐도 그 당시 남반부의 민심을 알 수 있지요. 4·3사건이 일어난 때는, 한반도 전체가 좌익세력의 수중으로 넘어갈 수 있는 극히 불안정한 시국이었단 말이죠. 그런 상황에서 4·3사건이 일어나서 어떻게 되었나요? 이 사건을 계기로 제주도 안에 좌익세력이 무자비하게 소탕된 것은 우리가 잘 알고 있지요. 육지부에서도 여순반란사건 주동자들을 비롯하여 수많은 좌익분자들이 색출되고 숙청된 건 4·3사건이라는 계기가 있었기 때문이란 말이죠. 만약에 이 같은 좌익세력 제거가 없는 상태에서 6·25전쟁이 일어났다고 상상해 봐요. 북한 인민군이 남한 땅에 들어와서 강력한 동조세력을 얻게되니 파죽지세 강공으로 남한 땅을 휩쓸어서 적화통일 시켰을 것이고, 오늘날에는 당신네 고향 제주도까지도 김일성 악당들이 통치하고 있었을 거 아닌가요. 김일성이 박헌영을 숙청할 정도로 미워했던 것은, 김달삼하고 내통하는 박헌영이가 김일성에게 장담했던 적화통일 시나리

오가 헛방이 돼버린 때문이라고 해요. 6·25전쟁이 흐지부지 끝났을 때 김일성이는 박헌영에게 이렇게 말했다는 거예요. '북에서 남으로 밀고 내려가면 남반부의 민중봉기세력이 대거 참전할 테니까 적화통일 이루는 데에 며칠 걸리지 않을 거라고 했는데, 당신의 그런 허세를 믿다 보니 우리 계획이 실패한 거 아니냐'고 말예요. 그러니까, 제주도의 인민봉기가 진압되고 좌익소탕이 이루어진 다음에 6·25전쟁이 일어난 건 하늘이 우리나라 운명을 구해준 것이고, 결국은, 김일성의 적화통일 꿈을 깨뜨린 것이 4·3사건이라는 얘기지요. 이런 관점은, 한국 현대사 최대의 비극 시나리오를 파탄내는 데에 4·3사건이라는 무참한 희생이 필요했다는 생각이니까, 좀 잔인한 논리라는 거지요.

−그러니까, 결과적으로 볼 때, 4·3사건 주동자들은 한국 현대사의 죄인이 아니라, 적화통일의 운명을 막아준 애국지사들이다, 이런 말인데, 그런 생각을 하는 것이 조미라 한 사람만일 것이냐, 제주도 사람들 다수가 그런 생각에 동조할 것이냐, 그것이 문제요.

−나에겐 제주도 사람들 다수가 그런 생각을 하느냐가 중요하지 않아요. 강만수 한 사람만 내 말을 인정하고 부끄럽다는 생각을 거두어주면 좋겠어요.

−허, 그건 어려운 문제인데요.

나의 한국귀환 결심을 재촉하는 아내의 말을 듣고도 나는 쉽사리 생각을 바꾸기가 어려웠다. 청석이네를 따라서 한국으로 가고 싶은 심정을 그냥 토로할 수도 있는 것을 가지고 장황한 역사 강론까지 동원하는 아내를 보면서 나도 선뜻 그녀에게 공감하는 발언을 하고 싶었지만 그런 말이 쉽게 나오지 않았다. 생각을 바꾸는 데에 시일을 끄는 것이 내가 양심을 갖고있다는 증거처럼 생각되기도 하였다. 그러는 동안에 나의 결심을 촉구하는 주변의 상황변화가 일어났다. 동춘 씨가 드디어 조총련 지회장 자리를 내놓고 물러나게 된 것이다. 4년 임기를 두 번이나 넘긴 처지이고 정년 나이가 된 이상 오랜 친분이고 보람이고 간에 이제 더는 미룰 수가 없다는 얘기였다. 동춘 씨가 물러난 사무실에 내가 더 나갈 수는 없는 일이었다. 원주 씨의 사정도 그랬다. 이제 니이가타항만 조선소 직공 일을 이 정도 했으면 한국에 돌아가서 조선소를 차리지는 못해도 작은 배 수리공 정도는 할 수 있겠다고 하면서 한국 귀환이 기다려진다는 말을 몇 번 했던 것이다.

어느 날 아침 나는 아내를 마주 앉게하고는 입을 열었다.

─청석이네와 함께 제주도로 가기로 결심했네요.

─드디어 결단, 아니 용단을 내리셨군요. 잘하셨어요.

─제주도로 들어가긴 가는 건데, 당신 말대로 나라 건진 애국자로 들어가는 건 아니고, 제주사람들에게 엄청난 희생을 안겨준 국란의 주범, 벌써 죽었어야 할 인간이 여지껏 죽지않고 살아서 들어갑니다, 이런 마음으로 들어가기로 한 거지요.

─아이고, 맙소사. 내 남편이 이렇게 잔망스러운 사람이었나요.

좋아요. 당신 마음 속에 일까지 내가 뭐라고 토를 달 순 없지라.

　－반 세기 만에 고향으로 돌아가면서 고개를 들지 못하는 나의 심정, 당신은 알거요.

　－알다가도 모를 거 같네요. 그렇지만, 모처럼 큰 마음 먹고 들어가는 길, 이왕이면 가슴 활짝 펴고 들어가는 게 좋지 않겠어요? 아버지한테 땡깡 놓고 집 나간 아들, 죽은 줄로만 알던 그 아들이 살아서 돌아오니까, 아버지가 아들을 얼싸안고 반겨주더란 말 안 들어봤어요?

　느긋이 웃음 띤 아내의 얼굴에서 오늘 따라 나이 든 여자의 저력 같은 것이 느껴지는 것이었다.

4-9

　결심은 느렸지만, 행동은 신속하였다. 우리 일행 네 사람은 이른 새벽 시간에 니이가타를 출발, 오후 일찌거니 오사카에 도착하는 대로 코리아타운을 찾아갔다. 옛날의 희미한 기억을 더듬어서 산지물식당이 있던 자리로 가봤는데, 그곳에서는 산지천카페라는 새 간판을 발견할 수 있었다. 이곳에서 식당 영업을 하던 사람이 돈을 벌어서 카페를 열었구나 생각하면서 문을 열고 들어갔다. 나는 일부러 제주도 말을 써보고 싶었다.

　－옛날 식당인 줄 알안 점심 먹젠 와신디.

―이디서도 식사가 되는디예. 샌드위치나 햄버거 같은 건 이서마씸.

아직도 여기서는 제주도 말이 통하는 것이 반가웠다. 산지천카페에서 점심식사와 디저트까지 마친 우리는 들고온 행장을 카페에 맡겨두고 세 갈래로 분산되어 나들이를 나갔다. 나는 오사카항만의 기미가요식당으로 갔고, 조미라는 옛날 오사카 시절에 가까이 지냈던 동향 출신 지인을 그의 자택으로 찾아가기로 했고, 원주 씨네 부자는 코리아타운 내의 시장동네 구경을 가기로 했다. 카페를 나오면서 무심코 현관문 위에 부착된 간판에 나의 시선이 닿았는데, 거기에는 '한인회 김**'라고 쓰여있었다. '한인회'라는 단체명 안에는 '한국'이라는 국명이 들어있을 것이므로 여기 사는 사람은 조총련이 아니고 민단계 재일교포이려니 짐작하면서 전차역을 향하여 발길을 옮겼다.

옛날의 기억을 되살려 쓰루하시역을 거쳐 오사카항만으로 찾아간 나는 큰 실수 없이 기미가요식당의 옛날 위치를 찾기는 했으나, 그 자리에 있는 것은 식당이아니라, 호텔이었다. '코리아나호텔'이라는 간판이 붙은 5층 건물은 크고 아담하여 영업이 잘되는가 보고 생각하면서 문을 열고 들어갔다. 프론트 직원에게 장 사장을 찾아왔노라고 했더니, 구내전화를 통하여 나하고 연결시켜 주었다. 혹시나 하고 걱정을 했지만, 장 사장은 이 강만수를 잘 기억하고 있었는지 지체없이 로비로 내려와 주었다. 수십 년 만에 만난 우리는 반가운 악수를 나누었는데, 두 사람 모두의 이마에 깊게 패인 주름살이 반가움을 더해주었다 할 것이다. 내가 그동안 지내온 파란많은 사연들을 대충 말한 다음에는 그의 사업상 경험담이 이어졌다.

─호텔영업이라는 게 종합서비스업이라. 세태변화나 세상 인심의 흐름을 직통으로 보여주는 곳이 호텔이드라고. 우리 호텔은 가라오케 노래방 영업까지 하고 있어서 더 그런 셈이지.

─저는 말로만 듣고 아직 구경을 못했는데, 가라오케라는 기계가 사람하고 노래를 합창한다고예.

─아직도 가라오케 구경을 못해봤단 말이여? 이제 한국 들어가면 실컷 볼 거여.

─가라오케라는 물건은 세계 최고라는 일본 전자공학이 발명한 걸작품이라고 들었는데, 한국에도 많이 들어가는 모양이지요?

─허, 거, 세상 모른 소리 허네. 기계발명은 일본사람들이 했는데, 이걸 즐기는 건 한국사람들이 더 잘 한단 말일세. 우리 호텔 가라오케도 우리 동포들이 주로 이용한다니까. 음주가무 만판으로 즐기는 건 코리아 넘버원이란 말일세.

─그렇습니까? 그런데예 오늘 오면서 보니까, 어떤 재일교포네 집 문패에 '한인회'라고 쓰여있던데, 그건 한국인들의 단체, 그러니까 민단에 속한 교포 아닙니까? 옛날엔 코리아타운에 사는 제주도 사람들 대다수가 조총련계였는데 오늘 오면서 보니까 그 집 문패에 '한인회'라고 써놓고 있어서 아, 이렇게 세태가 변했구나 생

각해십주.

　─세태가 변한 건 맞는데, '한인회' 얘긴 좀 복잡헌 데가 있다네. 금년 봄에 재일교포들이 '한인회'라는 단체를 결성할 때에는 조총련 민단 구별없이 단군할아버지 자손이면 다 회원이 되는 걸로 제3의 단체를 만들었단 말일세. 기왕에 존재했던 민단이나 조총련은 역사가 오래된 단체니까 올드커머(old comer) 회원 중심이고, 새로 생긴 단체는 뉴커머(new comer) 회원들이 중심이 될 것은 당연한 일이었지. 그런데 민단 사람들은 이 신생단체 '한인회'에 협력을 잘 하는데, 조총련 사람들은 '한인회'에 대해 아주 비협조적이란 말일세. 그러다 보니까, 조총련은 그대로 살아남고, 민단 쪽에서는 뉴커머들이 분열되어 나가는 판세가 되어버린 거여. 이 신생단체 이름을 '한인회'라고 한 것도, 조총련 사람들에겐 불만인 모양이라. 그 사람들은 자기네 조국이 '한국'이 아니라 '조선'이라고 하니까. 그렇지만, '한인회'라는 교포집단 이름은 일본에서만 쓰는 게 아닌 것을 알아야 해. '뉴욕한인회', '엘에이한인회', '하노이한인회', 이렇게 다들 한가지로 통용하는데 뭣 때문에 그렇게 '조선'이라는 이름에 고집을 피우는지 모르겠단 말이지. 한인회 회원들은 젊은 세대 중심인데다 옛날처럼 정치적 목적으로 움직이지는 않고 자기 직장 생활이나 사회생활의 네트워크 기반을 위해 참여하기 때문에 앞으로는 조총련 회원들까지 흡수할 것으로 보는 거지. '한인회'의 존재의미를 널리 홍보하자는 것이 우리 방침이라. 자네가 봤다는 그

집의 간판에 '한인회'라고 명시한 것도 그런 방침에 따른 거겠지.

—그런 내력이 있었구만예. 하여간 역사는 흐르고, 세상은 달라진다는 말씀이시네요.

—그럴 수밖에 없지 않겠어? 나도 '한인회' 결성에 한 몫을 한 사람이고, 지금도 그런 역사의 흐름에 보탬이 되려고 노력하는 중이지. 우리 호텔 이름이 '코리아나호텔'인 것은 조총련 사람들도 거부감을 느끼지 않는 것 같애. 조총련 사람들도 우리 호텔 가라오케에와서 남한의 인기가요를 즐겨 부르는 걸 보면 기분이 좋아. 이 사람들이 좋아하는 노래는 해방 전 가요들인데, 내가 서울에 특별 주문해서 해방 전 인기가요 앨범을 몇 개 마련했지. 남인수나 이난영 노래는 민단 사람들이나 조총련 사람들 모두가 좋아해서, 이들 가수가 남북통일 선구자인 거 같단 말이지. 한 가지 안타까운 건, 북한사람들이 부르는 인기가요도 준비해 놓고 민단 사람들이 즐겨부르면 좋을 것 같은데, 그게 어렵단 말이지. 혁명가요나 인민영웅 찬가같은 노래를 틀어줄 순 없는 거 아녀?

—전 지금 옛날 생각이 나서 가슴이 뭉클합니다. 옛날엔 재일교포들 중에 한국인으로 등록한 자는 몇 퍼센트, 조선인으로 등록한자는 몇 퍼센트, 이렇게 갈라져서 기싸움을 했잖습니까.

—자네, '추억이 독소 된다'는 말 들어봤나. 조총련 사람들에겐옛날 조센징이라고 설움 받을 때 김일성 수령으로부터 받았던 감격적인 지원사업을 잊지 못한다는 거라. 정情에 약한 것이 우리 민족

239

아닌가. 그 당시 더러운 조센징이라고 얼마나 괄시 받고 학대 받았으면 죽을 고생 참고 사는 자기네를 도와주던 북한정부의 은혜를 잊지 못하니까 조총련도 떠나지 못한다는 거여. 그렇게 고마운 조국이었는데, 지금은 못 사는 나라, 손가락질 받는 나라가 되어버렸으니, 열패감 무력감 때문에 이 사람들은 어디에 떳떳이 나서지도 못하는 거 같애. 고정관념을 조금만 바꾸면 창피한 조국 대신에 자랑스러운 조국을 갖는 건데 말이지. 코리아라고 하든 한국이라고 하든, 이제 세계 10위권에 드는 경제대국이 자기 조국이라는 프라이드를 가진다면 왜 '한인회' 회원 되는 것을 꺼리느냐, 이런 말이라. 자네도 한국 들어갈 때엔 조총련이나 민단 소속이라는 말 대신에 한인회 소속이라고 하면 여권 검사하는 직원들도 좋아할 거여. 하여간 오래만에 고향으로 되돌아가는 거 축하하네. 그동안 고생한 건 말년 복 준비한 거라고 생각하라고.

─감사합니다. 선배님 말씀 잘 기억하겠습니다.

장 사장은 헤어지려는 나의 손을 잡고 힘차게 흔들어주었다. 옛날에 내가 북한 행 귀국을 앞두고 찾아왔을 때에 느꼈던 서먹서먹한 거리감에서 오늘에야 풀려나는 느낌이었다.

4-10

한 나절 헤어졌던 우리 일행은 저녁 무렵에 코리아타운 산지물

카페에서 다시 모였다. 나는 아내의 입에서 어떤 말이 나올지 벌써 부터 그녀의 표정을 주시하고 있었다. 아내는 자신의 동향 출신 지인을 만날 수 있다면 대구의 옛날 가족들 소식을 들을 수 있지 않을까 하는 기대를 걸었던 것이다. 내가 눈 여겨서 바라보아도 아내의 표정이 밝은 것인지, 어두운 것인지 짐작이 가지 않았다. 들어보니, 아내가 알아보고 온 가족들 소식 자체가 기쁜 건지 슬픈 건지 애매하였다.

─옛날 우리 집이 있던 동네 일대가 싸그리 없어지고 간선도로가 새로 들어섰다는 거예요. 6·25전쟁 때 대구지역은 폭격을 당하지 않았으니 옛날 동네가 그대로 있을 줄 알았는데 말이죠. 도시 풍경이라는 게 변하게 마련이니까, 뭐, 속시원한 거지요. 찾아가 볼 필요도 없게 되었으니까.

자기가 살던 동네가 싸그리 없어진 게 속시원하다고 말하는 아내의 심정을 알 만도 하였다. 미혼모의 딸로 태어나 의붓자식으로 자란 아내는 옛날 대구에 살았을 때도 가족 간의 정이라는 걸 몰랐다고 말한 적이 있었다. 이제는 오로지 남편 고향인 제주도밖에는 돌아갈 곳이 없는 신세가 되었고, 청석이 엄마 노릇을 맡아하는 일에 더 전념할 수 있다는 계산이 나오는 것이었다. 언제까지 그 노릇을 할지는 모르지만, 사내아이들은 중학생만 되면 독립심이 생겨서 부모를 끼고 사는 것을 좋아하지 않는다는 말을 믿어보자는 것이 아내의 생각이라고 했다.

원주 씨는 우리가 산지천카페에 도착하고서도 한참이나 돌아오지 않아서 걱정이 되었다. 뒤늦게 들어와서 하는 말이 구경할 게 너무 많아서 시간이 많이 걸렸다는 것이다. 손에는 막걸리 한 병을 들고 있었다.

─생각해 봅서. 저는예 열두 살 때 일본 들어왔는디 반 년 동안 오무라수용소에 있다가 바로 북한으로 가시난, 오사카 코리아타운은 처음이란 말이우다. 일본 땅에 제주도 물건들이 얼마나 많은지 몇 시간을 봐도 모자랄 것 같아수다. 제주도 가그네 일본 살당 간 사름치룩 말허젠 허민 기본적인 건 좀 알고 들어가사 될 거 아니우꽈. 하, 오사카에서 제주도산 막걸리를 마실 수 있다니, 어찌 기분이 좋은지, 이렇게 딱 한 병 사갖고 와십주. 그런데 이거 곤란허게 됐네예. 카페에서 술은 금지일 건디 말이우다.

원주 씨가 처한 곤경을 조미라가 도와주었다. 조미라가 손짓을 하자 카페 주인이 다가왔는데, 막걸리 한 병을 여기서 마실 방도가 없는지 물어보았더니 조건부 허락이 내려졌다. 딱 한 병만 마신다는 약속을 하고, 막걸리를 커피 잔에 부어서 마신다면 괜찮다는 대답이었다. 어렵지 않은 조건이었다. 원주 씨가 이 시간을 기다려 왔다는 듯이 호기로운 술꾼답게 거창한 건배사를 선창했다.

─자, 잔들 채우십서. 다 함께 건배허는 겁니다예. 우리에게도 오 돌아갈 조국이 있다아. 우리를 기다리는 조국을 위하여 건배애.

─건배애

−건배애.

우리 부부도 목소리를 가다듬고 원주 씨 기분에 맞춰주었다. 잠시 장중한 분위기가 가라앉기를 기다린 다음에 내가 한 마디 했다. .

−조케는 그렇게 술 좋아허는 것이, 암만 해도 자네 부친이 당부한 말씀을 거역허는 거 같단 말이지.

−무슨 말씀을 그리 섭섭허게 햄수과.

−조케 이름 말이여, 원주라는 이름은 자네 부친이 지어준 이름 아닌가. '멀원遠 술주酒'라고 했을 테니까, 술을 멀리하라는 뜻인디, 그렇게 술을 좋아하면 되겠는가 말이지.

−아, 전, 또, 무슨 말씀이라고. 자, 들어봅써예. 제 이름이 '안원주' 아니우꽈. 첫 글자로 '안' 자가 나오난 술을 멀리하지 않는다, 이런 뜻이 되는 거라 마씸.

−그렇게 술 좋아해서 뭐 득 될 것이 있는가 말이지.

−이십주 마씸. 술 마시민 기분 도수가 껑충 올라가니까 마씸.

−술 마시고 좋은 기분 도수가 올라가는 건 좋지만, 나쁜 기분일 땐 술 때문에 기분이 더 나빠질 거 아닌가.

−허, 삼춘은 제 마음을 몰람수다. 저는 기분 좋을 때, 좋은 일 이실 때만 술을 마십주 마씸. 이제 저는 30년 만에 제주도 고향으로 돌아가는 건디 술이 들어가민 기분이 더 좋아질 거 아니우꽈 .

−허, 그거, 자네의 애주가 신념은 못 당하겠네. 근데, 지금 가만히 보니까, 자네 술 마신 효과는 여러 가지로 나타나는 거 같아. 자

네가 이 자리에서 막걸리 마시면서 달라진 건 제주도 방언 단어가 점점 많아진다는 거라. 그전에도 제주도 방언을 틈틈이 쓰긴 했지만, 오늘은 그전보다 더 많이 나오고 있어. 고향이 가까워지니까 술맛이 좋아지고, 그러니까 제주도 방언이 술술 잘 나오고, 그런 거 아닌가. 근데 자넨 제주도 떠난지 세상 오랜데도 제주도 방언이 어쩜 그렇게 잘 나오는고. 나하고는 비교가 안될 거 같단 말이지.

　－안원주는 제주도 떠난 살명도 부모님허고 오래 같이 살아수게. 타지 사름덜이영만 어울령 살아온 삼춘허곤 달라십주게.

　나는 스스럼없이 기분좋게 제주산 막걸리를 들이키는 원주 씨가 존경스럽고도 부러웠다.

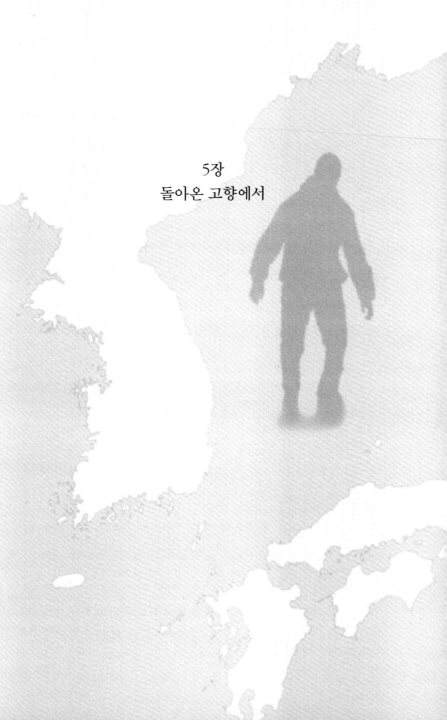

5장
돌아온 고향에서

5-1

우리 일행이 귀국행 비행기 탑승 수속에서나 입국한 다음 제주도 정착을 위한 행정적인 수속 절차에서 별다른 걸림돌이 없었던 것은 그동안 탈북자들의 한국입국 사례가 여러 번 거듭되면서 길을 다져 놓은 덕분이었다. 초기의 탈북자들이 여러 경우의 전례를 쌓아놓음 으로써 해당 법규의 정비 등 길닦기 작업을 해놓은 셈이었다. 서울 소재의 국가정보기관에서 조사와 상담을 마친 우리는 오래 지체하 지 않고 제주도에 들어왔는데 제주시 변두리에 있는, 탈북자 정착 을 위한 공동주택이 우리를 기다리고 있었다. 조미라가 아직 어린 나이인 청석의 엄마 노릇을 그만두지 못함에 따라서 우리 부부와 원주 씨 부자는 여전히 한 가족처럼 가까이 지내게 되었다.

옛날에 우리 집이 있던 화북 마을의 해안 동네로 가봤더니, 그 일 대 전체의 풍경이 온통 달라져 있어서 마을 사람들 찾아볼 생각은 아예 그만두기로 했다. 난리통에 살아남은 나의 유일한 가족인 누 나가 아직 살았을지 모르지만, 나는 누나의 소재를 찾아보고 싶은 마음이 내키지 않았다. 이 땅에서 내가 알 만한 모든 지인들과도 마음의 거리를 두고 싶었고, 반갑고 정다운 고향이 되기에는 아직 멀었다는 느낌이 들었다.

마을 풍경이 변한 것보다 더 놀라운 것은 몰라보게 빈티를 벗은 고향사람들의 모습이었다. 여기가 옛날의 대한민국인지, 내가 자라면서 보았던 제주도가 맞는지, 어리둥절할 정도였다. 그러나 잠시 동안의 놀람 다음에 온 것은 반가움이나 기쁨보다는 부끄러움이었다. 이 나라에 어렵게 들어서려고 하는 초대 정부를 우리 남로당은 목숨 걸고 쳐부수려고 하지 않았던가. 내가 이제 염치불구하고 이 나라에 기어들어와서 살려고 한다면, 아무도 모르는 지하실 한쪽 구석에 숨죽이고 살아야 마땅할 것인데 너무 과분한 대우를 받는다는 자괴감이 밀려왔다. 너무 부끄러워서 할 말을 모르겠는 나에게 대한민국 정부는 공동주택 거처를 마련해 주었고, 앞으로 얼마간은 다달이 기본 생계비까지 지급한다고 하였다. 나를 데리고 연립주택 호실까지 안내해준 시청 직원은 내가 미안할 정도로 친절하였다. 북한에서는 처음 보는 사람에 대해서는 그의 직업이 무엇이든 일단 의심하고 경계해야 했었기 때문에 이 나라 사람들의 친절한 인상은 하나하나가 나를 감동시켰다. 나를 안내하는 시청 직원의 자상한 설명을 듣는 나의 마음은 기쁘기만 할 수가 없었다. 만약에 4·3사건 당시에 용맹한 우리 구국행동 대원들의 목표가 달성되어 이승만 정부가 폭삭 망해버렸더라면 지금처럼 덜컥 고향을 찾아온 내가 어디에 빌붙어서 생계를 이어갈 엄두라도 내었을 것인지 잠시 눈앞이 막막해오는 것이었다.

나는 그 부끄러운 시절에 대한 기억을 죄다 쓸어내 버리고만 싶었다. 고향 사람들을 찾아보는 일을 뒤로 미루는 가운데 혼자서 꼭 찾아가보고 싶은 곳이 있었다. 내가 열아홉 살 때에 수제수류탄으로 폭파시키려고 했던 제주 주정공장과 겁도 없이 일본 행 밀항선에 도둑 승선을 했던 곤을동 포구였다. 제주도에 돌아와서 한 주일쯤 지난 어느 날 아침 나는 아내에게 내가 옛날 자주 놀러다녔던 곳을 찾아가 보겠노라고 말했다. 이 말을 들은 아내는 제주시내의 시립도서관에 가서 지역신문을 훑어본다는 자신의 하루 계획을 말해주었다. 제주도가 어떤 곳인지 알아보기 위함이라고 하였다.

5-2

제주 주정공장이나 곤을동 포구는 한 평생의 내 운명을 결정지은 곳이었다. 아직 인간 세상의 음험한 속내를 미처 가늠하지 못한 채로 한국과 일본과 북한을 넘나들면서 허송세월하는 실패한 내 인생 여정의 굴곡이 이곳에서 시작되었던 것이다. 이같은 운명적인 장소가 세상에 존재하지 않았더라면 나의 인생행로 방향이 전혀 달라졌을 것이 아닌가, 내 마음의 검게 멍든 부분을 들여다 보는 심정으로 찾아가 본 곳이었지만, 막상 그 장소에 당도하였을 때 나는 잠시 내 눈 앞에 전개되는 광경이 환각이 아닌가 싶었다. 산지포구 건너편에 옛날 주정공장이 있던 자리에는 늠름한 고층아파트 건물들이 들어차 있었고, 내가 한때 이곳에서 엄청난 모험을 시도했던 흔적이라고는 아무것도 찾아볼 수 없었다.

옛날에 제주 주정공장의 거대한 건물이 있었을 것 같은 자리를 찾아서 엉거주춤 주저앉은 나는 잠시 동안 얼떨떨했지만, 이내 생각을 정리하고 냉철한 현실감각을 되찾기로 했다. 도시 한복판에서 무용지물이 되어버린 농산물 가공공장이 없어지고 현대식 고층아파트가 들어서는 것은 전혀 이상하지 않은 자연스러운 현상이다 싶었다. 나의 부끄러운 과거사를 상기시킬 그 공장건물이 그대로 남아있었더라면 내가 이 자리에 퍼질러 앉아서 그 당시 일들을 담담하게 돌이켜볼 엄두라도 났을 것인가. 그 당시를 생각나게 하는 광경이 사라져버린 것이 다행이기도 하거니와, 그 때 주정공장 폭파계획이 수포로 끝난 것도 천만다행이라고 생각되었다. 제주도 같이 작은 섬에서는 어울리지 않을 만큼 큰 건물이라고 회자되던 그것이 폭파되었더라면 그 파장이 어땠을까. 당대의 폭력정권과는 별로 상관이 없고, 오히려 제주도 사람들의 경제생활을 직접적으로 도와주는 농산물 가공공장을 없애버렸다는 원성을 들었을 것이고, 봉기자들의 난리법석이 정의감과 애국심에서 나온 것이 아니라 세상사람들을 겁박하기에 급급한다는 인식을 심어주었을 것이 아닌가. 그 폭파계획이 실패함으로써 엄청 커질 뻔한 나의 죄과가 미연에 방지되었다는 생각을 하는 나의 머리에는 그동안 무시로 꿈속에 나타났던 주정공장 불 타는 무서운 광경이 불현 듯이 떠올랐다. 다행히 폭파 운명을 면한 주정공장 건물은 떼거지로 밀려나오는 포로나 귀순자들의 임시수용소로 쓰였고 수시로 대량학살 터로도 쓰였다는 말이 생각나면서 참극의 역사가 여러 가지 모습으로 확대되어 머릿속에 어른거렸다. 죽어간 사람들이 3만을 넘었다고 했다. 지금 제주도의 어딘가에 묻혀있을 그 많은 혼령들이 벌떡하고 일제히 일어나 머리를 풀어헤친 무서운 얼굴을 나의 면전에 들이대고서 '네 이 놈, 네가 무슨 낯으로 여기 와서 앉아있느냐.' 하고 소리지르는 모습이 상상 속에 떠올랐다.

산지포구를 동쪽으로 돌아간 다음에 사라봉과 별도봉 언덕 두 개를 지난 곳에 자리잡은 곤을동 포구가 내가 찾아간 다음 코스였는데 이곳에서도 옛날 역사의 자취는 남아있지 않았다. 곤을동 포구는 인적이 끊긴 바윗돌 방파제만이 자리를 지키고 있었으며, 인근에 있던 곤을동 마을은 동네 자체가 싸그리 사라져 버린 자리에 잡초만이 무성하게 자라고 있었다. 조각배들이 다니던 작은 포구가 없어진 것은 해운업의 발달 때문이라고 할 수 있겠지만, 수십 세대가 옹기종기 모여살던 작은 마을 자체가 없어진 것은 역사의 잔혹함을 그대로 보여줌이라 생각되었다. 4·3사건 당시에 일본밀항선들은 경찰의 감시망을 피하기 좋은 지형인 작고 외진 이곳 포구를 선호했기 때문에 이 마을 전체를 초토화시켜 버렸다는 소문이 사실임을 확인할 수 있었다. 사람이 살던 인근 마을의 풍경은 완전히 달라졌지만 사람의 힘으로 움직일 수 없는 바닷가 암벽이나 저 멀리 망망대해의 조망은 달라진 게 없었으니, 이는 마치 나의 옛날 추억들이 머릿속에 떠오르는 배경과도 같았다. 불변의 자연현상은 그대로 남아있고 인간역사의 자취는 싸그리 소멸된 이곳의 풍경은, 나의 청춘시절 허깨비 꿈에 대한 자괴감을 일깨워주었으되 주정공장의 옛터하고는 좀 다른 방식이었다. 어마어마하게 큰 것 옆에 꾀죄죄 작은 것, 우아하게 잘 짜인 것 옆에 되는대로 엉성하게 짜맞춘 것, 강고하여 영원히 남는 것 옆에 연약하여 곧 부서질 것이 보일락 말락 자리해 있는 격이었다.

5-3

시립도서관에서 하룻동안 지역신문들을 훑어보고 왔다는 아내는 집안으로 들어오면서 백지 종이 한 장을 나에게 건네주었다. 몇 달 치 신문철을 읽어보는 중에 관심 가는 기사 하나를 내가 읽어볼 수 있도록 복사본을 만들어 갖고 왔다는 것이다. 얼마 전 지역신문 1면 톱기사로 나왔던 부분이었는데, 나는 건네받은 신문 복사본을 대충 읽어보았다. '제주4·3사건 반세기 만에 역사 속으로'라는 큰 활자의 표제 아래에는 좀 작은 활자로 '4·3평화공원 봉개동 십삼 만 평 부지위에 들어선다'라는 부제副題가 붙었고, 그 아래에는 웅장한 모습의 '4·3역사기념관 조감도' 사진이 나와있었다. 수만 명에 이르는 사망자들의 위패를 만들어 모실, 커다란 반구형 지붕의 위령탑을 세우게 됐으니, 장렬하게 산화한 구국의 영령들 원혼이 이제야 고이 잠들게 됐다는 말도 들어있었다.

─당신 허무한 마음도 많이 위로 되겠네요.

나는 잠시 눈을 들어 아내의 얼굴을 바라보면서 이 신문기사의 내용이 무엇을 뜻하는지 생각해 보았다. 다음 순간 나는 거의 충동적으로 입을 열었다.

─이것을 위로라고 보시오? 아물어 가는 상처를 덧나게 하고, 잊혀져가는 부끄러움을 되살리는 것이 위로란 말이오? 4·3 역사는 실패의 역사, 아픈 역사인데 아픈 역사는 잊어버려야 하는 거지 그걸 언제까지 기억하고 어떻게 기념한단 말이오? 4·3평화공원을 건립해서 화해와 상생의 역사를 후세인들에게 일깨운다니, 이건 앞뒤가 맞지않은 말이오. 4·3사건은 반국가 폭동이고, 파괴와 증오의 역사였소. 그런 역사에서 화해와 상생을 찾다니, 이건 어거지 논리요.

─당신은 지금 큰 오해를 하고 있어요. 그 신문기사를 잘 보면, 4·3사건을 화해와 상생의 역사로 본다는 말이 아니라, 화해와 상생의 정신을 갖고서 파괴와 증오의 역사가 남긴 상처를 극복하자는 거예요.

─그래도 이상하기는 마찬가지요. 폭력과 증오의 역사에서 화해와 상생의 정신이 나온다니, 이상하지 않소? 폭력과 증오의 죄

과는 이승만정부에게나 4·3사건 지도자들에게나 똑같이 해당되는데, 그래도 이승만 정부는 나라가 망하지 않게 지켰다는 공로는 있었소. 반면에, 이승만 정부에 대해 반기를 든 제주 청년들이 남긴 건 뭔가요? 그 때 한라산에 숨어서 빨치산 운동을 한 제주도 청년들은 민주항쟁과 구국투쟁의 깃발 아래 뭉쳤지만, 그들은 결국 시대를 잘못 본 헛똑똑이들이었소. 그들은 자기네도 잘 모르는 혁명의 역사교과서를 가지고 무지몽매한 제주 백성들을 현혹시켜가지고는 그들을 사회주의 이상국가의 헛된 꿈으로 부풀게 했소. 누가 봐도 제주도가 빨갱이 섬으로 인식될 판이었는데, 그런 망조가 든 섬을 그대로 방치했다면 어떻게 됐을까요. 실패의 역사, 회한의 역사를 살다 간 그들의 영전에서 비탄의 한숨소리를 듣고싶어서 이런 거창한 역사기념관을 세우는 건지, 내 마음이 허탈해지는 거요. 조상의 부끄러운 역사를 기념하는 자손을 봤소? 러시아 국민들이 소비엣혁명의 영웅 레닌의 동상을 끌어내릴 때의 심정은 어땠을까요. 레닌은, 위대한 인민혁명의 지도자, 존경해야할 그들의 선조가 아니라, 허망한 환상을 쫓다가 러시아 역사 최대의 참극을 불러온 사이비 선지자임이 드러났기 때문에 분통을 터뜨린 것이 아닐까요. 소비엣 혁명의 소용돌이에서 수천만의 인명이 희생되었다고 하니까 말이요. 더 걱정되는 건 북반부 사람들이 여기를 찾아왔을때의 일이오. 언젠가 남북통일이 되어서 북한 깡패집단 무리가 와서 보고선 어떤 말을 할지 생각만 해도 끔찍하오. 그 작자들은 회심의 미소를 지으며 입속말을 할 거요. 아, 그 당시 제주도 인민들은 우리 공화국의 열성 동지였구나, 이렇게 나오지 않겠냐 말이오.

─인간역사는 실패의 역사라는 말이 있어요. 실패한 역사도 잊지말고 기억을 해야 실패의 재발을 막는다는 것이지요. 그리고, 남북통일 되는 날 걱정은 쓸데없는 걱정이죠. 북쪽 사람들이 여기 4·3기념관을 와서 볼 수 있게 통일만 된다면, 그건 무조건 일대 경사일 거요. '비 온 뒤에 땅이 굳어진다.' 이런 말도 있잖아요.

─당신은 남편 듣기 좋으라고 그런 말을 하는 것 같지만, 난 이런 4·3평화공원 만드는 걸 그냥 두고 볼 수가 없소. 4·3사건 주동자들은 다 죽어버렸으니까 내가 아니면 이런 말 할 사람이 없을 거요.

─그냥 두고보면 될 걸 가지고 무슨 말을 하겠단 거예요?

─4·3사건 역사에 대한 기념을 하려면 뭣 모르고 억울하게 죽어간 선량한 제주 백성들을 위해 아담한 위령탑 같은 걸 세우는 것으로 해야지, 파괴와 증오의 역사를 기념하는 평화공원을 세우다니, 이건 앞뒤가 맞지 않은 일이오. 4·3지도자들은 그 많은 제주도 양민들의 희생을 초래한 죄인들이고, 4·3사건은 제주도 역사의 부끄러운 실패작이오. 두고두고 후세인들의 원망과 탄식 소리 듣게될 사람들이 어떻게 역사기념 공원 가운데 들어간단 말이오. 말로는 평화공원인데 우리 같은 폭동 주동자 이름을 올린다면 그건 제주도 역사에 수치가 아니냔 말이오.

─당신은 이 나라에 들어와서 살 자격도 없는 사람이라고 했는

데, 그런 말 할 발언권은 있나요?

나는 아내의 핀잔에 대답할 말을 찾지 못하고 그냥 눈앞의 허공을 바라볼 따름이었다.

다음 날 아침 일찍 일어난 나는 뒤늦게 일어난 아내를 향하여 어려운 말 몇 마디를 내뱉었다.

─밤새 고민을 했소. 역시 나는 고향에 돌아와서 4·3평화공원 어쩌구 하는 말을 할 자격이 없는 것 같소. 그렇지만, 4·3역사를 기념하는 평화공원이 만들어지는 것을 그냥 바라볼 수는 없을 것 같소. 내가 제주도에서 저지른 부끄러운 일들 때문에 그 많은 사람들이 죽어갔다는 생각을 하면 도저히 이곳에서 살아볼 엄두가 나지 않는 거요. 그렇다고 해서, 이제 다시 북한이나 일본으로 되돌아갈 수는 없는 신세요. 고민 끝에 나는 다른 길도 있다는 생각을 하게 됐소. 우리 한국 땅 안에서 제주도 아닌 딴 곳으로 가서 사는 길이요. 찾아보면 한국 땅 안에도 조용히 살 수 있는 곳이 있을 거요. 당신 고향과 가까운 곳도 좋을 거요. 옛날 일을 차차 잊어버리는 것이 새 출발의 시작일 수도 있을 거요.

아내는 할 말을 찾지 못한 듯 멍하니 나의 얼굴을 바라볼 뿐이었다.

돌아온 고향

초판 1쇄인쇄 2022년 4월 26일
초판 1쇄발행 2022년 4월 28일

저   자 양영수
발행인 박지연
발행처 도서출판 도화
등   록 2013년 11월 19일 제2013-000124호
주   소 서울시 송파구 중대로34길 9-3
전   화 02) 3012-1030
팩   스 02) 3012-1031
전자우편 dohwa1030@daum.net
인   쇄 유진보라

ISBN | 979-11-90526-77-7 *03810
정가 13,000원

*이 책은 제주문화예술재단의 지원으로 출판되었습니다.

도화道化, fool는
고정적인 질서에 대한 익살맞은 비판자,
고정화된 사고의 틀을 해체한다는 뜻입니다.